KB232951

주홍글씨

차례

제1장 옥문(獄門)

턱수염이 더부룩하고 충충한 잿빛 옷에 끝이 뾰족한 모자를 쓴 남자들이 어느 목조 건물 앞에 모여 있었다. 그 속에는 수건을 쓴 여자며 맨머리로 나온 여자들도 섞여 있었다. 참나무로 된 튼튼한 문에는 커다란 쇠못이 줄줄이 박혀 있었다.

새 식민지의 개척자들은 새로 계획한 유토피아가 아무리 인간적인 미덕과 행복에 넘쳐 있다 하더라도 처녀지의 일부를 공동묘지와 감옥터로 할당하는 일을 무엇보다 우선적으로 해야 할 실제적인 필요 사항 중 하나로 여겼다. 이런 관례에 따라 보스턴의 선대들도 콘힐 근처에 최초의 감옥을 세웠고 이를 전후하여 아이작 존슨의 땅에 그의 묘를 중심으로 한 최초의 묘지를 설정한 것이라고 보아도 무방할 것이다. 사실 존슨의 묘는 그 후 킹즈 채플의 옛 묘지에 몰려든 수많은 무덤의 중심이 되었다. 보스턴 거리가 생긴 지 15년 내지 20년, 목조 건물로 된 감옥은 이미 비바람에 낡아 세월의 흔적을 뚜렷이 말해 주고 있어, 그렇잖아도 잔뜩 찌푸린 듯 음산하게 보이는 건물 정면을 한층 침울하게 만들고 있었다.

또한 참나무로 만든 문에 박힌 육중한 쇠붙이에 슨 녹은 신세계의 그 무엇보다도 고색창연한 빛을 띠고 있었다. 범죄와 관련된 모든 것이 그러하듯이 이 문짝 역시 청춘 시대라고는 전혀 모르고 지낸 성싶었다.

이 우중충한 건물 앞에서 큰길까지의 사이에는 풀이 우거져 있었는데 이는 일찍부터 사회에 검은 꽃을 피워온 감옥이라는 것과 뭔가 일맥상통하는 점이 있는 듯했다. 그 잡초들은 우엉·명아주·나팔꽃과 그 밖의 볼썽사나운 것들이었다. 그러나 옥문 한쪽 문지방 바로 옆에서 자라고 있는 한 그루의 찔레나무에는 때가 6월인 만큼 구슬을 뿌려 놓은 듯 귀여운 꽃이 함빡 피어 있었다. 감옥으로 들어가는 죄수나 형의 집행을 받으러 가는 사형수에게 동정과 자비를 베풀고 있다는 대자연의 깊은 마음의 표시로서 그윽한 향기와 가냘픈 아름다움을 풍기고 있다고 상상할 수 있으리라.

이 찔레나무는 이상한 인연으로 역사상에 살아남아 있다. 그러나 과연 이 찔레나무는, 원래 그 위에 그림자를 드리워 주던 거대한 소나무나 참나무가 쓰러져 버린 훨씬 뒤에까지도 이 황량한 옛 들판에 그저 살아남은 데 불과한 것인지 아니면 성자라고 칭송되는 앤 허친슨이 옥문을 들어설 때 발밑에서 솟아난 것인지(그렇게 믿을 만한 근거는 충분하다 하더라도)를 여기서는 결정짓지 말기로 하자.

어쨌든 그 불길한 그림자가 깃든 옥문에서부터 시작되려는 이 이야기의 첫머리에서 이 찔레꽃을 발견한 작자가 할 수 있는 일은 기껏해야 그 찔레꽃 한 송이를 꺾어서 독자에게 바치는 정도일 것이니까. 그 꽃이 이야기의 진행과 함께 떠오를 부드러운 미덕의 꽃을 상징해 주든지 아니면 인간의 약함과 슬픔에 수반되는 이야기의 암담한 결말을 조금이라도 누그러뜨리게 해주었으면 하고 바라는 작자의 마음 간절하다.

제2장 **광 장**

지금부터 2백 년 전 어느 여름날 아침, 감옥 거리에 있는 감옥 앞 풀밭에는 많은 보스턴 시민이 모여 있었다. 그들의 눈은 쇠빗장을 지른 참나무 문만을 응시하고 있었다. 다른 고장의 주민들이었거나, 뉴잉글랜드라 하더라도 훨씬 후세의 일이었다면 수염에 덮인 시민들의 얼굴을 이토록 잔인하게 굳어 버리게 한 일은 뭔가 대단한 사건이 일어나고 있다는 징조로 보였을지 모른다. 법정의 판결은 이미 일반 대중이 내리고 있는 평결(評決)을 입증하는 데 불과하고, 그래 누군가 이름 있는 죄수가 처형되리라는 것을 예감하고 있는 것으로 보였을 것이다.

그러나 초기 청교도들이 지녔던 엄격한 성격으로서는, 확신을 갖고 추측을 내릴 수는 없었다. 왜냐하면 그것은 관리의 손에 넘겨진 게으름뱅이 하인이나 불효막심한 자식놈이 현장에서 곤장을 맞는 장면일 수도 있고, 신앙 지상주의자나 퀘이커 교도 등의 이교도가 곤장을 맞고 시회로 추방되는 장면일 수도 있고, 떠돌아다니던 인디언이 백인들이 마시는 위스키를 마시고 거리로 뛰쳐나와 날뛰다가 매를 맞고 숲속으로 쫓겨 가는 장면일 수도 있었기 때문이다.

아니면 꽤 까다로운 판사의 미망인이던 히빈스 부인 같은 한 마녀
가 교수대의 이슬로 사라지려는 장면일지도 모른다. 어느 경우든
구경꾼들의 얼굴에는 대체로 비슷한 표정이 나타나 있었는데 그것
은 종교와 법률이 한 의식 속에 완전히 융합되어 있어 그것이 아무
리 조용하고 엄격하다 할지라도 하여간 공적인 처벌 행위는 모두
신성시되어 범할 수 없다고 믿고 있는 국민에겐 아주 잘 어울리는
일이었다. 죄인이 처형장에 모여드는 구경꾼들에게 바랄 수 있는
동정도 보잘것없고 냉담한 것이었다. 현재는 가벼워 보이는 하찮
은 형벌도 그 당시에는 사형 못지않은 준엄한 위엄을 지녔던 것인
지도 모른다.

이 이야기가 시작되는 그 여름날 아침, 군중 틈에 끼어 있던 몇
명의 여인들이 머지않아 일어나려는 형벌(그것이 어떤 것이든지간에)
에 대하여 이상하리만큼 흥미를 품고 있었다는 것은 주목할 만한
일이다.

이 시대는 예절이 그렇게 세련되어 있지 못했으므로 페티코트
나 파딩게일을 입은 여자들이 조심성 없이 함부로 공적인 장소에
나서기도 하고 경우에 따라서는 그 작지도 않은 몸뚱이를 형이 집
행되려는 처형대 가까이 모여선 군중들 틈으로 비집고 들이미는
일도 있었다. 영국 땅에서 태어나 그곳에서 자란 그들 부인이나 처
녀들은 육체적으로 정신적으로 2백여 년이란 세월이 흐른 뒤의 그
들의 자손인 아름다운 여성에 비하면 매우 거친 성질을 지니고 있
었다. 누대의 어머니들이 그 사실처럼 이어지는 가계(家計)를 통하
여 힘과 고집스러움이 결여된 성격을 물려줬다고 말할 것까지는
없다 하더라도 훨씬 허약한 혈통과 보다 섬세하고 나약한 아름다
움이며 연약한 뼈대를 물려주었기 때문이다. 지금 이 옥문 둘레에

모여 선 여자들은 저 엘리자베스 여왕이 여성의 상징으로
서 무난했던 시대로부터 불과 50여 년 뒤의 사람들이다.
사실 엘리자베스 여왕과 같은 영국 사람들이라고 보아도 무
방하며 조국인 영국의 쇠고기와 맥주가 조금도 더 나을 것 없는 정
신의 양식과 함께 그 인간 됨됨이에 많은 영향을 미치고 있었던 것
이다.

그러기에 그날 아침의 밝은 태양은 먼 섬나라에서 어엿한 한 사
람의 여자로 자랐고 뉴잉글랜드의 바람을 쐬어도 여위고 창백해진
일이 없는 그녀들의 넓은 어깨며, 풍만한 가슴이며, 발그레한 볼 위
를 비추고 있었다. 게다가 부인들로 보이는 그들의 말소리에는 내
용이나 음량(音量)면으로 보아도 오늘날의 사람들을 깜짝 놀라게
할 만한 대담함과 관대함이 들어 있었다.

위엄있게 생긴 50대 여인이 말했다.

"이것 보세요, 부인들! 내 의견을 얘기해 보겠어요. 분별 있는
나이에다 손가락질을 받을 만한 일이 없는 신도인 우리가 헤스터
프린 같은 못된 여자를 처벌하는 것은 우리들을 위해서도 상당한
도움이 될 겁니다. 우리 다섯 사람 앞에 끌려나와 재판을 받는다고
생각해보세요. 판사님이 판결한 벌만 받고 끝날 것 같은가요? 천만
의 말씀입니다!"

또 다른 여자가 말했다.

"듣자하니, 그 여자의 담임 목사이신 딤즈데일 목사님이 말이에
요, 이런 추문이 자기 교구 사람들에게 영향을 끼쳤기 때문에 몹시
가슴 아파하신다고 그럽디다."

"판사님들은 신심이 두터운 것은 사실이지만 너무 인정이 많으
세요. 정말이라니까."

또 한 사람의 중년 부인이 참견을 했다.

"아무리 생각해도 헤스터 프린의 이마빼기에 달군 쇠로 낙인 정도는 찍어 줬어야 했어. 그랬더라면 헤스터도 따끔했을 거야. 하지만 그 여자는 말 못 할 잡년이니까, 앞가슴에 뭘 붙여 줬다 해도 눈 하나 깜짝 안 할 거예요! 두고 봐요, 분명히 브로치나 이교도의 표시 같은 것으로 가리고는 여전히 뻔뻔스럽게 돌아다닐 테니!"

"그렇지만," 어린아이의 손목을 잡고 있던 젊은 여자가 좀더 부드러운 어조로 말을 막았다. "그 여자가 아무리 가슴의 표적을 가렸다 한들, 가슴 속의 고통이야 어딜 가겠어요."

"앞가슴 위든, 이마빼기이든 표적이나 낙인 따위가 무슨 소용이겠어요." 하고 또 다른 여자가 큰소리로 외쳤는데 그녀는 재판관을 자처하고 나선 여자들 중에서도 가장 못생기고 냉혹한 여자였다. "그런 년은 모든 사람에게 창피를 준 년이니까 죽여 마땅해요. 그런 년을 처벌할 법률이 없는 줄 아세요? 성경에도 있고 법률 책에도 엄연히 있단 말이에요. 그런데도 판사님들은 그 법률을 적용하려고 하지 않았으니 자기네 부인들이나 딸자식들이 탈선한다 하더라도 아무런 할 말이 없을 거예요."

"너무하는군요. 부인." 사람들 틈에 끼어 있던 한 남자가 말했다. "여자들은 교수대를 두려워하는 마음이 없으면 정숙해질 수 없나요? 그렇다 하더라도 너무 지독한 말만 하시는군요! 자, 조용히들 하세요. 옥문의 열쇠가 돌아가고 있어요. 문제의 프린 여사가 나오게 될 겁니다."

옥문이 안에서 활짝 열렸다. 우선 어둠 속에서 햇빛 속으로 모습을 드러낸 것은 허리에 칼을 차고, 손에는 지팡이를 든 험상궂은 얼굴을 한 간수의 엄숙한 모습이었다. 청교도의 가혹하고 엄격한 법률이 이 사나이의 모습에 잘 나타나 있었다. 위반자에게 단호히 그 법을 적용하는 것이 그의 맡은 바 의무였다. 왼손에 지팡이를 처든 그는 오른손으론 젊은 여인의 어깨를 붙잡아 끌어내고 있었다. 옥문 가까이 오자 그 여인은 타고난 위엄과 강한 의지를 드러내기라도 하듯 간수를 뿌리치고 마치 자기 의사에 따라 그렇게 하는 것처럼 바깥세상으로 걸어나왔다. 여인에게 안겨 있던 생후 3개월 가량 된 아기는 너무 밝은 햇빛이 작은 얼굴에 닿자 눈을 깜박였다. 지금까지 어둠컴컴한 지하 감방이나 침침한 방의 희미한 빛에만 익숙해왔기 때문이었다.

그 아기의 어머니인 이 젊은 여인은 군중 앞에 완전히 모습을 나타낸 순간 충격으로 아기를 힘차게 가슴에 끌어안는 것같이 보였다. 모성애에서 나오는 충동이라기보다는 옷에 수놓았거나 꿰매붙인 무슨 표시를 감추기 위함인 것 같았다. 그러나 다음 순간 그 치욕을 감춰 봤자 또 하나의 치욕의 증거인 아이는 감출 수 없음을 깨달았던지 다시 아이를 팔에 안은 여인은 볼을 빨갛게 붉히면서도 오만한 미소를 띠며 부끄러워하는 기색도 없이 거리의 사람들과 모여 선 군중들을 둘러보았다. 여인의 웃옷 가슴에는 깨끗한 빨간 천에 금실로 정교하게 수를 놓아 꼼꼼한 무늬로 가를 두른 A자가 붙어 있었다. 그것은 아주 멋있고 사치스러운 느낌마서 들었으며 호화찬란하다고 할 수 있을 정도로 잘 되어 있어서 마치 지금 알고 있는 옷에 잘 어울리는 장식품처럼 보이기도 했다. 그 옷 또한 당시 기호에 맞는 호화로운 것으로 당시 식민지의 근검(勤儉) 법령이 허용하는 범위를 훨씬 넘고 있었다.

이 키도 크고, 늘씬한 젊은 여인의 모습에는 나무랄 데 없는 고상한 기품이 풍기고 있었다. 검고 술이 많은 머리는 햇빛이 반사될

정도로 윤기가 자르르 흐르고 있었다. 뚜렷한 이목구비며 화사한 살결은 말할 것도 없고 훤한 이마와 새까만 눈동자는 어딘지 모르게 사람을 끄는 데가 있었다. 또한 당시의 상류 여성답게 품위가 있어 보였는데, 그것은 뭐라 말할 수 없는 위엄에 찬 것이어서 오늘날의 여성들처럼 섬세하고 꺼져 버릴 것같이 연약한 우아함에 있는 것이 아니었다.

그런 만큼 헤스터 프린이 옥문을 나설 때처럼 기품이 있어 보인 적도 없었다. 지금까지 헤스터를 알고 있던 사람들은 불길한 구름에 덮여 그 모습이 흐려졌을 것이라고 생각하고 있었기에 그녀의 몸을 감싸고 있는 불행이나 불명예가 오히려 후광처럼 그 아름다움을 더욱 빛나게 해준 데 대해 놀라움을 금치 못하였다. 그러나 매사에 찬찬한 눈을 지닌 사람에겐 그녀의 모습 어딘가에서 아픔의 구석을 엿보았을 것이다. 그 옷은 이날을 위해 그녀가 직접 감옥 안에서 수를 놓아 만든 것이었는데 그 눈이 부실 정도로 특이한 아름다움은 오히려 그녀의 정신적인 자세, 즉 절망적이고 자포자기인 기분을 나타내고 있었다. 그러나 사람들의 눈을 끌 정도로 그 옷을 입은 여인을 완전히 달라 보이게 만든 것은—지금까지 헤스터 프린과 친밀하게 사귀어 오던 사람들까지도 처음 만난 것 같은 인상을 받게 되었는데—그 이상한 자수도 가슴을 장식한 주홍글씨였다. 그 글씨는 주문(呪文)과 같은 효과가 있었고 헤스터를 평범한 인간관계에서 분리시켜 고립된 세계에 가두는 힘을 지니고 있었다.

"저년은, 바느질 솜씨 하나만은 그만이야." 구경꾼들 속에 섞여 있던 한 여자가 말했다. "하지만 이런 식으로 솜씨 자랑을 한 것은 저 뻔뻔스런 년이 처음이야! 사실 말이지, 이건 아무리 생각해도 판사님들을 코앞에서 비웃어 대면서 그 훌륭한 분들이 내린 형벌을 오히려 자랑으로 여긴다고 볼 수밖에 없으니 말이에요.”

“가장 좋은 방법은.” 하고 그 여자들 중에서 가장 무섭게 생긴 여인이 말했다. “헤스터의 화려한 웃옷을 그 품위 있는 어깨에서 벗겨 버리는 거예요. 저 괴상하게 수놓은 주홍글씨만이라도 떼어 버리고 그 자리에다 류머티즘에 쓰는 헝겊 조각을 대주면 썩 잘 어울릴 거예요!”

“좀 조용히들 하세요!” 가장 젊어 보이는 여자가 작은 소리로 말했다. “저 여자가 듣겠어요! 저 수놓은 글씨의 바늘땀 하나하나가 저 여자의 가슴을 결코 편케 하지는 않았을 거예요.”

그때 간수가 지팡이를 휘두르며 위엄 있게 외쳤다.

“자, 여러분 비키시오. 국왕의 명령이니 길을 비키시오. 지금부터 낮 한시까지 남녀노소 누구에게나 이 훌륭한 옷을 마음껏 볼 수 있게끔 헤스터 프린을 세워 놓기로 약속하겠소. 부정을 백일하에 드러내는 정의의 고장, 매사추세츠에 신의 축복이 있기를! 자, 헤스터, 앞으로 나와 그 주홍글씨를 광장에 모인 여러분께 보이도록!”

구경꾼들 사이로 곧 길이 틔었다. 간수가 앞장을 서고 눈살을 찌푸린 남자들이나 매정스런 눈초리의 여인들이 줄줄이 뒤따르는 가운데 헤스터 프린은 정해진 형장으로 걸어가기 시작했다. 이 일 덕분에 반나절을 쉬게 되었다는 사실밖에 아무것도 모르는 장난꾸러기 아이들이 이상한 듯이 헤스터를 앞질러 뛰어가다가는 연방 뒤돌아보며 얼굴을 들여다보기도 하고 눈을 깜박이며 양팔에 안긴 아기와 가슴에 붙어 있는 치욕의 글씨를 쳐다보기도 했다.

그 당시만 해도 감옥 문에서 광장까지는 그리 멀지 않았지만 죄수의 심정으로는 역시 꽤 먼 거리로 여겨졌을 것이다. 왜냐하면 비록 자세는 흐트러지지 않았을지언정 자기를 구경코자 몰려드는 사람들의 발소리를 들을 때마다 그녀의 심장은 한길에 내팽개쳐서 짓밟히는 듯한 아픔을 느꼈을 테니까. 그러나 인간의 성정에는 고맙게도 신의 자비가 있어서 고통을 당하고 있는 자가 얼마나 심한 고통을 당하고 있는지를 깨닫게 되는 것은 그 당장이 아닌 훨씬 뒤의 일이다. 때문에 헤스터 프린은 태연하다고 할 만큼 품위를 지닌 채 지금 자기가 겪고 있는 시련을 극복하면서 서쪽에 있는 처형대에 다다를 수 있었다. 보스턴에서 가장 오래된 교회와 처마 바로 밑에 세워져 있는 그 처형대는 마치 교회의 부속 건물처럼 보였다.

아닌 게 아니라, 이 처형대는 형구(形具)의 일부가 되어 있었다. 현대인에게는 한낱 역사적이고 전설적인 유물이 되어 버렸지만 이삼 세대 전만 해도 프랑스 혁명 당시의 테러 정치인들을 차단했던 단두대에 못지않게 양민(良民)을 교육시키는 데에 효력을 발휘한다고 생각되었다. 간단히 말하자면, 그것은 형틀의 단(壇)으로서 그 위에는 여러 사람의 눈에 띌 수 있도록 사람의 목을 꽉 끼울 수 있는 형틀이 서 있었다. 나무와 쇠로 된 이 장치는 마치 치욕을 그림으로 그려놓은 듯이 뚜렷한 모양을 하고 있었다. 죄인이 부끄러워서 얼굴이 가리려는 것을 막기 위한 것이 이 형벌의 목적이긴 하지만 그 사람의 과실이야 어쨌든 이 사실 이상으로 심히 인간성을 모독하는 일은 없을 것이다. 그러나 흔히 있는 일로서 헤스터 프린은 일정한 시간만 그 형대 위에 서 있으면 되었고 특히 죄인들이 싫어하는 수갑을 채운다든지 칼을 씌우는 형벌은 받지 않아도 되었으므로 자기가 취할 바를 잘 알고 있던 그녀는 나무 계단을 올라갔다.

도로에서 보았을 때 사람들 어깨 높이가 될 만한 곳에 이르자 그녀는 서서 군중에게 둘러싸인 채 공개되었다.

만일 이 청교도의 무리 속에 가톨릭교도가 섞여 있었다면 눈이 부실 것 같은 복장과 가슴에 갓난아기를 안고 있는 아름다운 여성의 모습에서 성모 마리아 상을 연상하였을 것이다. 물론 그것은 연상에 불과하겠지만 수많은 저명 화가들이 다투어 그리고자 한 이 세상을 구해줄 아기를 낳으신 순결한 성모 마리아의 모습을 발견했을지도 모른다. 그럼에도 헤스터의 경우에는 인간 생활에서 가장 신성해야 할 미덕에까지도 씻을 수 없는 죄의 오점이 찍혔다. 즉 이 여자가 아름답기 때문에 세상은 더욱 어두워질 뿐만 아니라 그 배를 아프게 한 아이 때문에 점점 타락한다는 결말을 가져왔던 것이다.

따라서 이 장면에는 사람들의 마음을 숙연케 하는 그 무엇이 있었다. 사회가 한 인간에게서 죄와 치욕의 모습을 발견하였음에도 불구하고 두려움은커녕 웃어넘길 만큼 타락하지 않은 이상, 그것은 이러한 때에 으레 느낄 수 있는 외경감(畏敬感)을 자아냈다. 헤스터 프린의 치욕을 목격하고 있던 사람들도 아직 이런 소박한 성품에서 벗어나지 못한 사람들이었다. 그들은 설령 헤스터가 사형 판결을 받았다 하더라도 그 잔혹함을 눈썹 하나 까딱하지 않고 구경할 수 있는 그런 강심장을 가진 사람들이었는지도 모르지만 사정이 다른 사회(청교도 사회가 아닌)라면 한낱 웃음거리에 지나지 않을 눈앞의 광경에서는 조금도 냉혹함을 드러낼 수 없었다. 아니, 만일 이런 사태를 웃어넘겨 버리려는 기분이 있었다 하더라도 엄숙하게 자리 잡고 있는 총독, 여러 명의 총독 고문, 판사, 장군, 목사들의 위엄에 압도되어 맥을 못 추었을 것이다. 이들 일행은 교회당의 발코니 위에 서거나 앉아서 처형대를 내려다보고 있었다. 이들은 그들의 지위나 직책상의 위엄과 존엄성을 손상시키지 않고도 처형장의 일부를 이루고 있었는데 법대로 선고된 형벌에는 거짓이 없고 그 효력 또한 강하게 나타내려는 의미가 내포되어 있었다고 생각해도 무방하리라.

군중을 심각하고 거북스럽게 만든 것도 그와 같은 사정에서 비롯되었으나 불쌍하게도 이 죄인은 수많은 사람들의 가차 없는 시선이 자기에게 쏠려 가슴에 집중되고 있다는 사실에 중압감을, 우롱에 찬 바늘이나 독약을 칠한 칼처럼 대할지라도 그것을 꾹 참고 견디겠다는 굳은 각오를 하고 있었다. 그러나 사람들의 엄숙한 태도에는 그보다도 더한 두려움이 있었으므로 모든 사람의 엄숙한 표정이 차라리 조소로 일그러져 그 조소의 대상이 된 자신을 바라보는 것이 낫지 않을까 하는 기분도 들었다. 군중으로부터 와 하고 웃음소리가 터지고 모든 남녀와 애들까지도 제 나름대로의 웃음소리를 터뜨려 주었다면 헤스터 프린은 그들에게 오히려 멸시적인 냉소로 응수해줄 수 있었을 것이다. 그러나 이 납덩어리처럼 무거운 형벌을 참는 일이 자기의 운명이라는 것을 알게 된 헤스터는 있는 힘을 다하여 고함을 지르며 처형대 위에서 땅바닥으로 몸을 던지지 않으면 그대로 미쳐 버릴 것 같은 기분이 들었다.

때때로 자기가 적나라한 구경거리가 되고 있는 광경 전체가 눈앞에서 사라져 버리는 것 같기도 하고 형태가 뚜렷하지 않은 꿈이나 환상처럼 흐릿하게 어른거릴 때도 있었다. 머리의 움직임은, 특히 기억력은 이상하리만큼 활발해져서 이 서쪽 황무지 한구석에 있는 작은 마을의, 거칠게 들어선 마을의 거리와는 다른 장면이 끊임없이 떠오르고 있었다. 그 뾰족한 모자 밑으로 노려보고 있는 얼굴과는 다른 얼굴도 있었다. 어린 시절과 학창 시절의 일, 운동, 어린애다운 싸움, 처녀 시절에 있었던 하찮은 집안일 등 보잘것없는 회상이 그 뒤의 생활에서 일어난 의미심장한 사건들과 뒤섞여 한꺼번에 되살아났다. 모든 것이 똑같이 중요한 뜻을 지닌 것 같기도 하고 혹은 보잘것없는 연극 같기도 했으나 모두가 똑같이 생생하게 느껴졌다. 이러한 과거의 환상들을 이것저것 그려봄으로써 현실의 잔인하리만큼 엄격한 형벌을 벗어나려는 마음은 이런 경우 스스로를 구해 보려는 여성 본능의 지혜였는지도 모른다.

어쨌든 처형대는 행복한 어린 시절부터 걸어온 인생의 전모를 헤스터 프린에게 뚜렷이 제시해 주는 전망대가 되었다. 이 비참한 단상에 서 있으니 그녀의 눈에 또다시 그리운 영국의 고향 마을이며 자라난 집이 떠오르기 시작했다. 회색의 다 쓰러져 가는 집이었지만 그 현관에는 유서 깊은 가문의 표시인 다 지워져 가는 문장(紋章)이 새겨져 있었다. 이마가 벗겨진, 엘리자베스 왕조 시대의 구식 주름깃 위에 멋있게 흰 수염을 날리던 아버지의 얼굴이 떠올랐다. 어머니의 모습도 떠올랐다. 그 자상함과 깊은 애정에 넘치던 어머니의 표정은 그녀가 죽은 뒤에도 딸이 걷는 인생행로에 언제나 나타나 조용한 훈계의 말을 건네주었다.

여기에 마치 아이들처럼 아름답게 빛나던 자신의 얼굴도 떠올랐다. 늘 들여다보던 흐릿한 거울 속까지도 밝혀 주던 얼굴이었다. 이 거울 속에는 나이를 꽤 먹은 남자의 얼굴도 비쳐 보였는데 수많은 책들을 읽느라고 켜놓은 램프의 불빛 때문에 눈은 게슴츠레해지고 얼굴이 파리하고 여윈 학자풍(風)의 남자 모습이었다. 그러나 그 약한 시력도 인간의 마음을 꿰뚫어보려고 할 때는 불가사의한 통찰력을 지니는 것이었다. 서재에 묻혀 은둔 생활을 하는 그 남자는 약간 불구의 몸인지라 왼쪽 어깨가 오른쪽 어깨보다 약간 올라간 듯했고, 헤스터 프린은 여자다운 섬세함으로 잊지 않고 상기했다.

　그 다음에 회상의 화랑(畫廊)에 떠오른 것은 유럽 어느 도시의 비좁고 복잡한 거리, 높다란 회색 집들, 훌륭한 사원, 시대도 오래된 색다른 건축 양식의 공공 건물 등이었다. 거기에는 역시 그 불구의 학자와 끊을 수 없는 새로운 생활이 기다리고 있었는데 새로운 생활이라고는 하나, 허물어져 가는 벽에 낀 푸른 이끼처럼 케케묵은 것에 기대어 사는 생활에 불과했다. 주마등처럼 스쳐가는 이런 풍경을 대신하여 마지막으로 나타난 것은 청교도 식민지의 보잘것없는 광장이었다. 그곳에 모인 사람들 모두가 엄격한 시선을 쏟고 있는 것은 가슴에 금실로 수놓은 주홍글씨 A를 달고 아이를 안은 채 처형대 위에 선, 헤스터 프린, 바로 그녀 자신이었다!

　이 같은 일이 있을 수 있을까? 가슴에 꽉 껴안자 아이는 울음을 터뜨렸다. 이 아이와 이 치욕이 현실인지를 확인이라도 하듯 그녀는 주홍글씨를 내려다보며 손으로 만져 보기까지 했다. 역시 그랬다! 이 두 가지만이 현실이었다. 그 밖의 모든 것은 사라지고 말았던 것이다!

제3장 해후

이 주홍글씨를 단 여인은 와락 마음을 사로잡는 어떤 인물을 군중 틈에서 발견하자 자기가 지금 비난을 퍼붓는 눈초리의 대상이 되어 있다는 의식에서 겨우 해방될 수 있었다. 그곳에는 인디언 한 사람이 독특한 복장을 하고 서 있었다. 인디언들이 영국 식민지를 방문하는 것은 별로 이상한 일이 아니었기에 이런 때에 한두 사람의 인디언이 서 있었다 하더라도 헤스터 프린의 주의를 끌 리는 없었다. 이 인디언 옆에는 친구인 듯한 백인 한 사람이 문명인인지 야만인인지초차 분간할 수 없는 기묘한 옷차림을 하고 있었다.

이 백인은 자그마한 몸집에 얼굴에는 주름이 깊게 잡혀 있었지만 아직 노인이라고 할 만한 나이는 아니었다. 이목구비에는 놀라우리만큼 지력(知力)이 엿보였다. 정신이 발달함으로써 육체 또한 저절로 정신의 영향을 받은 듯한 얼굴을 하고 있었다. 언뜻 보기에는 색다른 옷을 아무렇게나 입어 몸의 특징을 감추거나 아니면 눈에 띄지 않도록 하고 있었으나 한쪽 어깨가 약간 높다는 것을 헤스터 프린은 알고 있었다. 이 여윈 얼굴과 약간 불구가 된 몸을 본 순간 헤스터 프린은 어린아이를 가슴에 끌어안았는데 너무도 갑자기

안았기 때문에 가엾게도 아기는 아픈 듯이 울었다. 그러나 엄마는 그 울음소리도 못 들은 것 같았다.

광장에 도착하여 모습이 공개되기 조금 전부터 사나이는 벌써 헤스터 프린을 주시하고 있었다. 내면을 바라보는 일에 익숙해져 있는 그는 자기 마음속에 있는 것과 관련이 없는 외부적인 일에는 가치도 의의도 인정치 않는 인간이어서 처음에는 무심한 눈초리였다. 그러나 이윽고 그의 표정은 날카롭게 꿰뚫어보는 듯한 눈초리로 변했다. 번민하는 듯한 고통의 빛이 그 얼굴에 떠올랐다. 마치 얼굴 위를 재빨리 지나가려던 뱀이 잠시 멈춰 똬리를 트는 광경이 사람의 눈에 띈 것같이 그의 표정은 뭔가 어두운 마음의 움직임으로 흐려지는 듯했다. 그러나 그러한 마음을 강한 의지로 눈 깜짝할 사이에 억눌러 버렸으므로 곧 침착한 표정을 되찾고 있었다. 다음 순간에는 이미 고뇌의 빛은 눈에 띄지 않았고 그것도 마침내 마음의 깊숙한 곳으로 가라앉아 버렸다. 헤스터 프린의 눈이 자기 눈을 응시하고 있다는 것을 알자 그는 조금도 당황하지 않고 천천히 손가락을 올려 살짝 신호를 하더니 입술에 갖다 댔다.

그러더니 그는 옆에 서 있는 마을 사람의 어깨에 손을 얹고 새삼 정중한 태도로 말을 걸었다.

"실례합니다만, 도대체 저 여자는 누구입니까? 무슨 이유로 저렇게 창피를 당하고 있는 겁니까?"

"이 고장엔 처음 오시는 분인게로군요." 하며 그 사람은 그와 동행인 인디언을 자꾸 쳐다보면서 말했다. "그렇지 않다면, 헤스터 프린의 탈선행위에 대한 소문은 아마 들어 아실 텐데요. 저 여자는 딤즈데일 목사님의 교회에서 대단히 불미스러운 일을 저질렀습니다."

"그랬군요." 그는 대답했다. "나는 이 고장이 처음이며, 본의 아닌 방랑 생활을 하고 있는 사람입니다. 바다와 육지에서 비참한 재난을 만나 오랫동안 남쪽에서 인디언에게 붙잡혀 있었답니다. 이제야 겨우 여기 있는 인디언에게 끌려나와 무죄 방면된 셈입니다. 그러니 헤스터 프린—아마 그런 이름이었죠? 저 여자가 범한 죄와 왜 저런 처형대에 서게 되었는지 말씀해 주셨으면 합니다."

"암, 해드리죠." 마을 사람은 말했다. "황야에서 그렇게 고생하신 끝에, 부정을 저지르면 으레 높은 분과 일반 시민이 보는 앞에서 죄를 처벌하는 이런 훌륭한 고장으로 돌아오시게 되었으니 얼마나 기쁘십니까? 저 여자는 말입니다. 영국 태생으로 오랫동안 암스테르담에 살고 있던 어느 학자의 부인이랍니다. 그 남편은 퍽 오래 전에 미국으로 건너와 우리 매사추세츠 사람들과 운명을 같이하려고 한 모양입니다. 그래서 우선 부인을 먼저 보내고 자기는 뒤처리를 위해 남았다고 합니다. 그런데 글쎄, 저 여자가 보스턴에서 두 해 가까이 살도록 그 프린 씨라는 학자에게서 아무런 소식이 없다지 뭡니까? 그러다 혼자 살던 저 젊은 부인이 그만 잘못을 저지르게 된 거죠."

"아, 그랬군요." 나그네는 쓰디쓴 웃음을 지으면서 말했다. "말씀대로 그 남자가 학자였다면, 그런 것 정도는 책에서 배워 뒀어야 하는 건데. 그런데 실례합니다만, 저 갓난아기 말인데요. 난 지 삼사 개월이나 되었을까요? 프린 부인이 안고 있는 애기 아버지는 누구인가요?"

"바로 그겁니다. 그 점이 분명하지 않단 말입니다. 수수께끼를 풀어줄 명판관(名判官)은 아직 나타나지 않았어요." 하고 마을 사람은 대답했다. "재판관들도 머리를 썼지만 헤스터가 도무지 입을 열지 않아 소용이 없었어요. 어쩌면 불의의 짓을 한 상대방 남자도 하나님만은 알고 계시다는 것을 잊어버린 채 남몰래 이 슬픈 광경을 바라보고 있는지도 모르겠습니다."

"이 수수께끼를 풀려면 그 학자 선생님이 와야 되겠군요."

나그네는 또 미소를 지으며 말했다.

"그야 그렇죠. 아직도 살아 있다면 말입니다." 마을 사람은 대답했다. "그래서 말입니다. 이 매사추세츠의 재판관님들은 저 여자가 젊은 미인이라 타락의 유혹도 많았을 것이고 게다가 십중팔구 남편은 바닷속에 빠져 죽었으리라 생각했기 때문에 법에 의한 판결을 엄정하게 내리지 못한 것이지요. 원래 그 죄에 대한 형벌은 사형입니다. 그러나 재판관님들의 자비심과 동정으로 프린은 처형대 위에 세 시간 동안 서 있을 것과 죽을 때까지 가슴에 치욕의 표시를 달아야 한다는 판결을 받은 겁니다."

"훌륭한 판결입니다!" 나그네는 정중히 고개를 숙였다. "그렇게 하면 저 여자는 그 수치스러운 글씨가 묘비에 새겨지는 날까지 죄 짓는 자에 대한 산 교훈이 되겠군요. 그러나 불의의 정을 통한 상대가 저 여자와 함께 처형대 위에 서지 않았다는 것은 화나는 일이군요. 하지만 그 남자도 머지않아 알게 될 겁니다……알고 말고요!"

그는 얘기를 해준 마을 사람에게 정중히 머리를 숙이고 동행한 인디언에게 몇 마디 말을 속삭이더니 군중 틈을 헤치고 사라졌다.

그 동안에도 죽 헤스터 프린은 나그네 쪽으로 시선을 못 박은 채 처형대 위에 서 있었다. 너무도 뚫어져라 쳐다보았으므로 때로는 열중한 나머지 모든 것이 시야에서 사라져 버리고 그와 그녀만이 남은 것처럼 착각할 정도였다. 그처럼 단둘이 만난다는 것은 아마 지금 이렇게 뜨거운 한낮의 폭양을 얼굴에 받으면서 수치를 당하고 있는 모습으로 만나는 것보다 훨씬 더 두려운 일일지도 모른다. 가슴에는 빨간 치욕의 표시를 달았고 팔에는 불의의 씨를 안고 있다. 마치 축제 구경이라도 하러 나온 듯이 몰려나온 군중들에게 조용한 난로 불빛 속에서, 행복한 가정의 그늘에서, 혹은 교회를 참배하는 여성다운 배일 밑에서나 볼 수 있어야 할 얼굴을 보이고 있는 것이다. 처형대 위에서 공개된다는 일은 물론 지독한 고통이다. 그러나 이처럼 많은 구경꾼이 있다는 것이 오히려 도피처가 된다는 것을 헤스터는 알고 있었다. 단둘이 정면으로 만나는 것보다는 이렇게 많은 사람들을 사이에 두고 대하는 편이 훨씬 나았다. 말하자면 남 앞에 자기 몸을 드러냄으로써 도움을 받은 셈이므로 이런 구원의 손길이 없어지는 순간이 두려웠다. 이런 생각에 잠기는 바람에 뒤에서 군중 전체가 들을 만큼 큰소리로 이들을 되풀이해서 부르고 있는 것도 모르고 있을 정도였다.

"듣거라, 헤스터 프린." 하고 그 목소리는 말했다.

앞에서 말했듯이 헤스터 프린이 서 있는 처형대 바로 위에는 교회당에 붙은 발코니랄까, 지붕이 없는 관람석이 있었다. 당시는 여러 가지 행사가 있을 때마다 행정관들이 그곳에 모여서 엄숙하게 갖가지 공포문을 발표하곤 하였다. 바로 그 장소에 지금 설명되고 있는 광경에 입회하기 위해 벨링햄 총독이 앉아 있었고 그 자리 둘레에는 네 명의 친위병이 의장대(儀仗隊)처럼 창을 들고 서 있었다. 총독은 모자에 검은 깃털을 꽂았고 외투 단에는 수를 놓았으며 그 안에 검은 우단 상의(上衣)를 입고 있었는데 얼굴에 잡힌 주름에는 고생한 경력이 엿보이는 노숙한 신사였다. 하나의 사회를 대표하는 우두머리로서는 정말 손색없는 적임자였다. 왜냐하면 이 사회의 기원과 진보, 그리고 오늘날의 발전은 젊은이의 충동적인 움직임에 의해 이루어진 것이 아니라 엄하게 쌓아올린 성인의 에너지와 노인의 평범한 생활의 지혜로 이룩된 것이기 때문이다. 상상이나 기대가 최소한으로 억제되었기 때문에 오히려 큰 성과를 올릴 수 있게 됐던 것이다. 이 우두머리를 둘러싸고 있는 상류 명사들의 특출한 점은 권위 있는 모습이 신(神)의 세계의 숭고함을 지니고 있다고 생각하던 시대에 잘 어울리는, 위엄 있는 태도였다. 이 사람들이 공정하고 현명하며 훌륭한 사람들이었다는 것은 의심할 여지가 없는 일이다. 그러나 온 세상을 뒤져봐도 지금 헤스터 프린이 얼굴을 돌리고 있는 그 방향에 굳은 표정으로 앉아 있는 사람들의 수효만큼 잘못을 저지른 한 여인의 마음을 심판하고 선악의 얽힘을 풀어헤치는 일에 능력이 없는, 현명하고 유덕한 인사를 찾아낸다는 것은 그리 쉬운 일은 아닐 것이다. 헤스터 자신도 동정을 기대할 만한 곳이 있다면 그것은 관대하고 따뜻한 군중의 마음속뿐이라는 것을 의식한 듯했다. 시선을 들어 발코니 쪽을 보았을 때 이 불행한 여인은 창백한 얼굴로 떨고 있었다.

헤스터를 부른 것은 유명한 목사 존 윌슨이었다. 보스턴에서 최고참인 이 목사는 당시 성직에 있던 사람이 모두 그러했듯이 대학자인데다 친절하고 온화한 성격의 소유자였다. 그러나 이 나중에 얘기한 성격은 타고난 재능만큼 주의 깊게 계발된 성질은 아니어서 사실상 그에게는 자랑거리라기보다는 오히려 수치거리였다.

이 목사의 모자 밑으로는 반백의 머리카락이 엿보였고 서재의 램프 불에만 익숙해진 회색 눈은 헤스터가 안은 아이처럼 직사광선을 받아 껌벅이고 있었다.

그 모습은 마치 옛날 설교집 첫머리에서나 볼 수 있는 흐릿한 동판의 초상화와 비슷했다. 그는 그런 초상화의 인물과 마찬가지로 이런 자리에 나서서 인간의 죄나 정열, 고뇌의 문제에 간섭할 하등의 권리도 지니지 않은 인물이었다.

"헤스터 프린이여." 하고 목사는 말했다. "여기 있는 젊은 친구의 설교는 그대도 들을 기회가 있었겠지만 나는 이 청년과 지금껏 의논을 했소." 윌슨 씨는 곁에 있는 얼굴이 창백한 청년의 어깨에 손을 얹었다. "내가 이 신앙심 깊은 청년에게 권한 일은 하나님이 보시는 앞에서, 현명하고도 고결한 위정자들 앞에서, 그리고 많은 사람들이 듣고 있는 앞에서 이분으로 하여금 그대가 저지른 비열하고 무도한 죄에 대해 타일러 달라고 권유한 것이오. 이 청년은 나보다도 그대의 천성을 잘 알고 있었으므로 그대의 완강한 고집을 꺾기 위해 위협을 해야 할지, 또는 부드럽게 달래야 할지, 둘 중 어느 방법을 써야 할 것인지도 잘 알 것이고 그대 또한 그대를 유혹하여 타락시킨 남자의 이름을 밝히고야 말 것이라고 생각했기 때문이오. 그런데 이 청년은 내 의견에 반대하기를(나이보다는 현명한 사람임에는 틀림이 없으나 역시 젊은 사람에게 흔히 있는 응석 비슷한 것이겠지만), 이런 대낮에 많은 구경꾼들 앞에서 여자의 비밀을 고백하라고 강요하는 것은 여심(女心)을 손상시키는 일이라는 거요. 그러나 이 청년을 납득시키려고 애쓴 바와 같이 사람이 수치로 생각해야 할 것은 바로 죄를 짓는 데 있는 것이지, 그것을 사실대로 고백하는 데 있는 것은 아니오. 귀찮을지 모르나 당신 의견은 어떻소, 딤즈데일 목사. 이 가련한 죄인의 영혼을 다룰 사람은 당신이요, 아니면 나요?"

발코니에 자리 잡은 위엄 있는 사람들이 술렁거렸다. 벨링햄 총독은 상대방인 젊은 목사에 대한 존경심에서 다소 누그러지기는 했으나 고집스런 목소리로 그 술렁거림을 대변했다.

"딤즈데일 목사! 이 여인의 영혼을 구하는 일에 대해서는 당신이 책임 져야 하오. 따라서 이 여자를 설득하여 회개시키고 또 회개한 증거로 고백을 시키는 것이 당신의 의무라고 생각하오."

이렇게 단도직입적으로 간청하는 소리를 듣자 군중들은 딤즈데일 목사에게로 시선을 돌렸다. 이 젊은 목사는 영국의 어느 유명한 대학을 졸업하고 당대의 일류 학문을 미개의 황무지인 미국에 전하기 위해서 건너온 사람이었다. 그의 웅변과 종교적인 정열은 이미 목사로서의 유망한 앞길을 약속받고 있었다. 희고 훤한 이마에 우수에 잠긴 커다란 갈색 눈, 일부러 꼭 다물지 않으면 언제나 바르르 떨리기 쉬운, 감수성과 강렬한 자제심을 표시하고 있는 입술, 남의 이목을 끄는 수려한 모습의 소유자였다. 타고난 비범한 재능과 학자다운 박식에도 불구하고 이 젊은 목사는 인생의 상궤를 벗어난 곳에서 헤매는 것 같았고 고고(孤高)한 세상에 묻혀 있어야만 비로소 침착해질 수 있는 사람처럼 보였다. 그의 표정은 몹시 불안스러워 보였고 겁을 먹어 전전 긍긍하고 있는 것처럼 보이기도 했다. 그런 탓인지 목사로서의 직책이 허용하는 한도 내에서 그늘진 오솔길을 걸었으며 항상 소박한 어린이 같은 생활을 했다. 그러나 필요할 때는 대중 앞에 나서서 신선하고 향기 높은, 이슬처럼 순결한 사상을 제시했다. 그것은 여러 사람의 말대로 천사의 말처럼 가슴을 울렸다.

월슨 목사와 총독은 이러한 청년 목사를 쑥스럽게 사람 앞으로 끌어내어 대중이 듣고 있는 곳에서, 더럽혀지기는 했지만 신성한 여인의 비밀을 고백시키도록 명령한 것이다. 이 난처한 처지가 청

년의 볼에서 핏기를 가시게 했고 그의 입술을 떨리게 했다.

"저 여인에게 말을 거시오." 하고 윌슨 목사는 말했다. "그렇게 하는 것이 저 여자의 영혼에 중대한 계기를 줄 뿐 아니라 총독 각하도 말씀한 바와 같이 저 여인에 대한 책임을 지고 있는 당신의 영혼에 대해서도 중대한 일이란 말이오. 진실을 고백하도록 저 여인을 타이르시오."

딤즈데일 목사는 기도를 올리듯이 고개를 수그리더니 약간 앞으로 나섰다.

"헤스터 프린이여." 그는 발코니에서 몸을 앞으로 내밀며 여인의 눈을 똑바로 보았다. "당신도 이곳에 계신 목사님의 말씀을 들었을 테니까 나에게 주어진 책임을 잘 알고 있을 줄 아오. 당신의 마음이 편안해지고 이 지상에서 받는 형벌이 당신의 영혼을 구제하는 데 조금이라도 효과가 있다고 생각한다면 당신과 함께 죄를 범했고 당신과 함께 괴로워하고 있는 그 사람의 이름을 말하기 바라오! 그 남자에 대한 그릇된 동정이나 친절한 마음에서 입을 다물어서는 안 되오. 알겠소? 헤스터! 그 남자가 높은 곳에서 내려와 지금 당신이 서 있는 그 수치의 단상 위에 함께 서야 하는 일이 있을지라도 그 편이 차라리 평생을 두고 죄를 숨기는 것보다는 훨씬 나을 테니까요. 당신이 침묵을 지키는 것이 그 남자에게 무슨 도움이 되겠소? 그 남자를 유혹한데다 아니 그뿐 아니라 죄를 저지른 위에 위선을 더하도록 강요하는 것밖에 더 되겠소. 하나님이 당신에게 여러 사람 앞에서 부끄러움을 당하게끔 한 것은 당신이 가슴속의 죄악과 가슴 밖에 있는 비애를 공개적으로 회개할 수 있도록 해주신 것이오. 지금 당신의 입술 앞에 있는 술잔은 쓸지 모르나 당신을 위한 술잔이므로 당신은 그것을 그 남자로부터—혹시 그 사람 자신이 그것을 잡을 용기가 없는 남자라면—빼앗아 왔다는 것을 잊어서는 안 되오!"

젊은 목사의 떨리는 듯한 목소리는 상냥하고, 낭랑하고, 엄숙했으나 말이 막히는 듯했다. 말 하나하나에 대한 뜻보다도 오히려 그 감정이 뚜렷이 전달되었으므로 듣는 이로 하여금 공명감을 불러일으키게 해서 너나 할 것 없이 한마음 한뜻으로 묶어 버렸다. 헤스터의 품에 안긴 아기까지도 그 영향을 받았던지 지금껏 멍했던 시선을 딤즈데일 목사 쪽으로 돌리더니 기쁜지 슬픈지 알 수 없는 소리를 내며 조그만 두 팔을 내밀었다. 목사의 말이 어찌나 힘차게 들렸던지 저 사람들은 헤스터 프린이 그 죄인의 이름을 밝히든가 아니면 죄인 자신이 그 지위의 고하를 막론하고 어쩔 수 없는 심정에 이끌리어 처형대 위로 올라갈 것으로 생각했다.

헤스터는 고개를 내저었다.

"여인이여, 하나님의 자비심도 한도가 있는 법이오." 윌슨 목사는 조금 전보다 격한 음성으로 말했다. "그 갓난아기도 목청이 있기에 그대가 방금 들은 충고의 말을 뚜렷이 확인하고 있지 않소. 남자의 이름을 밝히시오! 말하고 회개한다면 가슴에서 주홍글씨를 떼어낼 수도 있단 말이오."

"싫습니다!" 헤스터는 윌슨 목사가 아닌 젊은 목사의 깊은 고뇌에 찬 눈을 쳐다보면서 대답했다. "이것은 가슴 깊이 찍힌 낙인이므로 떼어도 허사입니다. 게다가 저는 제 고뇌 외에 그분의 고통까지도 참기를 원하고 있습니다."

"말하라." 또 하나의 목소리가 처형대를 둘러싼 군중 틈에서 냉혹하고도 날카롭게 들려왔다. "말하라, 그 아이에게 애비를 찾아 줘라!"

"못 하겠어요!" 헤스터 죽은 사람처럼 창백해지면서도 익히 들은 적이 있는 그 남자의 목소리에 대답했다.

"이 아이는 하늘에 계신 아버지를 찾아야 합니다. 지상의 아버지는 몰라도 됩니다!"

"저 여자는 말하지 않을 거요!" 손을 가슴에 얹은 채 발코니에서 몸을 내밀고 설득의 결과를 기다리고 있던 딤즈데일 목사가 중얼거렸다. 그는 숨을 크게 들이마시더니 자기 자리로 물러섰다. "여자의 마음은 이토록 강하고 넓은가! 저 여자는 입을 열 것 같지 않소!"

불쌍한 죄인의 고집스런 심리 상태를 알아차리자 윌슨 목사는 이런 기회에 말하려고 준비했던 온갖 죄악에 대하여 입을 열었으며 연방 치욕의 주홍글씨를 쳐들어대며 군중을 향하여 설교를 하기 시작했다. 한 시간 이상이나 미사여구의 말을 군중들에게 퍼부으면서 주홍글씨를 강조해서 말했기 때문에 그 상징은 듣는 사람의 머리 속에 새로운 공포심을 싹트게 해 마치 그 주홍색은 업화(業火)에서 훔쳐 오기라도 한 것처럼 생각되었다. 그러는 동안에도 헤스터 프린은 얼빠진 듯한 눈초리로 피로와 무관심한 빛을 띤 채 치욕의 단 위에 서 있었다.

이날 아침, 헤스터는 온 힘을 다하여 견디어 냈다. 심한 고통을 받았을 때 쉽게 기절하여 그로부터 도피하는 그런 기질의 여자는 아니었으므로 정신만이 돌처럼 무감각한 껍질 밑에 도피처를 찾았을 뿐 육체적인 기능은 조금도 손상되지 않았다. 지금 같아서는 설교자의 목소리만 그저 윙윙 울려 오는, 그야말로 마이동풍에 지나지 않았다.

이 설교의 후반에서 품에 안긴 아이의 울음소리가 찢어지는 듯

주위의 공기를 뒤흔들어 놓았으나 헤스터는 기계적으로 달래려 했을 뿐, 그 아이의 고통을 안쓰러워하는 기색은 조금도 없었다. 이런 비정한 태도 그대로 헤스터는 군중이 지켜보는 가운데 철로 된 옥문 안으로 모습을 감췄다. 그 뒷모습을 바라보던 사람들은 주홍글씨가 감옥으로 들어가는 어두운 복도에서 무시무시한 빛을 발하더라고 속삭이고 있었다.

제4장 만 남

감옥으로 돌아온 뒤 헤스터 프린의 신경은 극도로 흥분되어 있었다. 꾸준한 감시가 없다면 자기 몸을 헤치거나 불쌍한 갓난아기에게 미치광이처럼 난폭하게 굴었을지도 몰랐다. 해질 무렵이 되어 꾸짖어 벌을 주겠다고 위협을 해도 전혀 명령을 따르려 하지 않자 간수장(看守長) 브래키트는 의사를 부르기로 했다. 그 의사는 기독교도에 적합한 모든 의학 분야에 정통할 뿐 아니라 숲에서 나는 약초에 대해서도 원주민보다 잘 아는 그런 사람이었다. 사실 의사의 간호가 필요한 것은 헤스터 자신보다도 오히려 갓난아이가 촌각을 다투는 상태였다. 엄마의 가슴에서 양분을 흡수하는 동안 그녀의 몸 전체에 충만해 있던 혼란과 고뇌의 절망을 모조리 빨아들인 모양이었다. 고통의 발작으로 몸을 뒤틀고 있는 아기의 모습은 헤스터 프린이 하루 종일 견디고 있던 마음의 고통을 그 어린 몸뚱이로 나타내고 있는 것 같았다.

간수장 뒤를 따라 어둠컴컴한 감방으로 들어온 사람은 군중 속에서도 유별나게 주홍글씨를 단 여인의 관심을 끌었던 그 이상한 풍채의 남자였다. 이 사람이 투옥된 것은 특별히 죄를 범해서가 아니라 이렇게 하는 것이 행정관들과 인디언 추장과의 사이에 추진 될 몸값에 대한 회담이 끝날 때까지 취할 수 있는 가장 편리하고 적 당한 해결책이었기 때문이었다. 남자의 이름은 로저 칠링워드였 다. 간수장은 그를 감방으로 안내하고 잠시 그곳에 머물러 있었는 데 갑자기 감방이 아까보다도 조용해진 데 대해 적이 놀라는 모양 이었다. 어린아이는 여전히 괴로워하고 있었으나 헤스터 프린은 죽지 않았나 싶을 정도로 갑자기 조용해졌기 때문이다.

"미안하지만 자리를 비켜주시겠습니까?" 하고 의사가 말했다. "문제없소. 간수 양반, 이제 곧 이 감옥이 조용해질 거요. 프린 부 인이 당신 말을 고분고분 잘 듣도록 해드리겠소이다."

"그렇게만 해주신다면, 선생님의 솜씨는 제가 보증해 드리죠!" 브래키트 간수장은 말했다. "정말로 이 여자는 신들린 사람 같습니 다. 채찍으로 악마를 쫓아낼까 하다가 그럴 수도 없어서……"

이 의사라 자칭하는 기묘한 사나이는 감방에 들어왔을 때부터 의사다운 침착함을 보이고 있었다. 잠시 후 간수장이 나가고 헤스 터와 단둘이 남았을 때에도 그는 안색 하나 변하지 않았지만 두 사 람 사이에 상당히 깊은 관계가 있다는 것은 군중 속에서 그를 발견 했을 때의 여자의 진지한 태도로 보아 명백한 일이었다.

그는 우선 아이를 진찰하기 시작했다. 사실상 손수레 침대 위에 서 몸을 뒤틀며 울고 있는 아이를 보면 그 괴로움을 달래는 일이 무 엇보다도 급한 일이었다. 그는 아이를 세밀히 조사하더니 옷 속에 서 가죽 가방을 꺼내어 열었다. 그 가방에는 여러 종류의 의약품이 들어 있었는데 그 중의 하나를 물컵에 타면서 말했다.

"연금술(鍊金術)을 연구한데다 일 년 이상이나 약초의 효험을 잘 아는 사람들 속에서 살다보니 의학의 대가라고 하는 사람들보다 훨씬 용한 의사가 되어 버렸지. 자, 여기 있소. 이 아이는 당신 아이지 나와는 아무런 인연도 없소. 목소리나 얼굴 생김새로 보더라도 나를 아버지라고 생각지 않을 것이오. 이 물약을 당신 손으로 먹이시오."

헤스터는 그가 내민 약을 물리쳤다. 그녀는 강렬한 눈초리로 그의 얼굴을 쳐다보면서 조그맣게 말했다.

"아무것도 모르는 이 어린것에게 앙갚음을 하시려는 건가요?"

"어리석은 여자 같으니!" 의사의 대답은 냉담한 것 같기도 하고 상대방을 달래는 것 같기도 했다. "이 불쌍한 애비 없는 자식을 못 살게 굴어 봤댔자 내게 무슨 소용이 있겠소? 이 약은 잘 듣소. 이 애가 내 애라 할지라도—그렇소, 나와 당신 사이에 태어난 애라 할지라도—역시 할 수 있는 일은 이 일밖엔 없을 거요."

여인은 사리를 분별할 만한 상태가 아니었으므로 계속 주저하고 있었다. 그는 아이를 두 팔로 안아가더니 그 물약을 먹여 주었다. 약은 곧 효력이 나타나 의사의 말을 확실하게 입증해 주었다. 어린 환자의 신음 소리가 멎은 데 이어 드디어 괴로운 몸부림조차도 차차 가라앉았다. 불과 몇 분도 안 되어 고통이 없어진 아이들에게 흔히 보듯이 그 아이는 조용히 깊은 잠에 빠져들었다. 의사라고 불러도 손색이 없는 이 사나이는 이어서 어머니를 진단하기 시작했다. 조용히 세심한 주의를 하면서 맥을 짚고 나더니 상대방의 눈을 들여다보았다. 그 눈초리는 퍽 낯익으면서도 어딘지 모르게 서먹서먹하고 냉혹하였기 때문에 그녀는 자기도 모르게 움츠러들어 떨릴 것 같았다. 드디어 진찰을 마친 그는 다른 물약을 조제하면서 말했다.

"나는 레테도, 네펜디도 모르지만 황야에 있는 동안에 여러 가지 새로운 비법을 배웠소. 이것도 그 중의 하나요. 패러셀서스 시대

로 거슬러 올라가는 내 학문과 교환하는 조건으로 인디언이 가르쳐 준 처방이니까 마서 보오. 깨끗한 양심만큼 위로하는 힘이 없겠지만. 하기야 그런 양심은 나에게도 없소만, 하여간 이것을 마시면 날뛰는 파도에 뿌린 기름처럼 당신의 흥분된 격정이 가라앉을 것이오.”

그는 헤스터에게 컵을 내밀었고 헤스터는 상대방의 얼굴을 물끄러미 한참 동안 지켜보다가 받아 들었다. 공포의 눈초리라고는 할 수 없지만 도대체 이 사나이의 속셈은 무엇일까 하는 의혹에 찬 표정이었다. 헤스터는 잠든 아이를 바라보았다.

“죽을 생각도 해보았어요. 그냥 죽어 버릴까 하고 말이예요. 나 같은 여자가 기도를 했다는 것이 곧이들리지 않겠지만 죽게 해달라고 기도를 했답니다. 그렇지만 이 컵 안에 독약이라도 들어 있다면 내가 마시기 전에 다시 한 번 생각해 주세요. 자, 보세요, 이렇게 입술에 댔습니다.”

“그대로 마서 두는 것이 좋을 거요.” 그는 여전히 냉담하고 침착했다. “뜻밖에도 나라는 사람을 잘 모르고 있군. 헤스터, 내가 하는 일이 늘 그렇게 속들여다 뵈는 짓이던가? 가령 내가 복수를 획책하고 있다 하더라도 당신을 살려 두는 편이, 당신을 생명의 위험에서 보호해 주는 약을 주는 편이 훨씬 더 그 목적을 달성하는 것이 아니겠소? 그래야만 이 낙인 찍힌 치욕의 표시가 언제까지나 당신 가슴속에 불타고 있을 게 아니오?” 그러면서 그가 기다란 검지를 주홍색 글씨에 대자, 그것은 갑자기 새빨갛게 불타올라 마치 헤스터의 가슴속까지 타들어 가는 것처럼 보였다. 그는 헤스터가 자기도 모르게 움찔하는 것을 보자 싱긋이 웃었다. “그러니까 당신은 살아 있어야 하고 언제까지나 업고(業苦)를 치르며 살아야 한다는 거요. 뭇사람이 보는 앞에서, 당신이 한때 남편이라 불렀던 남자 앞에서, 그리고 저 어린애가 보는 앞에서 말이오. 자, 당신이 오래 살수 있도록 이 물약을 마셔요.”

그 이상의 권고를 받을 필요는 없었다. 헤스터 프린은 물약을 쭉 들이키더니 의사의 지시대로 아이가 잠들어 있는 침대 위에 걸터앉았다. 의사는 방 안에 있던 단 하나의 의자를 끌어당겨 그녀 앞으로 다가앉았는데 이러한 그의 행동에 헤스터는 몸을 부르르 떨지 않을 수 없었다. 인간적인 면에서든, 주의(主義)에서든, 아니면 세련된 가면을 뒤집어쓴 잔혹성에서든, 하여간 육체의 고통을 덜어주기 위해 가능한 일은 다 해주었으니, 이번에는 고칠 수 없는 상처를 입은 사나이로서 할말이 있다는 듯한 태도를 알아챘기 때문이다.

“헤스터, 당신이 왜 이런 꼴이 되었는지, 아까 본 바대로 어째서 처형대 위에 서게 되었는지 그 이유는 묻지 않겠소. 그 이유야 뻔한 노릇 아니겠소? 당신의 어리석음과 나의 유약함 탓이니까, 나는……사색의 인간이었소. 수많은 큰 도서관의 책벌레였소. 끝도 없는 지식욕을 채우고자 인생의 좋은 세월을 다 보내고 이제 늙은 몸이 되었으니 이런 나와, 당신처럼 젊고 아름다운 여인이 결부될 이유가 뭐가 있겠소. 날 때부터 불구였던 내가 젊은 여자와 함께라면 그 모자라는 부분을 지적인 재능으로 덮어나갈 수 있으리라 믿은 게 근본적인 잘못이었소. 남들은 나를 현명하다고 하오. 현명하다는 말이 내 자신의 일에 관해서도 적용된다면 이번 일 역시 예측했어야 옳았던 거요. 어두운 숲속을 나와 이 기독교의 식민지에 발을 들여놓았을 때 이미 확실히 알고 있었어야만 했소. 즉 내 눈앞에 가장 먼저 나타날 것은 사람들 앞에 치욕의 초상처럼 서 있는 당신이란 것을, 아니, 남편과 아내로서 교회의 돌층계를 내려오던 그 순간부터 우리의 인생길에 봉홧불처럼 빨갛게 타오르던 주홍글씨가 보였어야 했던 거요."

"당신도 알고 있었을 거예요." 헤스터가 말했다. 기운을 잃었다고는 하지만 치욕의 표시에 대한 이 마지막의 은근한 비꼼은 차마 참고 들을 수가 없었다. "나의 본심이 어떠했던가쯤은. 나는 애초부터 애정 같은 건 없었고 또 그런 체한 일도 없었어요."

"옳은 말이오!" 그는 대답했다. "역시 내가 잘못이었소! 방금도 말했잖소. 그러나 그때까지의 나의 인생은 허송 세월의 연속이었소. 세상에 즐거움이라곤 없었소! 나의 마음은 손님을 초대할 객실은 많았지만 난로 하나 없는 쓸쓸하고 냉랭한 커다란 집이나 다름없었소. 나는 뭔가 거기에 불을 붙여 보고 싶었던 거요. 그다지 허황된 꿈은 아닌 것 같았기에 말이오. 늙은데다 침울한 성격의 불구자인 주제에……세상 사람 누구나가 붙잡을 수 있게 온 천지에 흩어져 있는 소박한 행복을 지금부터라도 잡아볼 수 있지 않을까 하는 꿈이었으니 말이오. 그러기에 헤스터, 나는 당신을 내 마음 가장 깊숙한 곳에 맞아들여 당신이 그곳에 있음으로 해서 생기는 훈김으로 당신을 따뜻하게 해주고 싶었던 거요! 알아듣겠소?"

"내가 당신을 배신했군요."

헤스터가 중얼거렸다.

"배신이야 서로 한 셈이지." 그는 대답했다. "애초에 배신한 것은 바로 나요. 꽃봉오리처럼 젊은 당신을 속이고 늙은 나와 어색하고 거짓된 관계를 맺게 했으니 말이오. 지금까지의 사색이나 철학이 헛된 것은 아니었으니 당신에게 복수한다든지 흉계를 꾸민다든지 하는 일은 하지 않겠소. 우리는 아무에게도 서로 잘잘못이 없는

셈이오. 단지 헤스터, 우리에게 못할 짓을 한 그 남자
는 살아 있소! 그 사람은 도대체 누구요?”

“아무리 물어도 소용없어요!” 헤스터 프린은 단호
한 태도로 상대방의 얼굴을 쳐다보았다. “무슨 일이 있
어도 당신에겐 말할 수 없어요!”

“절대로 안 된다는 말이군?” 그는 음울하고 확신에 찬 지성적인
미소를 짓고 있었다. “절대로 말하지 않겠다고! 이것 보라고 헤스
터, 전심전력을 다해 한 가지 수수께끼를 풀려고 몰두하는 남자의
눈으로 보면 무슨 일이든―외부의 일이든 눈에 보이지 않는 정신
세계의 일이든지간에 어느 정도까지는 알아낼 수 있는 법이오. 남
의 일을 캐내기 좋아하는 군중에게는 그 비밀을 지킬 수 있을지 모
르오. 목사나 재판관의 눈을 속일 수도 있을 것이오. 바로 오늘처
럼 당신에게서 처형대에 나란히 서야 할 그 남자를 찾아내려고 했
을 때에도 그러했으니 말이오. 그러나 나는 그들과는 다른 방법으
로 조사할 거요. 나는 책에서 진리를 찾아낸 것처럼 그 남자도 꼭
찾아내고야 말 것이오. 연금술로 금을 찾아냈을 때처럼이라고 해
도 좋소. 그 남자를 알아낼 수 있는 감응력(感應力)이란 게 내게는
있으니 말이오. 그 자가 떠는 것을 보게 될 것이오. 나 자신도 갑자
기 이유도 없이 떨게 될 거고, 언젠가는 내 손으로 찾아낼 거요!”

주름진 학자의 쏘아보는 듯한 번쩍이는 시선이 와 닿자 헤스터
프린은 가슴속에 간직한 비밀이 이제라도 탄로 나지 않을까 두려
워서 두 손으로 가슴을 끌어안았다.

“끝내 그 자의 이름을 못 대겠다는 거요? 아무래도 내가 알아내
고 말 텐데.” 마치 운명이 자기 편이라도 된 것처럼 자신만만한 표
정이었다. “그 자는 당신처럼 치욕의 표시를 옷에 달고 있지 않을

진 모르나 내게는 그 표시가 보일 거요. 그러나 당신은 그 자의 몸을 걱정할 필요는 없소! 내가 하나님께서 내리는 천벌에 간섭하거나 인간이 만든 법률의 손을 빌리지도 모른다는 염려는 말아요. 그 자의 생명을 해치려는 일을 꾸미리라는 생각도 말아 주기 바라오. 또 명예를 손상시키는 일도 없을 것이오. 필시 평판 높은 사람일 테지만, 살려둘 거요! 명예의 껍데기 속에 숨어 살게 해줘도 상관없겠지! 어쨌든 그가 언젠가는 내 수중에 들어올 것이 틀림없으니까!"

"당신의 행동은 자비로운 것 같지만." 하고 헤스터는 공포감에 서로 잡혀 말했다. "그 말을 듣고 있노라니 당신은 정말 무서운 분이란 것을 알 수 있어요."

"나의 아내였던 당신이 한 가지 약속해줘야 할 것이 있소." 학자는 말을 계속했다. "당신이 사랑하는 남자의 비밀을 지키고 있으니까 내 비밀 또한 지켜 주오! 나를 알고 있는 사람은 이 고장에 아무도 없소. 그러니 과거에 당신이 나를 남편이라 불렀다는 말을 절대로 입 밖에 내지 말아 달란 말이오! 이 황량한 지구의 끝에서 나는 살 작정이오. 어딜 가나 방랑객 신세, 인간으로부터는 고립된 내가 아니오? 그렇지만 이곳에는 나와 끊을래야 끊을 수 없는 한 사람의 남자와 여자, 그리고 아이가 있기 때문이오. 사랑하든 미워하든, 옳든 그르든 그게 문제겠소! 헤스터 프린, 당신과 관련된 모는 섯은 나의 것이오. 내가 있는 곳은 당신과 그 남자가 있는 곳이기도 하오. 그러나 나의 정체만은 밝히지 말아 주기를 부탁하오!"

"왜 그러기를 원하시죠?"

무슨 영문인지는 몰랐으나 헤스터는 이 비밀의 약속에 대해 주저하지 않을 수 없었다. "왜 당당히 정체를 밝힌 뒤, 나를 버리지 않는 거죠?"

　"그것은 아내에게 배신당한 남편이 받는 수모를 피하기 위해서 인지도 모르오. 아니면 다른 이유인지도 모르지. 하여간 남모르게 일생을 보내는 일이 나의 목적이라고 알면 될 것이오. 그러니까 당신 남편은 이미 저세상에 가버렸는지 소식도 없다고 해두면 되는 거요. 말로나 몸짓이나 표정 등으로 나를 아는 체하지 마오! 특히 그 자에게 비밀을 누설시켜선 안 되오. 만일 그렇게 한다면 그냥 있진 않을 테니깐! 그놈의 명성도, 지위도, 생명도 모두 내 수중에 있다는 것을 잊어서는 안 되오!"

　"그 사람의 비밀을 지키듯이 당신의 비밀 역시 지키겠어요." 하고 헤스터가 말했다.

　"맹세하기 바라오!" 하고 그는 다그쳤다. 헤스터는 맹세를 했다.

　"자 그럼, 프린 부인." 로저 칠링워드 노인(앞으로는 이 이름으로 통하게 된다)은 말했다.

　"혼자 있게 해주리다. 이 아이와 주홍글씨만을 상대해야겠군! 어떻소, 헤스터. 당신이 받은 판결 때문에 잘 때도 그 표시를 달고 있어야 하오! 무서운 꿈을 꾸거나 가위에 눌릴 것이 두렵지 않소?"

　"왜 그렇게 웃으며 보시죠?" 헤스터는 상대방의 눈초리에 당황하며 물었다. "당신은 이 마을 주변의 숲속에 있다는 악마인가요? 나를 속여 영혼을 파멸시키는 약속이라도 한 게 아닌가요?"

　"당신 영혼은 아니오." 그는 또 싱긋 웃었다. "아니오. 절대로 당신의 영혼은 아니오!"

제5장 삯바느질하는 헤스터

헤스터 프린의 형기가 끝났다. 감옥문이 열리고 햇빛 속에 발을 내디뎠을 때 누구에게나 골고루 내리쬐고 있는 햇빛이건만, 아프고 병든 그녀의 마음에는 마치 가슴에 달린 주홍글씨를 비추는 일만이 목적인 것같이 느껴졌다. 앞에서 말한 대로 숱한 사람들이 행렬을 지어 뒤따르는 가운데 너나 할 것 없이 몰려들어 손가락질 받으며 처형대 위에서 수모를 겪었지만 그때보다도 지금처럼 혼자 옥문을 걸어나오는 편이 오히려 더 괴로운 것 같았다. 그때는 부자연스러울 만큼 긴장된 신경과 지지 않으려는 끈질긴 성격이 그녀의 마음을 지탱해 주었다. 그 덕분에 눈앞에 벌어진 괴로운 장면도 일종의 처참한 승리로 바꿀 수 있었던 것이다. 게다가 일생을 통해 한 번도 있을까 말까한, 다른 일과는 무관한 고립된 사건이었으므로 그때는 앞날의 일은 생각할 필요도 없이 오랜 세월을 평온하게 사는 데 소모될 강력한 생명력을 동원하여 그와 대결할 수가 있었던 것이다. 헤스터를 처벌한 법률은 무서운 형상의 거인이었으나 그 무쇠 같은 팔에는 파멸시키는 힘뿐만 아니라 마음을 의지할 수 있는 힘도 내포되어 있었으므로 오히려 사람들 앞에서 당하는 심한 고통 속에서도 기력을 잃는 일은 없었다. 그러나 지금, 옥문을 혼자 걸어 나오는 순간부터 그녀에겐 매일 정해진 생활이 시작되는 것이다. 그 생활은 지극히 평범한 재기(才氣)를 동원해 꾸려나가거나 아니면 그 무서운 짐 밑에 깔려 버리는 둘 중 어느 하나가 될 것이다. 현재의 슬픔을 극복하기 위하여 미래의 힘을 빌린다는 것은 이제는 불가능하였다. 내일은 내일로서의 새로운 슬픔이 있을 것이며 이러한 매일은 끝도 없이 계속되리라. 그때마다 새로운 시련이 닥친다 하더라도 그것은 처참한 마음으로 견디고 있는 현재의 시련과 조금도 다를 바 없으리라. 먼 미래의 나날들이 서서히 계속되겠지만 무거운 짐을 짊어지고 살아가는 일은 여전히 변함이 없을 것이며 그렇다고 그 짐을 팽개칠 수도 없으리라. 하루하루 날들이 가고 해가 거듭됨에 따라 그녀의 수치 더미에는 그만큼 비참함이 더 높이 쌓이리라. 이리하여 오랜 세월이 흐르는 동안 헤스터 프린은 자신의 개성을 일체 버리고 설교가나 도덕가가 지탄하는 죄의 본보기가 될 것이며 여자의 약점이나 죄 많은 정열의 갖가지 이미지를 보여 주는 뚜렷한 존재가 되어 버리리라. 가슴에다 주홍글씨를 불사르고 있는 헤스터, 청순하기만 했던 헤스터를 죄 많은 인간, 죄 많은 육체, 죄 많은 현실로 바라보게끔 순진한 젊은이들은 배울 것이고 마침내 그 무덤 앞에는 끝까지 지고 가야 할 오명만이 유일한 비석으로 남을 것이다.

그럼에도 불구하고 이 여자가 자기를 마치 치욕의 전형(典型)처럼 생각하는 이 고장을 유일무이한 마지막 거주지로 정한 것은 참으로 믿기 어려운 일인지도 모른다. 눈앞에는 넓은 세상이 활짝 열려 있었다. 이처럼 멀고 보잘것없는 청교도의 식민지 안에 살아야만 한다는 조항은 판결문 안에는 없었다. 고향으로 돌아갈 수도 있고 어딘가 그 밖의 유럽 같은 나라에도 찾아가서 성격과 정체를 숨기면서 완전히 다른 사람으로서 자유로이 살 수도 있었다. 게다가 그녀를 처벌한 법률과는 다른 생활 습관을 가진 종족과 함께 강한 성격을 가진 그녀와 잘 어울려서 살아갈 수 있을 것 같은 신비로운 숲의 세계가 그녀 앞에 틔어 있기도 했다. 이런 점들을 종합하여 생각해보면 더욱 믿을 수 없는 일인지도 모른다.

그러나 세상에는 숙명이랄까, 운명의 힘에 이끌려 피할 수 없는 불가항력적인 그 무엇이 있다. 그러기 때문에 인간은 으레 어떠한 특수한 대 사건이 그들의 일생을 어둡게 물들게 한 고장 근처를 유령처럼 배회하게 되는 것이다. 더구나 인생을 슬프게 하는 색채가 어두운 것이면 더욱더 피할 수 없는 힘이 가해지는 법이다. 헤스터의 죄, 헤스터의 치욕은 대지에 깊숙이 뻗어내린 뿌리와 같았다. 새로이 환생하는 일에 대해 이 세상에 처음 태어났을 때보다도 더욱 강한 동화력을 생기게 했으며, 다른 나그네에겐 아직도 생소한 숲속의 황야가 헤스터 프린에게는 황량하고 쓸쓸하긴 하지만 생애를 보내기에 적합한 고향이 된 듯싶었다. 이에 비하면 이 세상의 다른 풍경은 모두가—고생을 모르던 소녀 시절이나 청순했던 처녀 시절이 마치 옛날에 벗어던진 의복처럼 아직도 어머니의 수중에 남아 있는 것같이 생각되는, 전원풍의 영국 농촌도—부조리하게 느껴졌다. 보스턴에 묶어 놓은 쇠사슬 때문에 헤스터는 마음속 깊이 괴로워하면서도 도저히 그 사슬을 끊어 버릴 수가 없었다.

그러나 어쩌면 다른 감정이 이렇게도 숙명적인 고장이나 오솔길 속에 헤스터를 가두어 놓았을지도 모른다. 아니, 분명히 그랬다.

헤스터 자신은 그 비밀을 감추려 애썼으나 그것이 구멍에서 기어 나오는 뱀처럼 마음속에서 기어 나오려고 할 때마다 안색이 변했던 것이다. 이 고장이야말로 헤스터와 어떤 인연으로 굳게 맺어진 그 사람이 살고 있으며 거닐고 있는 고장인 것이다. 그 인연은 지상에서는 인정받지 못하고 있지만 두 사람이 함께 서야 할 최후의 심판대, 그 자리를 결혼의 제단으로 삼아 끝없는 천벌이 내려질 앞날을 함께 지낼 인연인지도 모른다. 여러 차례 그녀의 영혼을 유혹한 악마는 강제로 이런 생각을 헤스터에게 품게 하여 거기에 정열적으로 매달렸다가는 쫓아 버리는 여인의 절망적인 몸부림을 보고 비웃고 있었다. 헤스터는 이런 생각에 정면으로 부딪치는 일이 없이 급히 서둘러 마을의 토굴 속에 가둬 버리는 것이었다. 헤스터가 자기 자신에게 믿게 하려 했던 것은―뉴잉글랜드에서 살게 된 동기라고 할 수 있는 것은―반은 진실이었으나 반은 자신에 대한 기만이기도 하였다. 이 고장은 죄를 범한 장소이므로 지상에서 받을 처벌은 이 고장에서 받아야 하지 않겠는가! 그렇게 하면 날마다 받아야 할 치욕의 고통이 언젠가는 영혼을 깨끗이 씻어 줄지도 모르며 잃어버린 순결보다도 색다른 순결이 생겨나서 결국 고난 끝에는 좀더 성녀다운 여자가 되지 않을까 하는 것이 그녀의 생각이었다.

이런 연유에서 헤스터 프린은 도망가지 않았다. 이 마을 변두리, 반도(半島)의 지역 내이긴 하지만 인가와 떨어진 곳에 조그마한 오두막집이 있었다. 이 집은 초기의 개척자가 세운 것이었으나 부근의 땅이 너무 메말라서 농사를 지을 수 없는데다 비교적 거리가 멀어 이미 이주민들의 습관이 된 사회 활동의 영역에서도 동떨어져 있었기 때문에 폐옥이 되어 있었다.

해변에 있는 서향집이었는데 반도 저쪽으로 숲이 우거진 산들이 바라다보였다. 이 반도에만 자라고 있는 잡목 숲이 남의 눈에 띄지 않도록 이 집을 가리워 주고 있었다. 가리고 있다기보다는 숨겨 버렸다는 편이 옳을 것이다. 아니, 당연히 숨겨 둬야 할 집이 있음을 나타내고 있다는 편이 나을지도 모른다. 이런 조그마한 외딴집에 아쉬운 대로 가제 도구를 옮긴 그녀는 아직도 성가시게 감시를 하고 있는 행정관들의 허가를 얻어 아기와 함께 살게 되었다. 그런데 웬일인지 의혹의 그림자가 이 장소에 뒤따르게 되었다. 이 여인이 왜 인간적인 자비로운 세상에서 따돌림을 당했는지 그 영문을 알 리 없는 아이들은 이 집 가까이에 몰래 와서 창가에서, 바느질을 하거나, 문 앞에 우두커니 서 있거나, 조그마한 뜰에서 일을 하거나, 마을로 통하는 오솔길을 걷고 있는 그녀를 바라다보았다.

그러나 가슴에 붙은 주홍글씨가 눈에 띄면 까닭 모를 공포심에 사로잡힌 아이들은 모두 와 하고 소리를 지르며 사방으로 도망치곤 했다.

헤스터의 처지는 쓸쓸했고 누구 한 사람 찾아 주는 친구도 없었으나 생활의 곤궁은 면할 수 있었다. 몸에 익힌 기술이 있었기 때문이다. 언뜻 보기에는 그런 기술을 발휘할 만한 고장은 아니었지만 한창 자라나는 아이와 자기의 식량을 확보하기에는 모자람이 없었다. 그 기술이란 예나 지금이나 여자가 할 수 있는 유일한 것인 자수(刺繡)였다. 헤스터의 가슴에 붙어 있는 훌륭한 솜씨의 주홍색 자수는 섬세하고도 상상력이 풍부한 그녀의 재능을 충분히 보여 주는 것이어서 만일 그것이 궁정에 사는 귀부인의 눈에라도 띄었다면 명주실과 금실로 짠 옷감에다 인간의 기교를 통한 풍요하고 정성어린 이런 장식을 가지려고 반색하며 달려들었을 것이다. 이 고장의 보통 청교도들이 입는 옷은 상복처럼 수수한 것이 특징이라 섬세한 헤스터의 수 주문이 여간해서 필요없었지만, 당시의 풍조로서는 정교한 손재주를 요구하는 종류의 제품이 있었기 때문에 없어서는 안 될 풍습까지도 결단성 있게 내동댕이치고 미국으로 건너온 청교도의 선조들은 그 영향을 받지 않을 수 없었다. 목사직의 임명식이라든지 행정관의 취임식, 새로운 정부가 백성에게 보여주는 행사에 위엄을 갖추는 일 등, 모든 공식적인 행사에는 으레 따르게 마련인 위풍당당한 의식이며 검소하면서도 신경을 쓴 장엄함이 정책상으로는 두드러지게 나타났다. 깊이 주름잡힌 옷깃, 정성들여 만든 띠, 화려하게 수놓은 장갑 등은 모든 집권자의 공적인 정장에 빼놓을 수 없는 것이었다. 일반 시민에게는 근검이란 법령으로 이런 따위의 사치를 금지하고 있었으면서도 높은 신분이나 재산 있는 자에게는 쉽사리 허용되었다. 장례식의 경우에도 마찬가지였다. 시체에 입히는 수의나 유가족의 슬픔을 나타내기 위해 검은 잔이나 흰 삼베로 된 갖가지 모양의 상복 등 헤스터 프린의 솜씨를 요하는 일거리는 계속 특별 주문으로 들어왔다. 갓난아기의 리넨 제품—당시의 갓난아기도 훌륭한 베이비복을 입었으므로—또한 수입원의 일거리로 얻을 수 있었다.

이리하여 조금씩, 제법 빠른 속도로 헤스터의 수예품은 요즘 말로 표현하면 유행하기 시작했다. 이것은 불쌍한 운명의 여인에 대한 동정심에선지, 흔해빠진 값어치없는 물건에까지 당찮은 가치를 부여하려는 병적인 호기심에선지, 예나 지금이나 뭔가 알 수 없는 사정으로 남이 구할 수 없었던 것이 선뜻 어느 일부 사람에게 주어졌기 때문인지, 헤스터가 아니었더라면 그대로 방치해둘 뻔한 불편이 그녀 덕분에 실제로 해결된 때문인지는 몰라도 하여간 그녀가 몇 시간이고 바느질에 몰두한다 해도 일거리는 얼마든지 있었

고 보수도 꽤 후한 편이었다. 허영심이 강한 사람들은 호화찬란한 의식을 위해 죄 많은 헤스터의 손으로 만들어진 옷을 몸에 걸침으로써 허영의 죄를 상쇄(相殺)하려고 하였는지도 모른다. 헤스터의 수 솜씨는 총독의 주름 깃에서도 볼 수 있었고, 군인의 목도리에, 목사의 띠에 각기 지니고 있었다. 또 아기들의 조그만 모자를 장식하기도 했고 죽은 사람의 관 속에 들어가 곰팡이가 피어 썩기도 했다. 그러나 청순한 신부의 부끄러움을 가려줄 흰 면사포에 헤스터의 솜씨로 수를 놓은 예는 단 한번도 없었다. 이런 예가 없다는 사실은 헤스터의 죄에 대해 사회가 얼마나 냉혹하게 얼굴을 찡그리고 있었는지를 여실히 말해 주고 있는 것이다.

헤스터가 바라는 것은 자기 자신을 위한 최소한의 검소하고 금욕적인 생활 수준과 아이를 위한 최대한의 풍족한 생활이었다. 이 여자의 드레스는 값싼 옷감이었고 빛깔도 몹시 검소했으며 장식품이라고는 평생 달아야 할 운명의 주홍글씨 하나뿐이었다. 이에 반해 어린애의 옷에서는 상상력이 풍부하다기보다 상상을 초월한 교묘함이 눈에 띄었는데 이것은 일찍부터 이 소녀에게서 싹트고 있던 환상적인 매력을 한층 돋보이게 했을 뿐 아니라 뭔가 깊은 의미를 지니고 있는 것 같아 보이게 했다. 이 점에 대해서는 뒤에 더 자세히 얘기할 기회가 있으리라.

하여간 이 아이의 옷을 아름답게 꾸며 주는 데 드는 약간의 비용을 제외한 나머지 돈을 헤스터는 모두 자선 사업에 썼다. 처참하기로 따지자면 자기보다는 나은, 고생하는 사람들을 위해 돈을 썼는데도 그 사람들은 자기들을 위해 자선을 베풀어 주는 이 여자에게 자주 모욕을 가했다. 차라리 솜씨를 발휘했으면 더 보람이 있었을 꽤 많은 시간을 헤스터는 가난한 사람들의 마구잡이 옷을 만드는 데 소비하기도 했다. 이러한 일에 힘을 기울이는 것으로 속죄를 할 작정이었는지도 모르며, 많은 시간을 이러한 거친 일을 함으로써 모든 즐거움을 희생시키려고 하였는지도 모른다. 헤스터의 성품에는 어딘지 모르게 화려하고 요염한, 동양적이라고 할 만한 사치스럽고 아름다운 것에 대한 취미가 있었는데 훌륭한 작품을 정교한 솜씨로 만들어내는 이외의 다른 곳에서는 아무리 생활의 구석구석을 살펴봐도 그러한 점을 엿볼 수 없었다. 여자들은 대개 남자들은 이해할 수 없는 기쁨을 섬세한 바느질을 통해 발견했다.

헤스터 프린에게 있어 바느질은 인생에 대한 정열을 발산시키는 전부였으며 그렇게 하는 것이 그 정열을 진정시키는 방법이 되었는지도 모른다. 그 밖의 모든 즐거움을 물리쳤듯이 헤스터는 그 정열 또한 죄악시하여 물리치고 있었다. 이렇게 하찮은 일에까지도 병적으로 양심의 구애를 받는다는 것은 오로지 순수한 회한이 아니라 어딘가 의심스러운, 깊숙한 곳에 뭣인가 잘못된 것이 숨겨져 있다는 증거였는지도 모른다.

이렇게 하여 헤스터 프린은 세상에 이바지할 수 있는 역할을 맡게 되었다. 타고난 성격이 격한데다 뛰어난 기술을 몸에 지니고 있었으므로 여인의 가슴 위에 이마에 찍힌 가인의 낙인보다도 더 참기 어려운 표시를 달아준 세상도 이 여자를 완전히 고립시킬 수는 없었다. 그러나 사회와 어떠한 교섭이 있다고 하더라도 그 사회의 일원이라고 느낄 만한 것은 아무것도 없었다. 그녀를 대하는 세상 사람들의 태도나 온갖 말씨, 심지어 그 침묵까지도 헤스터는 추방된 사람이며, 어딘가 별천지에 살고 있으며, 보통 사람과는 다른 기관(器管)이나 감정을 가지고 사람과 대하고 있는 고독한 존재라는 것을 암시하고 있었으며, 때로는 그것을 노골적으로 나타내는 때도 있었다. 헤스터로서는 인간적인 관심사에서 격리되어 있으면서도 바로 그 옆에 서 있는 그러한 모습이었다. 그녀는 그리운 난롯가에 돌아와서도 이미 다른 사람들의 눈에는 보이지도 않고 느껴지지도 않으며 가정적인 즐거움으로 웃거나 일족(一族)의 슬픔에 눈물을 흘릴 수도 없는 망령과 같은 존재였다. 가령 금지된 동정을 표현할 수 있었다 하더라도 공포감과 몸서리쳐지는 혐오감을 불러일으키는 데 불과했다.

사실상 이러한 공포감이나 혐오감, 그리고 심한 경멸감만이 이 세상 사람들의 마음속에서 기억되고 있는 헤스터의 유일한 것처럼 생각되었다. 그 당시는 인정이 있는 시대가 아니었다. 헤스터는 자신의 입장을 잘 알고 있었고 또 잊을 리도 없었지만 사람들이 가장 아픈 곳을 인정사정없이 건드릴 때마다 새로운 고통처럼 자기 신세를 되새기곤 했다.

앞에서도 말했듯이 헤스터가 도와주려고 찾아낸 가난한 사람들까지도 자선을 베풀려는 손길에 침을 뱉는 수가 많았다. 일거리 때문에 드나드는 상류 부인들도 헤스터의 마음에 연방 고통의 물방울을 떨구곤 했다. 여자들이란 일생생활의 하찮은 일에도 사람을 해치는 독약을 만들어 내며 언뜻 보기에는 아무렇지도 않은 것 같으면서도 악의에 찬 연금술로 그녀를 괴롭히는 수가 있었다. 때론 노골적인 악담이 곪은 상처에 가해지는 혹독한 일격처럼 무방비 상태인 그녀의 가슴에 날아와 헤스터를 괴롭히는 일도 있었다. 헤스터는 오랜 시일에 걸쳐 자신을 굳건하게 단련시켜 왔었다. 그러한 공격에 대한 그녀의 반응은 으레 창백한 볼에 홍조(紅潮)가 가득히 번졌다가는 이내 가슴속 깊은 곳으로 가라앉는 일 이외에는 아무것도 없었다. 인내심이 강한 헤스터는 흡사 순교자와 같았으나 적을 위해 기도할 수는 없었다. 용서하고 싶은 마음은 태산 같았지만 혹 아무리 참고 억제해도 기도의 말이 저주의 말로 변하면 어쩌나 하는 걱정이 있었기 때문이다.

헤스터는 끊임없이 여러 가지 형태의 수많은 고뇌와 고통을 느끼고 있었다. 그것은 청교도의 법정에서 내려준, 효력이 언제 끝날지도 모르는 판결에 의해 교묘하게 만들어진 고통이었다. 길을 가다 멈춘 목사가 훈계의 말을 시작하면 이 불쌍하고 죄 많은 여인의 주변에는 구경꾼들이 모여들어 싱글벙글 웃기도 하고 얼굴을 찡그리기도 했다. 만인의 아버지이신 하나님의 미소를 보고 싶어 안식일(安息日)에 교회에 들어가면 공교롭게도 그녀 자신이 그날의 설교 주제가 되는 일이 가끔 있었다. 헤스터는 아이들이 무서워졌다. 그것은 모녀 단둘이서 조용히 거리를 걸어가는 외로운 여인에겐 어딘가 무서운 데가 있다는 것을 아이들은 부모들로부터 막연하게나마 암시를 받아온 때문이었다. 아이들은 우선 헤스터를 앞서게 한 다음 멀리서 왁자지껄 떠들어대며 쫓아오곤 했다. 아이들의 마음에 확실한 뜻이 있는 것은 아니었지만 그들의 입에서 나오는 말, 무심결에 나오는 말이 오히려 헤스터를 두렵게 만들었다. 그녀의 치욕을 모르는 사람이 없었기 때문에 그 치욕이 온 세상에 널리 퍼져 있음을 증명하고 있는 것처럼 생각되었기 때문이다. 나뭇잎들이 그 어두운 얘기를 속삭이게 되고 여름철에 부는 산들바람이 그 얘기를 중얼거리고 겨울철의 삭풍이 큰소리로 외쳤다 하더라도 이처럼 가슴속 깊이 고통을 주지는 않으리라!

또 한 가지 기묘한 고통은 첫 대면하는 사람이 쳐다볼 때 느끼는 쓰라림이었다. 낯선 사람이 주홍글씨를 자세히 들여다보면—누구나가 다 그러했지만—헤스터의 마음에는 새삼스레 그 글씨가 타들어 오는 듯한 느낌이 들었다. 그래서 어떤 때는 손으로 가슴의 표시를 가려 버리고 싶은 충동도 있었지만 늘 그 충동을 꾹 누르고 참았다. 그러나 낯익은 사람들의 시선 역시 그 나름대로의 괴로움을 안겨 주었다. 다 알고 있다는 듯한 싸늘한 눈초리는 정녕 견디기 어려운 것이다. 결국 헤스터 프린은 가슴 위의 그 표시에 계속 쏟아지는 사람들의 시선을 의식할 때마다 공포와 고뇌를 겪은 셈이 된다. 표시가 붙은 부분은 절대로 무감각해지는 일이 없었으며 오히려 나날의 고통에 대해 점점 민감해지는 것 같았다.

그러나 때로는 며칠에 한 번, 아니 몇 달에 한 번 정도는 고뇌의 반은 자기 혼자만의 것이 아니라는 일시적 안위를 불러일으키는 시선이—인간적인 시선이—치욕의 낙인에 집중되고 있는 것을 느끼는 수가 있었다. 그러나 다음 순간에는 모든 고통이 왈칵 되살아나 한층 더 심한 고통의 발작을 안겨 주었다. 그 짧은 순간에 헤스터는 또 새로운 죄를 범한 셈이 되었기 때문이다. 그러나 죄를 지은 것은 헤스터 혼자였을까?

이 여자의 상상력은 약간 상태가 이상했었다. 정신적으로나 도덕적으로 기질이 약한 소유자였다면 그것은 고독한 생활의 고통 때문에 좀더 악화되었을지도 모른다. 쓸쓸한 발걸음으로 외면적으로만 연결되어 있는 좁다란 세상을 이리저리 걸어다니는 동안에 때때로 헤스터의 머리에 떠오르는 것은 주홍글씨 덕분에 새로운 감각이 싹튼 게 아닌가 하는 공상이었다. 그것이 전적으로 공상이었다 하더라도 거역할 수 없을 정도로 강한 힘을 지니고 있었으므로 간혹 그런 기묘한 덕분에 도취되곤 했다. 이 감각으로 인해 타인의 마음속에 숨겨져 있는 죄를 직관적(直觀的)으로 알아낼 수 있다고 확신할 수밖에 없었다. 이리하여 드러나는 갖가지 사실은 헤스터를 공포로 몰아넣었다. 도대체 이것은 무엇이었을까? 악마의 흉측한 속삭임일까? 아직 반밖에 자기의 희생물이 되지 않은 이 괴로워하는 여인에게 악마는, 외면적으로 순결한 체하는 것은 거짓이며 헤스터 프린 이외의 수많은 사람의 가슴에도 주홍글씨가 빨갛게 타오르고 있다는 것을 알려 주려는 것일까? 아니면 이 암시를, 막연하긴 하지만 부정할 수 없는 이 암시를 진실로 받아들여야 할 것인가? 헤스터가 겪은 경험을 다 들추어내더라도 이 의식만큼 무섭고 지긋지긋한 것은 없었다. 더구나 그와 같은 의식이 얼토당토 않은 때 생생히 떠오르는 데에는 놀라울 뿐 아니라 당황하지 않을 수 없었다.

고루하고 존경심이 두터운 당시의 사람들에게 천사와 친교라도 있는 사람처럼 우러름을 받던, 신앙과 정의의 귀감이라고 할 만한 훌륭한 목사나 행정관의 옆을 지나갈 때에도 가끔 가슴의 빨간 치욕의 표시가 무엇에 공감한 듯한 통증을 느끼게 하는 일이 있었다. '도대체 어떤 죄악이 이 근처에 있단 말인가?' 이렇게 생각하고 헤스터가 주저하며 눈을 들면 그 성인 군자의 모습 이외에는 아무도 눈에 띄는 사람이 없었다. 또 누구의 말을 들으나 나면서부터 지금까지 가슴에 품고 있는 것은 차가운 눈〔雪〕뿐이라는 나이 지긋한 훌륭한 부인의 점잖기 이를 데 없는 찌푸린 얼굴을 대할 때에도 그 부인과 자기가 다를 것이 없다는 기묘한 의식이 집요하게 머리를 쳐들었다. 그 부인의 가슴속에 있는 햇빛을 모르는 눈과 헤스터 프린의 가슴 위에 치욕의 표시로 있는 주홍글씨, 이 두 가지 사이에 공통된 것은 대체 무엇일까? 또 어떤 때는 "자, 보란 말이야, 헤스터. 여기 동료가 있다."는 말에 오싹하는 전율을 느껴 눈을 들면 주홍글씨를 곁눈질로 보며 마치 자기의 순결이 그것을 봄으로써 더러워지기라도 했다는 듯이 볼을 약간 붉힌 채 허둥대며 딴청을 부리고 있는 젊은 여자의 시선을 느낄 때도 있었다. 아, 숙명적이라고 할 수 있는 주홍글씨를 부적으로 삼고 있는 악마여, 너는 이 불쌍하고 죄 많은 여인이 존경할 만한 자를 남녀노소 중에서 한 사람이라도 보여줄 순 없는가? 이와 같은 신앙의 상실이야말로 죄악이 가져오는 비참한 결과의 하나인 것이다. 그럼에도 불구하고 헤스터 프린이 자기만큼 죄를 많이 진 사람은 이 세상에 없을 것이라고 믿으려고 했던 사실은, 스스로의 약한 천성과 인간이 만든 엄한 법률에 희생된 불쌍한 여인의 마음이 실은 조금도 타락하지 않았다는 증거로 받아들여 주어야 하리라.

이 음울한 시대의 일반 대중은 상상력을 불러일으키는 모든 일에 기괴하리만큼 두려움을 느끼는 습성이 있었다. 이 주홍색 글씨에 대해서도 그들은 현대인이라면 쉽사리 무서운 전설로 꾸밀 수 있는 그러한 형태의 얘기를 꾸며 댔다. 이 표시는 흔히 볼 수 없는 물감통에서 물들인 단순한 빨간 빛이 아니라 지옥의 겁화(劫火)로 빨갛게 불타오르고 있는 것이기 때문에 헤스터 프린이 밤에 밖에 걸어다닐 때는 빨갛게 빛나고 있다고 단언하는 것이었다. 그러나 이 주홍글씨가 헤스터의 가슴에 깊이 타들어가고 있었으므로 아무래도 이러한 소문에는 회의적인 현대인이 인정하려 드는 그 이상의 진실이 있었는지도 모른다는 것을 여기서 밝혀둘 필요가 있을 것이다.

제6장 펄

그 아이에 대해서는 아직 거의 말한 일이 없다. 그 작고 무구한 생명은 헤아릴 수 없는 신의 섭리에 의해 죄 많은 정욕이 들끓는 진흙구덩이에서 아름다운 불멸의 꽃으로 피어났다. 이 아이의 자라는 모습과 나날이 빛을 더해 가는 귀여움, 작은 얼굴에 감도는 총기 등을 지켜보는 비운의 여인에겐 이것이 얼마나 신기하게 여겨졌겠는가! 펄……헤스터는 그런 이름을 붙여 주었으나 그 모습이 진주 같다고 그렇게 붙인 이름은 아니었다. 진주와 비교할 때 예상할 수 있는 온화하고, 희고, 은은한 광택 등은 조금도 없는 아이었다. 그러나 구태여 '펄'이라고 붙인 것은 고귀한 것, 즉 엄마의 모든 것을 바쳐서 얻게 된 유일한 보물이라는 뜻이었다.

그렇다 해도 참으로 기이한 일이 아닌가! 세상은 이 여자가 나타내고 있는 주홍글씨에 대단히 강한 파괴력을 지니고 있기 때문에 이 여자와 마찬가지로 죄 많은 인간 외에는 아무도 동정을 베풀 수가 없었다. 이처럼 세상에서 따돌림 당한 죄악의 직접적인 결과로서 하나님은 헤스터에게 예쁜 아이를 내려 주신 것이다. 치욕의 표시와 같이 가슴에 안겨 있긴 하나 아이는 엄마를 영원히 인간 가족과 연결시키고 결국 천당에서 축복받는 영혼이 되게 하려 함이 아닐까! 그러나 이렇게 생각하니 헤스터는 희망보다도 불안이 앞서 초조했다. 자신의 행위가 나빴다는 것은 너무도 잘 알고 있었으므로 그 결과가 호전되리라고는 도저히 믿어지지 않았다. 매일매일 헤스터는 자라나는 아이의 성질을 불안한 마음으로 살펴보았고 이 아이를 낳게 된 죄에 상당하는 어둡고 격한 특징이 나타나는 게 아닌가 하고 두려움에 떨었다.

확실히 육체적으로 아무런 결함도 없었다. 나무랄 데 없는 용모라든가, 활발함이라든가, 아직 제대로 단련되지도 않은 손발을 선천적으로 자연스럽게 놀리는 모습이라든가, 이 아이는 에덴 동산에 태어나도 될 만한 값어치가 있었다. 인류의 첫 번째 부모가 쫓겨난 뒤에도 낙원에 남아서 천사들을 상대해서 논다고 해도 이상하지 않을 정도였다. 이 아이에겐 완벽한 아름다움과는 공존할 수 없는 천진난만한 품위가 구비되어 있었으며 아무리 누더기 같은 옷을 입어도 다른 사람의 눈에는 가장 잘 어울리는 옷으로 보였다. 그렇다고 해서 펄이 촌스러운 옷을 몸에 걸치는 일은 없었다. 이야기가 차차 진행되는 동안 이해가 가겠지만 어머니는 병적인 목적을 지니고 있었으므로 아이의 외출복을 위해 가능한 한 화려한 비단 옷감을 샀고 디자인과 장식에 최대한의 상상력을 발휘했다.

이렇게 차려 입혔을 때의 조그마한 모습은 훌륭하다는 말 이외에는 할 말이 없었다. 용모가 깨끗한 아이가 아니라면 화려한 옷 때문에 오히려 귀여움이 감소되겠지만 펄의 타고난 눈부신 아름다움은 특히 뛰어나 어둠컴컴한 오두막집 마루에서도 그야말로 환한 빛을 비추고 있는 것 같았다. 어린애다운 짓궂은 장난으로 뛰어놀아 찢어지고 더러워진 적갈색의 무명옷을 입었을 때도 한 폭의 그림같이 귀엽기만 했다. 펄의 얼굴은 무한한 매력을 지니고 있었다. 이 한 아이 속에는 여러 명의 아이가 있는 것처럼 느껴졌다. 농가의 어린애에게서만 볼 수 있는 들꽃 같은 가련함으로부터 어린 공주님에게서 볼 수 있는 아담한 화려함에 이르기까지 아주 변화 무쌍한 자태를 즐길 수 있었다. 그러나 어떤 경우에도 절대로 사라지지 않는 정열적 경향이랄까 어떤 심오한 면에서 비롯되는 여러 가지 변화를 일으켰으며 만일 기운을 잃거나, 안색이 나빠지거나 하면 본래의 성질을 잃어버리는 듯한, 이미 펄이 아닌 딴 존재가 되어 버리는 게 아닌가 하는 생각이 들 정도였다.

이 외면적인 변화는 내면적인 생명의 다양성을 암시하고는 있었지만 충분히 표현했다고는 볼 수 없었다. 게다가 펄의 성질은 다양성과 함께 깊이를 지니고 있는 것 같기도 했다. 그러나 거기에는 태어난 이 세상과의 결합이나 순응은 전혀 볼 수 없었다. 그렇지 않았다면 헤스터의 두려움은 착오였을 것이다. 이 아이는 규칙을 따르게 할 수 없었다. 펄이 태어남으로 해서 큰 율법이 깨어졌지만 그 결과는 아름답고 화려하긴 하나 질서가 없는 소질을 지닌 아이였다. 적어도 변화와 조화의 구별을 지을 수 없는 독특한 질서가 있는 소질이었다. 헤스터가 이 아이의 성질에 대해서 설명할 수 있는 것은—그것도 몹시 막연하게 할 수 있는 설명이었다—펄이 영혼과 육체를 각각 정신계나 물질계에서 흡수했던 시기에 헤스터 자신의 모습이 어떠했나를 생각하는 도리밖에 없었다. 어머니의 흥분 상태가 그대로 태내 아이의 정신생활에 전해진다고는 하나 원래는 희고도 맑아야 할 빛이 중간에 낀 매체 때문에 진홍색과 금빛, 이글거리는 듯한 광택, 검은 그림자, 게다가 더없이 강렬한 빛을 띠게 되었다. 특히 그 당시 헤스터의 정신적 갈등이 그대로 펄에게 전해진 것이다. 함부로 반항하는 태도, 미칠 것 같은 기분, 그리고 마음속에 어둡게 자리 잡고 있던 음울함과 낙담하는 태도까지 그대로 펄에게서 발견되었다. 현재는 아이들 성질에 있음직한 그러한 요소가 아침 햇살과 같은 햇빛에 빛나고 있지만 마침내 지상의 생활을 영위할 날이 되면 휘몰아치는 선풍을 불러일으킬지도 몰랐다.

그 당시 가정교육은 지금보다 훨씬 엄격했다. 무서운 얼굴, 호된 꾸짖음, 성경의 권위가 명하는 대로 계속 가해지는 매질 등 단순히 실제로 저지른 일을 벌하는 게 아니라 그것은 아이의 모든 미덕을 신장, 향상시키기 위한 소중한 정신위생상의 수단이기도 했다. 그러나 헤스터 프린은 외동딸의 외로운 어머니로서 무턱대고 엄한 태도를 취하는 실책을 저지르지는 않았다. 물론 자기 과실이나 불행을 너무도 잘 알고 있었으므로 자기 손에 맡겨진 아이의 앞날에 대해서는 일찌감치 친절하면서도 실수 없는 감시의 눈을 게을리하지 않으려고 했다. 그러나 그것은 도저히 헤스터의 힘으로는 감당할 수 없는 일이었다. 웃는 얼굴을 하거나 무서운 얼굴을 해도 일체 효력이 없다는 것을 알자 헤스터는 마침내 두 손을 들었으며 아이가 하는 대로 내버려둘 수밖에 별 도리가 없었다. 물론 육체적으로 위협하거나 하는 동안은 효력이 있었다. 그러나 지적인 면에서든 정적인 면에서든 다른 교육 방법은 그때그때의 펄의 기분에 따라 효과가 있기도 하고 없기도 했다.

펄이 아직 어렸을 때 어머니는 이 아이의 독특한 표정을 알아차렸다. 그 표정을 보일 때는 아무리 타이르고 설득을 하고 애원을 해도 결국은 부질없는 짓이라는 것을 알게 되었다. 그 표정은 이해력이 좋은 것 같으면서도 이해력이 없었고 때로는 망나니처럼 심술궂은 데도 있었으나 대체로 활기에 넘쳐 있었다. 헤스터는 도대체 펄이 사람의 자식이랄 수 있을까 하고 기회 있을 때마다 생각해보지 않을 수 없었다. 아무리 생각해봐도 정체를 모르는 요정(妖精)처럼 잠시 오두막 마루 위에서 제멋대로 뛰고 노는가 하면, 어느 틈에 남을 놀리는 듯한 미소를 짓고 도망치는 것이었다. 그런 표정이 침착성을 잃은 반짝이는 새까만 눈동자에 떠오를 때는 어딘지 모르게 손이 닿을 수 없는 먼 곳에 있는 사람처럼 여겨질 때가 있었다. 마치 공중에 떠서 언제 왔다 갔다 언제 사라지는지도 모르는 아지랑이처럼 덧없는 모습이었다. 그것을 지켜보고 있는 헤스터는 자기도 모르게 달려가서 늘 도망치고만 있는 요정을 붙잡아 가슴에 꽉 끌어안고 힘차게 키스해 주고 싶은 충동이 일었다. 그것은 참기 어려운 애정에서라기보다 펄이 그림자가 아니라 살을 베면 피가 나오는 인간이란 것을 확인하기 위해서였다. 어머니에게 붙잡힌 펄은 명랑한 음악 소리와 같은 웃음소리를 낼 뿐 전보다도 더 불안한 기분을 안겨 주기만 했다.

비싼 대가를 지불하면서 얻은 둘도 없이 귀중한 보물이라고 할 수 있는 펄이었으나 이 펄과 자기와의 사이에 가끔 까닭을 알 수 없는 마력이 스며드는 데는 당황하지 않을 수 없었으며 이따금 서러움에 복받쳐 울음을 터뜨리는 일도 있었다. 그럴 때면 눈살을 찌푸린 펄은 조그만 주먹을 불끈 쥐며 그 귀여운 얼굴에 동성의 기색은커녕 오히려 못마땅한 표정을 짓곤 했다. 그렇게 하는 것이 자기 어머니에게 어떠한 기분을 안겨 주게 되는지 생각을 못하기 때문이었다. 어떤 때는 갑자기 전보다도 더 높은 소리로 웃어 대며 인간의 슬픔 따위는 느낄 수도 없고 이해할 수도 없다는 그런 사람처럼 보일 때도 있었다.

혹은 또—이런 일은 극히 드문 일이긴 했지만—슬픔에 몸부림

치며 어머니에 대한 애정을 띄엄띄엄 눈물 섞인 말로 털어 놓고 눈물로써 자기도 인정이 있음을 애틋하게 밝히려는 듯이 보일 때도 있었다. 그러나 헤스터는 이런 변덕스러운 애정을 마음 놓고 믿을 수가 없었다. 눈 깜짝할 사이에 나타났다가는 사라지는 애정이었기 때문이다. 이런 문제를 이것저것 곰곰이 생각하고 있노라면 어머니는, 요정을 불러내기는 했지만 주문의 순서가 잘못되는 바람에 이 새롭고 불가사의한 존재를 제어시키는 주문을 찾아내지 못하게 된 사람 같은 기분이 들었다. 진정 안심할 수 있을 때는 아이가 곤히 잠들어 있을 때뿐이었다. 그때만은 펄을 완전히 붙잡은 것 같았으며 조용하고, 달콤하고 슬픈 행복의 몇 시간을 즐길 수 있었다. 그러나 그것도 펄이 눈까풀 밑에 그 심술궂은 듯한 표정을 지으면서 깨기 전까지 잠시 동안의 일이었다!

늘 미소 지으며 얼러 주던 어머니의 품을 떠나 펄이 제법 남과 사귀게 될 만한 나이에 도달한 것은 그야말로 눈 깜짝할 사이였다! 어쩌면 그렇게도 빨리 다가왔을까! 만일 떠들썩한 아이들 목소리에 섞여 새소리처럼 맑은 펄의 목소리를 들을 수 있고 장난에 몰두하고 있는 왁자지껄한 아이들 소리에서 귀여운 내 자식의 음성을 들을 수 있었다면 헤스터 프린은 얼마나 행복했겠는가! 그러나 그것은 생각할 수도 없는 일이었다. 펄은 악마의 핏줄이며 죄를 상징하는 존재였기 때문에 세례를 받은 아이들의 친구가 될 자격이 없었다. 이 아이에게서 무엇보다도 두드려져 보였던 것은 판단력이었다. 자신의 고독한 경우라든가, 사방에 침범할 수 없는 진(陣)을 치고 있는 숙명, 즉 다른 아이들과는 다른 처지가 지니고 있는 특이성을 이해하고 있었다.

헤스터는 출옥 후 남 앞에 나설 때는 언제나 꼭 펄을 데리고 다

넸다. 항상 길을 걸을 때도 펄이 함께 있었다. 처음에는 팔에 안겨 있었으나 마침내 소녀로 자라 어머니의 작은 동반자가 됐으며 집 게손가락을 꼭 쥐고 헤스터가 한 발자국 걸으면 종종 걸음으로 서 너 걸음씩 걸어 쫓아가게 되었다.

펄의 눈에 띈 것은 풀이 우거진 길가나 문지방 근처에서 청교도 의 교육에 적당한, 재미도 없는 놀이를 하고 있는 보스턴 아이들이 었다. 아이들은 교회 놀이를 하거나 퀘이커 교도를 매질하는 놀이 를 하거나, 두피를 벗겨 내는 인디언 놀이, 게다가 마술을 쓰는 흉 내를 내며 서로 위협하는 놀이들을 하고 있었다. 펄은 우두커니 바 라보기는 했으나 한데 어울려 놀려고는 하지 않았다. 말을 붙여도 모르는 척했다. 아이들이 뺑 둘러서거나 하면 큰소리를 마구 질러 대면서 화를 냈고 아이들에게 돌을 집어던졌다. 그렇게 질러 대는 고함 소리에 어머니는 몸을 떨었는데 그 이유는 그 소리에 마치 마 녀가 뇌까리는 알 수 없는 저주의 말과 같은 음조가 섞여 있었기 때문이다.

사실상 이 청교도 아이들은 전례에 없을 정도로 근성이 좁은 개 구쟁이들뿐이어서, 헤스터 모녀의 모습에 어딘가 색다르고 기분 나 쁜, 보통과는 다른 점이 있다는 것을 어렴풋이나마 알아채고 있었기 때문에 두 사람을 경멸하여 때로는 노골적인 말투로 함부로 불러 내 는 일도 흔히 있었다. 펄은 아이들의 마음의 움직임을 알아차리자 도저히 아이의 마음에 도사리고 있으리라고는 믿을 수 없을 정도의 무서운 증오심을 갖고 되받아넘기곤 했다. 이런 울분의 폭발은 어머 니가 볼 때 뜻이 있어 보일 뿐 아니라 마음의 위로가 되는 때도 있었 다. 적어도 그럴 때의 펄의 태도에는 늘 애타게 하던 변덕스러움 대 신 뭔가 착실한 기분이 넘쳐 있었기 때문이다. 그러나 거기에는 또 헤스터 자신 속에 있었던 악의 그림자가 반영되어 있음을 알게 되자 소름이 끼쳤다. 펄은 그 강렬한 증오를 전적으로 뺏길 수 없는 특권으로서 어머니에게서 이어받은 것이었다. 모녀는 인간 사회에서 격리되어 있다는 점에서는 같은 처지에 놓여 있었다. 펄의 성질에 스며 있는 것처럼 보이지 않는 그 불안정안 요소는 사실 펄을 낳기 전부터 헤스터를 괴롭혀 왔던 것으로 그 뒤로는 줄곧 모성애 특유의 부드러운 마음으로 달래 왔던 것이었다.

집에 있을 때의 펄은 집 안팎에 여러 가지 놀이 상대가 있었으므로 심심하지 않았다. 잠시도 쉬지 않고 활동하는 이 아이의 정신으로부터 넘쳐 나오는 생생한 마력은 수많은 사물들과 서로 사귀게 되었는데 그 모습은 마치 횃불이 어딜 가나 불타오르는 것과 흡사했다. 막대기라든가, 넝마 뭉치, 한 송이의 꽃 등 생각도 못 할 물건들이 펄의 마술에 걸리면 꼭두각시로 변하여 겉으로 보기에는 아무렇지도 않은 것 같았지만 아이의 마음속에 마련된 온갖 무대에서 전개되는 연극의 주인공과 완전히 하나가 되는 것이었다. 펄의 어린 목소리는 수많은 가공인물인 남녀 노소를 상대로 대화를 나눴다. 바람에 불려 신음 소리를 내거나 침울한 소리를 내는 검고 장엄한 노송이 흡사 그 모습을 한 청교도의 장로 역으로 등장한다. 마치 청교도의 아이들인 양 몰골 사나운 뜰의 잡초들은 무자비하게 두들겨서 뿌리째 뽑아 버렸다.

참으로 놀라운 일은 이 아이가 열중해서 생각해낸 수많은 형태였다. 이것들은 아무런 연결성이 없으면서도 항상 초자연적인 활동 상태라 이리 뛰고 저리 뛰는가 하면 마침내는 너무도 격렬한 생기가 넘쳐나서 기진하여 까부라지고 만다. 그러면 또 다른 야성적인 힘을 지닌 양상이 그 뒤를 쫓는다. 그것은 변화무쌍한 북극광(北極光) 같았다. 그것은 상상력의 움직임이라든가 성장해 가는 마음의 놀이라는 점에선 재주가 뛰어난 다른 아이들의 경우와 별다른 차이가 없는지도 모르나 다만 펄은 친구가 없었기 때문에 자기가 만들어 낸 가공인물들 속으로 뛰어드는 일이 잦았다는 점이 달랐을 것이다. 그런데 색다른 점은 이 아이가 자기 마음속이나 머릿속에서 그려낸 모든 것을 적대시했다는 사실이다. 결코 그들을 친구로 만들지는 않았다. 주변에는 늘 무기를 지닌 적군이 뛰어나오는 용의 이빨을 심어 놓고 그것을 향해 덤벼드는 식이었다. 이토록 어린 생명이 결국 언젠가는 부딪치고 말 적의에 찬 인간들의 싸움을 끊임없이 의식하고 최후까지 버티어 나갈 힘을 기르고 있는 모습을 보았다면 누구나 불쌍한 생각이 들었을 것이다. 더구나 그 원인을 마음속에 느끼고 있는 어머니의 입장에서 보면 그 쓰라림이 어느 정도였겠는가 하는 것은 넉넉히 짐작이 가리라.

펄을 바라보고 있노라면 헤스터 프린은 손에 들고 있던 일감을 무릎 위에 떨어뜨리기 일쑤였고 그러면 속에 간직해 두려던 괴로움이 아무리 억눌러도 말인지 신음소린지 모를 울부짖음이 되어 터져 나오곤 했다.

"오, 하늘에 계신 아버지! 당신이 아직도 저의 아버지시라면 대답해 주십시오. 저 아이는 도대체 무엇입니까?" 이런 때의 펄은 어머니의 외침 소리나 아니면 더 미묘한 방법을 통해 그녀의 쓰라린 고뇌를 알아채곤 모든 것을 다 알고 있다는 듯 그 싱싱하고 귀여운 얼굴을 어머니 쪽으로 돌려 요정처럼 미소를 지으면서 다시 하던 장난을 계속했다.

이 아이의 태도에서 빼놓을 수 없는 또 한 가지 색다른 것이 있다. 펄에게 난생 처음으로 눈에 띈 것은 도대체 무엇이었을까? 다른 애라면 작은 입가에 살짝 떠오르는 그런 미소―나중에 생각해봐도 애매해서 과연 그걸 미소라고 할 수 있나 없나로 실없는 말다툼이라도 벌임직한, 그런 미소로 답하는 어머니의 미소였을 것이다. 그러나 펄의 경우는 그렇지 못했다! 펄의 눈에 띈 최초의 것은―솔직히 말해―헤스터의 가슴에 달린 주홍글씨였다. 어느 날 어머니가 요람 위에 몸을 굽혔을 때 그 어린 것의 시선은 주홍색 글씨를 둘러싼 금색 수에서 빛나는 광채에 멈췄고 고사리 같은 손을 내밀어 잡으려고 했다. 아무런 의심도 보이지 않는 뚜렷한 눈동자의 광채 때문에 펄은 나이보다도 훨씬 더 큰 아이같이 보였다. 헤스터 프린은 자기도 모르게 숨을 죽이고 가슴의 불길한 표시를 움켜잡고 본능적으로 잡아 떼려 했다. 펄의 단풍잎 같은 손이 뭣을 알기나 하듯 와 닿는 데는 뭐라 말할 수 없는 고통을 느꼈다. 그러자 괴로움에 몸부림치는 어머니의 거동을 자기를 어르는 것으로 알았던지 펄은 그 눈을 들여다보며 생긋 웃었다! 그 뒤부터 헤스터는 줄곧 아이가 잠들 때 이외는 한시도 마음을 놓은 일이 없었다. 한시도 아이를 평온한 마음으로 귀여워해줄 틈이 없었다. 펄의 시선이 한 번도 주홍색 글씨에 집중되는 일 없이 수주일이 지나는 일도 있기는 했다. 그러나 또 마치 갑작스러운 죽음의 발작처럼 뜻하지 않은 시선이 그 독특한 미소와 기묘한 표정을 띠고 엄습해 오곤 했다.

언젠가 헤스터가 흔히 어머니들이 그렇게 하듯이 아이의 눈에 비치는 자기 모습을 들여다보고 있었더니 변덕쟁이 천사 같은 표정이 펄의 얼굴에 떠오른 일이 있었다. 그 순간―혼자 몸으로 마음에 괴로움이 있는 여자는 설명할 수 없는 망상에 괴로워하므로―

펄의 귀여운 검은 눈속 거울에 조그맣게 비친 것은 헤스터 자신의 모습이 아니라 누군가 다른 사람의 얼굴 같았다. 그것은 악마처럼 싱글싱글 웃고 있는 악의에 찬 얼굴 같았다. 잘 아는 사람의 얼굴과 비슷하긴 했으나 그 사람은 악의는커녕 미소조차도 여간해서 지은 일이 없는 사람이었다. 아이에게 옮아온 악령이 그때 마침 장난 삼아 얼굴을 내민 것 같은 느낌이었다. 그 후 몇 번이고 헤스터는 같은 망상으로 괴로움을 겪었지만 처음만큼 선명하지는 않았다.

펄이 달음질칠 정도로 자란 무렵이었다. 어느 여름날 오후, 펄은 들꽃을 양손에 잔뜩 꺾어 들고 어머니 가슴을 향해 하나씩 던졌는데, 주황색 글씨에 명중할 때마다 작은 요정처럼 깡충깡충 뛰면서 좋아했다. 헤스터는 처음엔 두 손을 모아 가슴을 가리려고 했다. 그러나 자만심에서인지, 체념에서인지, 아니면 이루 말할 수 없는 이 고통이야말로 회개하는 것이라 생각해서였던지 그 충동을 꾹 참고 죽은 사람처럼 창백해지면서도 슬프게 펄의 기승스런 눈을 들여다본 채 꼼짝도 하지 않았다. 그래도 들꽃의 공격은 그치지 않았고 날아오는 꽃송이는 거의 다 주홍글씨를 맞히곤 했다. 그때 이승에선 물론 저승에서도 도저히 그 약을 구할 도리가 없는 그런 상처가 어머니의 온 가슴을 덮쳤다. 드디어 탄환이 떨어지자 펄은 우두커니 선 채로 헤스터를 쳐다보고 있었는데 웃고 있는 작은 악마 같은 모습이 그 깊이를 알 수 없는 검은 눈동자의 심연 속에서 내다보고 있었다. 정말로 내다보았는지는 모르지만 하여간 어머니는 그렇게 느꼈다.

"펄, 넌 도대체 어떻게 된 애니?" 어머니가 소리쳤다.

"참, 엄마도, 엄마의 펄이지 뭐야?" 아이는 대답했다.

펄은 그렇게 말하면서도 여전히 웃으며 그 근처를 팔짝팔짝 뛰어 돌아다녔는데 어린 요정 같은 변덕스런 몸짓은 금방이라도 굴뚝 위까지 뛰어오를 듯한 기세였다.

"넌 정말 엄마의 아이냐?" 헤스터는 물었다.

실없는 질문이 아니라 그때만은 다른 생각 없이 정색을 하고 물어보았다. 펄이 뛰어나게 총명했으므로 어머니로서는 펄이 태어나게 된 비밀을 다 알고서 드디어 본성을 드러내는 게 아닌가 하는 생각이 들었기 때문이다.

"그렇다니까. 난 펄이란 말야!" 아이는 여전히 익살맞은 몸짓을 되풀이했다.

"넌 엄마의 딸이 아냐! 엄마의 펄이 아니란 말야!" 반농담 삼아 어머니가 말했다. 헤스터는 고뇌에 차 있을 때도 가끔 농담을 하고 싶은 기분이 들 때가 있었다. "그럼 넌 누구니? 누가 널 이 세상으로 보냈지?"

"엄마가 가르쳐줘!" 아이는 정색을 하고 헤스터에게로 다가오더니 무릎 위로 몸을 기대었다.

"하늘에 계신 아버지가 보내셨어!" 헤스터는 대답했다.

그러나 이러할 때의 망설임은 아이의 예리한 눈길을 속일 수는 없었다. 그저 늘 하듯 장난삼아 한 데 불과한 것인지 아니면 악마의 재촉을 받아서인지 펄은 검지를 내밀어 주홍색 글씨를 만졌다.

"아냐!" 펄은 똑똑히 말했다. "내게는 하늘의 아버지는 안 계셔!"

"입 다물지 못해, 펄! 그런 말을 하면 못 써!" 어머니는 신음 소리를 억누르면서 말했다. "누구나 다 하늘에 계신 아버지가 이 세상으로 내려 보내는 거야. 엄마도 그렇고, 물론 너도 그래! 그렇지 않으면 넌 어디서 왔단 말이니? 정말 이상한 애구나, 넌.”

“가르쳐줘, 가르쳐 달란 말야!” 펄은 졸라 댔지만, 이젠 아까처럼 정색을 하고 묻는 게 아니라 웃으면서 마루 위를 뛰어 돌아다니고 있었다. “엄마가 말해 줘야지!”

그러나 의혹의 어둠 속에 파묻힌 미로를 헤매고 있는 헤스터 자신은 그 질문에 대답할 능력이 없었다. 우스운 것도 아니고, 두려운 것도 아닌, 이상한 기분이 드는 가운데 이웃 마을 사람들의 말이 생각났다. 펄의 아버지를 알려고 애쓰던 사람들은 이 아이의 기묘한 성질을 보고서 펄이라는 아이는 악마의 자식임에 틀림없다고 떠들어 댔다. 먼 중세 때부터 어머니의 죄 때문에 이 세상에 태어나 어떤 흉악한 목적을 위해 한바탕 설쳐 대는 그런 종류의 악마의 자식이라는 것이었다. 루터조차도 적인 수도사들의 중상에 따르면 그역시 같은 지옥 태생인 악귀의 대장이라는 것이었다. 뉴잉글랜드의 청교도 안에도 그처럼 불길한 상품을 지닌 아이는 있는 법이고 펄 하나만이 그런 것은 아니었다.

제7장 **총독의 저택**

어느 날 헤스터 프린은 벨링햄 총독의 저택으로 총독이 주문한, 둘레를 수로 장식해 놓은 장갑을 전하러 갔다. 무슨 중대한 공적인 의식 때 착용한다는 것이었다. 그는 보통 선거에서 패배하는 바람에 최고 지위에서 두어 계단 후퇴한 전 총독이었지만 식민지의 관계(官界)에서는 아직도 명예있는 지위에 머무르면서 권세를 부리고 있었다.

식민지 문제에 대하여 이처럼 큰 권력을 잡고 활약하고 있는 요인에게 이날 헤스터가 면회를 요청하게 된 것은 수놓은 장갑을 전하는 일 이외에 좀더 중요한 이유가 있기 때문이었다. 종교와 정치에 좀더 엄한 원칙을 세우고자 하는 지도적인 입장에 있는 인물들이 헤스터 프린에게서 아이를 빼앗으려는 계획을 짜고 있다는 소문을 들었기 때문이다.

이미 말했듯이 그들은 펄이 악마의 핏줄을 이어받은 아이라고 여기고 있었으므로 착한 시민들이 그 어머니의 영혼을 생각하는 기독교도다운 관심에서 그녀의 앞길을 막고 있는 아이를 제거해 버려야 한다고 논의한 것은 무리한 일도 아니었다. 한편 아이가 정신적으로나 종교적으로나 성장할 가능성이 있고, 언젠가는 구원될 수 있는 요소를 지니고 있다면 헤스터 프린보다 훨씬 현명하고 뛰어난 사람에게 맡기는 편이 여러 가지 점으로 보아 도움이 될 것이라는 견해도 있었다. 이런 계획을 추진하고 있는 사람들 중에서도 벨링햄 총독이 가장 적극적인 사람이라는 소문이 있었다. 요즘 세상 같으면 행정 위원 정도의 재량에 맡겨질 만한 이런 사건이 공적으로 당당하게 논의되고 저명한 정치가까지 찬반 양론에 나선다는 것은 기묘한 일이어서 오히려 우습게 여겨질지도 모를 일이다. 그러나 당시와 같이 모든 것이 단순하고 소박하던 시대는 헤스터 모녀의 문제보다 공적인 흥미가 훨씬 희박할 뿐 아니라 중요성도 전혀 없는 여러 문제가 입법자나 법령을 귀찮게 구는 문제와 미묘하게 얽혀 있었다. 이 이야기가 전개되는 시기는 돼지 한 마리의 소유권을 둘러싼 논쟁이 식민지의 입법 부문에 어마어마한 대립을 불러일으켰을 뿐만 아니라 입법 조치 자체에까지 중대한 개혁을 단행케 한 시기와 그리 멀지 않은 시기였다.

그래서 헤스터 프린이 외딴 오두막을 나선 것인데, 걱정되어 골치는 아팠으나 자신의 권리에는 확신이 있었으며, 또 일반 대중과 자연의 정이 지지해 주는 고독한 여성과의 승부는 쌍방이 서로 5대 5의 승산이 있을 거라는 생각이 들기도 했다. 물론 펄은 어머니와 함께였다. 어머니 곁을 펄쩍펄쩍 뛰어다닐 만한 나이가 되어 아침부터 밤까지 뛰어다녔으므로 총독 저택까지의 거리쯤은 문제도 아니었다. 그래도 그렇게 해야 한다기보다는 응석을 부리고 싶은 마음에서 곧잘 안아 달라고 조르는가 하면, 곧 또 내려 달라고 하고서는 헤스터를 앞질러 풀이 우거진 오솔길을 냅다 줄달음질치다가는 넘어지고 고꾸라지곤 했으나 다치지는 않았다. 펄이 화사하고 말할 수 없이 아름답다는 말은 앞에서 말한 대로이다. 짙고 싱싱하게 빛나는 아름다운 혈색, 환한 살빛, 깊고도 강렬하게 빛나는 두 눈, 벌써부터 윤기가 흐르는 짙은 갈색 머리는 어른이 되면 새까만 색에 가까워질 것 같았다. 머리끝부터 발끝까지 활기가 넘쳐 있어서 정열적인 순간에 예고 없이 낳은 사생아 같았다. 어머니가 지은 아이의 옷 또한 화려한 경향의 상상력을 마음껏 발휘했다. 색다른 스타일에 금실을 써서 특별한 수를 잔뜩 놓은 빨간 비로드 저고리로 차려 입혔던 것이다. 안색이 나쁜 아이었다면 볼이 여위고 파리한 느낌을 주었는지도 모를 정도로 강렬한 색조가 펄의 아름다움에는 멋있게 어울려 마치 지금까지 지상에 나타난 일이 없는 불꽃 덩어리 같았다.

그러나 이 옷에서뿐만 아니라 아이의 전체 모습에서 두드러지게 나타난 특징은 그 아이를 보는 주위 사람들로 하여금 헤스터 프린의 가슴에 달린 표시를 불문 곡직 연상케 하는 점이었다. 그것은 형태를 달리한 주홍글씨였으며 생명을 지닌 주홍글씨이기도 했다. 헤스터 프린 자신도—빨간 치욕의 표시가 뇌리에 꽉 박혀 무엇을 생각하든 그 형태로 뒤바뀌기라도 한다는 듯이—일부러 주홍글씨와 비슷하게 보이도록 했으며 몇 시간이고 병적일 정도로 궁리한 끝에 애정의 대상과 죄업(罪業)의 표시 사이에 어떤 유사성을 만들어 내려고 했던 것이다. 그러나 사실상 펄은 애정의 대상인 동시에 죄업의 표적이기도 했으므로 이 동일성이 있음으로 해서 헤스터도 제 자식의 모습 속에 주홍글씨를 이렇게 훌륭하게 재현할 수 있었다고 볼 수 있다.

이 두 사람이 마을 구역 안으로 들어서자 청교도의 아이들은 놀이를 중단하고—놀이라고 해도 이 장난꾸러기들 사이에서만 인정되고 있는 놀이이지만—짓궂은 얼굴을 지으며 서로 이런 말을 지껄여 댔다.

"저것 봐, 저기 주홍글씨 단 여자가 가네. 게다가 옆에서 뛰어가고 있는 아이도 주홍글씨하고 똑같지, 그렇지? 우리 가서 진흙이라도 던져 주자."

그러나 펄은 지기 싫어하는 아이였다. 얼굴을 찡그려 보이기도 하고, 두 발을 쾅쾅 구르기도 하고, 작은 손을 흔들어 위협하는 몸짓을 하더니 갑자기 적의 무리 속으로 뛰어들어 모두 쫓아 버렸다. 이렇게 상대방을 맹렬히 쫓아가는 모습은 어린아이들의 죄를 벌하는 일을 하는 아이들의 역신(疫神) 즉, 성홍열 같은 그러한 천벌을 가져다주는, 날개도 채 나지 않은 천사와 똑같았다. 펄은 째지는 소리를 지르기도 하고 아주 큰소리로 고함을 치기도 했으므로 도망치는 아이들의 마음을 공포로 떨게 했을 것이다. 승리를 거두고 어머니 곁으로 돌아온 펄은 생글생글 웃으면서 어머니의 얼굴을 들여다보았다.

그 뒤로는 별 일 없이 벨링햄 총독의 관저에 도착했다. 큰 목조 건물로 된 이 집은, 이런 구조의 집은 지금도 미국의 오래 된 도시에는 그 견본이 남아 있지만 이제는 이끼가 끼고 다 허물어져 가고 있는데다 어두운 방안에서 일어났다 사라진 갖가지 사진이며 사람들의 기억 속에 남아 있거나 잊혀진 수많은 슬프고 즐거운 사건 때문에 완전히 음산한 집이 되고 말았다. 그러나 그 당시의 이 집 외관엔 이미 사라진 세월이 지니는 신선함이 있었고 죽음이 한 번도 찾아든 적이 없는 생활의 산뜻함이 햇볕이 잘 드는 창문을 통해 비쳐 나오고 있었다. 참으로 즐거워 보이는 집이었다. 벽 전체에는 깨진 유리 조각을 많이 섞은 회를 발랐기 때문에 태양 광선이 건물 정면을 비껴 쬐면 마치 두 움큼의 다이아몬드 가루를 잔뜩 뿌려 놓은 듯이 반짝였다. 그 광채로 이 집은 완미한 청교도의 노지배자 저택이라기보다는 알라딘 궁전이라고 하는 편이 더 어울릴 것 같았다. 게다가 보기에도 신비하리만큼 기묘한 무늬와 도형으로 장식되어 있는 것도 이 시대의 괴상한 취미에 잘 어울렸다. 원래는 새로 칠한 백회(白灰) 위에 그려 넣은 것이었는데 단단히 굳어 후세 사람들의 찬사를 받게 된 것이다.

펄은 이렇게 휘황찬란한 집을 보자 기쁜 듯이 강중강중 뛰며 정면 전체에 비치고 있는 햇빛을 몰래 떼어서 장난감으로 하고 싶다고 졸라 댔다.

"안 돼요, 펄!" 하고 어머니는 타일렀다. "네가 햇빛을 모아야 해. 엄마는 네게 줄 햇빛이 없어!"

모녀가 다가선 현관은 아치형으로 되어 있었고 그 양쪽에는 저택의 좁다란 탑이랄까, 튀어나온 부분이 마주보고 있었으며 어느 쪽에나 다 필요에 따라 나무로 만든 덧문을 여닫을 수 있는 살창문이 달려 있었다. 현관에 달려 있는 철제 헤머를 들어 헤스터 프린이 안내를 구하자 총독의 시종이 얼굴을 내밀었다.

이 사나이는 영국 태생의 자유민으로서 지금은 7년 기한의 노예 생활을 하고 있는 자였다. 이 기간 동안은 주인의 사유물과 같아서 소나 걸상처럼 매매할 수 있는 물건이었다. 이 노예가 입고 있는 푸른 웃옷은 당시뿐만 아니라 영국에서는 아주 예부터 대대로 내려오는 귀족 문중에서 하인들이 입었던 평상시 옷이었다.

"벨링햄 총독님은 계신가요?" 헤스터는 물었다.

"네, 계십니다." 시종은 이렇게 대답하면서도 신대륙에서 온 지 얼마 안 되었기 때문에 처음 보는 주홍글씨에 눈이 휘둥그레졌다.

"총독 각하께서는 댁에 계십니다만 목사님 두 분과 또 의사님도 함께 계십니다. 지금 바로 만나뵐 수는 없을 겝니다."

"하지만 나는 들어가야겠어요."라고 말하는 헤스터 프린의 아주 단호한 태도와 가슴에 빛나는 주홍글씨가 헤스터를 이 나라의 귀부인이라고 여기게 했던지 시종은 막으려 하지 않았다.

그래서 어머니와 딸 펄은 현관 안으로 들어섰다. 벨링햄 총독의 저택은 건축 자재의 질이라든지 기후의 차이, 게다가 특별한 사회생활 등을 고려해 상당히 변경을 가했기 때문에 조국 영국에 있는 상류층 저택처럼 설계되어 있었다. 그래서 현관 안 널찍한 객실은 천장도 높고 건물 안쪽까지 계속 이어져 있어 다른 모든 방과 직접 통할 수 있는 복도 구실을 하고 있었다. 이 널따란 방 한쪽에는 현관 양쪽에 움푹 들어가서 작은 방을 이루고 있는 두 탑의 창문으로부터 광선이 스며들고 있었고, 그 일부가 커튼으로 가려져 있는 다른 한쪽의 궁형(弓形) 창에서는 더 강한 광선이 들어오고 있었다. 그 창문은 흔히 옛 책에서 볼 수 있는 창문이었으며 방에는 폭신한 쿠션이 깔린 걸상이 준비되어 있었다. 그 쿠션 위에는《영국 연대기》같은 이절판 크기의 묵직해 보이는 문헌(文獻)들이 놓여 있었다. 오늘날 사람들이 불의의 방문객이 볼 수 있도록 방 한가운데 놓인 테이블 위에 금박을 입힌 책을 놓아 두는 것과 같은 그런 식이었다.

객실의 가구류는 등에 참나무 꽃의 화환을 정성껏 조각한 몇 개의 묵직한 의자와 같은 분위기의 테이블이 하나 있을 뿐이었으나 이것들은 모두 엘리자베스 왕조 시대의 것이든지 그 이전의 물건으로서 총독의 본가로부터 운반해온 대대로 물려오는 유물들이었다. 테이블에는—옛날 영국인의 인심 좋은 풍습을 버리지 않았다는 증거로—백랍(白蠟)의 큰 맥주잔이 놓여 있었는데 헤스터나 펄이 들여다보았더라면 그 잔 바닥에서 조금 전에 마시고 난 맥주의 거품을 보았을지도 모른다.

벽에는 벨링햄 가문의 혈통을 이어받은 조상 대대의 초상화들이 줄지어 걸려 있었다. 가슴에 흉갑을 두른 무인도 있었고 주름 깃에 위엄을 떨치고 있는 문인의 모습도 보였다. 모두가 하나같이 옛날 초상화에서 으레 볼 수 있는, 무서울 정도로 날카로운 눈초리가 특징이었다. 지금은 유명을 달리한 명사들의 초상이 아니라 오히려 그 사람들의 망령이 살아 있는 자의 일하는 태도며 노는 양을 가차 없이 신랄하게 비판하면서 내려다보고 있는 것 같았다.

객실의 벽을 이루고 있는 참나무 널의 한복판에 갑옷 한 벌이 걸려 있었는데 초상화에 나오는 선조의 유물이 아니라 극히 최근에 만든 물건이었다. 벨링햄 총독이 뉴잉글랜드로 건너오던 해에 런던의 숙련된 무구사(武具師)가 만든 것이었다. 강철로 만든 투구·흉갑·후갑·경갑, 그 밑에 늘어진 장갑 한 쌍과 칼 한 자루—모든 게 다 그러했지만 특별히 투구와 흉갑은 광택이 날 정도로 손질이 되어 있어 마룻바닥이 온통 번쩍이고 있었다. 이 눈이 부실 만큼 빛나는 갑옷은 한낱 장식품으로 놓아둔 것이 아니라 총독 자신이 엄숙한 열병장이나 연병장에서 여러 차례 입은 일이 있고 피쿼드 전쟁에서는 이 갑옷을 입고 연대의 선두에 서서 활약한 적도 있었다. 법률가로 교육을 받았고, 베이컨, 코크, 노이, 핀치들을 허물없이 벗할 수 있던 총독이었으나 이 새로운 나라 미국의 긴박한 사태는 그를 정치가나 지배자로서뿐 아니라 군인으로까지 행세하게 만들었던 것이다.

펄은 빛나는 저택의 정면을 보았을 때 못지않게 번쩍이는 갑옷을 보고 몹시 기뻐했는데 잠시 후에는 거울같이 닦은 흉갑을 들여다보고 있었다.

펄이 외쳤다.

"엄마, 엄마가 여기 비쳐요. 자, 이리 와봐요!"

헤스터는 아이를 즐겁게 해줄 작정으로 하라는 대로 다 해보였다. 그러자 그 볼록 거울에 비친 주홍글씨가 묘하게 크게 과장되어 나타나서 그녀의 외모 중에서도 가장 두드러진 부분처럼 보임을 알게 되었다. 그래서 헤스터의 모습은 주홍글씨 뒤에 가려져 전혀 보이지 않게 되었다. 펄은 또 투구에 비친 그 비슷한 영상을 손가락질하면서 웃고 있었는데 그 요정 같은 뜻있는 눈초리는 작은 얼굴에 늘 떠오르던 표정이었다. 그 여봐란 듯한 얼굴의 미소 역시 아주 그럴 듯하게 흉갑 거울에 비쳤으므로 헤스터 프린은 그게 자기 자식의 모습이라기보다 펄의 모습을 닮으려고 애쓰는 작은 악마가 아닌가 하는 생각이 들었다.

"이리 온, 펄!" 하고 헤스터는 아이를 그곳으로부터 떼어 놓으려고 했다. "저 아름다운 정원을 구경하자. 꽃이 피어 있을지도 몰라. 숲에서 보는 것보다 더 고운 꽃들이 말야."

마침내 펄은 객실 반대쪽에 있는 궁형(弓形)창 쪽으로 달려오더니 짧게 깎아 양탄자처럼 깔려 있는 풀밭 양쪽에 절반 가량 심은 채 손질이 안 된, 관목(灌木)이 늘어선 산책길의 경치를 둘러보았다. 정원을 꾸미는데 영국식 취미는 아예 살릴 수가 없었던 모양인지 양배추가 여봐란 듯이 자라고 있었으며 저만치에 뿌리를 내린 호박이 이쪽으로 덩굴을 뻗어 객실 창문 바로 아래에 커다란 호박을 하나 매달고 있었다. 이 황금색의 호박이야말로 뉴잉글랜드의 토질이 줄 수 있는 가장 푸짐한 장식품이란 것을 총독에게 알려 주고 있는 것 같았다. 그리고 이 반도에 처음으로 이주해온 블랙스턴 목사가 심은 나무의 후예로 보이는 장미며 사과나무도 몇 그루 보였다. 블랙스턴 목사는 황소 등에 올라탄 모습의 미국 초기 연대기 등에서 볼 수 있는 그 반 신화적인 인물이다.

펄은 장미 덩굴을 보더니 빨간 장미꽃을 꺾어 달라고 울어 대며 아무리 달래도 울음을 그치지 않았다.

"조용히 해요, 펄!" 어머니는 애원조로 말했다. "울지 마, 펄! 정원에서 사람 소리가 나잖아. 총독님이 계시단 말야! 다른 분도 함께!"

사실 그때 산책길 저쪽으로부터 몇 명의 남자들이 저택을 향하여 걸어오는 것이 보였다. 펄은 달래려는 어머니의 말은 아랑곳없이 기분 나쁜 소리를 질러 대고 있었으나 마침내 울음을 그쳤다. 어머니의 말에 순종할 마음은 조금도 없었으나 다만 모르는 사람이 나타나는 바람에 그 집요한 호기심이 발동했을 따름이었다.

제8장 어린 마녀와 목사

풍성한 가운에 가벼운 모자를 쓴 벨링햄 총독은—중년 신사들이 집에 있을 때 흔히 입는 복장이었다—앞장서서 집터를 안내하면서 이 집의 개조 계획을 설명하고 있는 것 같았다. 제임스 왕조 풍의 구식 옷이기는 했지만 정교하기 이를 데 없는 주름 깃이 반백이 된 턱수염을 둘러싸고 있어 큰 쟁반 위에 놓인 세례 요한의 목을 연상케 했다. 인생의 황혼기에서 세월의 서릿발을 맞은 것 같은 총독이 풍기는 아주 완고하고 엄격한 인상은 있는 힘을 다하여 자기 주위에 잡아 두려고 한, 세속적인 즐거움을 위한 설비와는 전혀 어울리지 않았다. 그러나 미국인의 근엄하고 충실한 선조들이—이 세상을 오로지 시련과 투쟁이라고 생각하거나 말하는 것이 입버릇이었으며 의무를 위해서라면 재산과 생명을 내던진다는 마음에도 거짓은 없었지만—손을 내밀기만 하면 쉽게 닿을 수 있는 곳에 있는 안락이나, 경우에 따라서는 사치스러워지는 수단 등을 거절하는 일까지도 양심에 관한 문제로 간주해 왔다고 믿는다면 그건 큰 잘못이다. 이와 같은 신조는 지금 벨링햄 총독의 어깨 너머로 흩날리는 눈발처럼 흰 턱수염을 나부끼고 있는 존 윌슨 노목사가 가르쳐준 것은 아니었다. 이 흰 턱수염의 주인공은 그때 배나무와 복숭아나무가 뉴잉글랜드의 풍토에서도 자랄 수 있을지 모르며 자색 포도 또한 햇빛 잘 드는 정원 앞 담장에서라면 무성하게 자랄지도 모르겠다는 의견을 말하고 있는 중이었다. 노목사는 영국 교회의 풍족한 품에서 자랐으므로 모든 쾌적하고 좋은 것에 대해서는 옛날 기질 그대로 완전히 해치우는 취미를 지니고 있었다. 설교단 위에 설 때나 헤스터 프린이 저지른 것 같은 죄를 남 앞에서 비난하거나 할 때는 매우 무서운 목사로 보였지만 사생활에서는 온정이 넘쳐흐르는 관대한 성격의 소유자였기 때문에 그 당시 목사 중에서는 누구보다도 따뜻한 애정을 사람들에게서 받고 있었다.

총독과 윌슨 목사 뒤에는 두 사람의 손님이 뒤따르고 있었다. 한 사람은 독자들도 기억하는, 헤스터 프린의 치욕적인 장면이 벌어졌을 때 과히 내키지 않는 역할을 맡았던 인물인 아서 딤즈데일 목사였고, 그와 나란히 걷고 있는 사람은 요 이삼 년 동안 줄곧 보스턴에서 살고 있는 의술이 뛰어난 로저 칠링워드 노인이었다. 후자는 젊은 목사의 주치의인 동시에 친구인 것 같았다. 목사의 건강 상태는 교회 관계의 일이나 의무에 대해 너무도 희생적인 노력을 기울였기 때문에 최근에 와서 현저하게 나빠졌다는 소문이었다.

손님들 앞에 서서 계단을 하나 둘 딛고 올라온 총독이 객실의 커다란 창문을 좌우로 활짝 열어젖뜨리자 정면으로 펄과 마주치게 되었지만 커튼의 그늘에 가리어 있었던 헤스터 프린은 잘 보이지 않았다.

"이게 누구지?" 벨링햄 총독은 눈앞에 있는 아이의 새빨간 모습을 보고 깜짝 놀랐다. "솔직히 말해서, 이 같은 모습은 나의 화려했던 청춘 시절 이후로는 처음 보는 일이야! 궁정 가면 무도회에 참가하는 것을 무상의 영광으로 생각했던 옛날 제임스 왕 시절에는 축제 때가 되면 이런 어린 요정 같은 것이 많아서 축연경(祝宴卿)의 아이라고 불렀었지. 그런데 어떻게 이런 손님이 우리 객실에 들어왔을까?"

"그러게 말입니다!" 착한 윌슨 노인이 큰소리로 말했다.

"요 빨간 깃털을 단 새는 무슨 새일까요? 멋있게 채색된 창문으로 햇빛이 들어와 마룻바닥에 금색과 진홍색의 그림자가 비쳤을 때 이와 똑같은 모습을 본 것 같기도 하지만. 그러나 그것은 영국에서 있었던 일이었죠. 그런데 이름은? 넌 기독교인이냐? 교리 문답은 아냐? 아니면 천주교의 유물과 함께 메어리 잉글랜드에 남겨 두고 온 장난꾸러기 요정의 친구란 말이냐?"

"난 엄마의 딸이에요." 주홍색 요정이 대답했다. "내 이름은 펄이고요!"

"펄(진주)이라고? 펄이 아니라 루비겠지, 아니―그렇지 않으면 코럴(산호)인가―아니 그 색깔로 보면 아무래도 빨간 장미라고 해야겠군!" 그렇게 말한 늙은 목사가 손으로 펄의 볼을 눌러 보려고 하자 펄은 살짝 피해 버렸다. "그런데 네 엄마는 어디 있지? 아, 여기 계시군." 그는 벨링햄 총독 쪽을 보고 조그만 소리로 말했다. "이 애가 지금 우리가 의논했던 문제의 아이입니다. 그리고 저기 불행한 어머니 헤스터 프린도 와 있군요!"

"불행한 여인이라고?" 총독은 큰 소리로 말했다. "아니, 이런 애 어머니라면 당연히 '주홍색의 여인'이고 바빌론 여인의 좋은 표본이라 판단해도 좋을 거요! 하여간 저 여자가 마침 좋은 때 와줬군. 곧 그 문제를 의논하기로 합시다."

객실로 들어온 벨링햄 총독을 뒤따라 세 사람도 들어왔다.

"헤스터 프린!" 타고 난 매서움을 가진 총독의 눈이 주홍글씨의 여인에게로 쏠리며 말했다. "요즘 그대에 대하여 말이 많았소이다. 요점인즉, 저 아이 속에 든 영원한 영혼을 속세의 함정에 빠져서 타락할 대로 타락한 그대에게 맡겨 둬도 과연 우리 당국자가 양심껏 의무를 다했다고 할 수 있느냐는 문제였소. 이 애 어머니로서 그대 생각을 듣고 싶소! 이 애를 그대 곁에서 떠나게 하여 제대로 된 옷을 입히고 엄한 교육도 시킴으로써 하늘과 땅의 진리를 가르치는 일이 이 애의 현세와 내세를 위해 행복된 길이라고 생각지 않소? 이 점에 대해 그대는 이 애를 위해 무슨 일을 할 수 있겠소?"

헤스터 프린은 주홍 표시를 손가락질하며 대답했다. "저는 이 글씨에서 배운 것을 펄에게 가르칠 수 있습니다!"

"뭐라고, 그건 수치의 표시가 아니오!" 총독의 엄격하게 말했다. "우리가 아이를 다른 사람에게 맡기려고 하는 것은 그 글씨가 나타내는 오점 때문이오."

"말씀은 그렇습니다만," 안색은 창백했지만 어머니는 침착한 말투로 말을 이었다. "이 표시가 저에게 가르쳐준 것은―매일 아니 지금도 가르쳐 주고 있는 것은 나 자신에게는 아무 소용이 없지만 이 아이가 좀더 슬기롭고 좀더 좋은 아이가 될 수 있는 교훈입니다."

"신중히 생각한 뒤에 선처하기로 할까요?" 벨링햄이 말했다. "윌슨 선생, 이 아이를―펄이라고 하는 모양인데―좀 시험해 보십시오. 이 나이 또래에 알맞는 기독교인으로서의 교육이 되어 있는지 어떤지를 알 수 있을 테니 말이오."

늙은 목사는 안락의자에 앉더니 펄을 무릎 옆으로 끌어당기려고 했다. 그러나 어머니 이외의 사람이 만져본 적이 없는 이 아이는

열린 창문으로 뛰어나가 계단 있는 데까지 도망쳐 버렸다. 화려한 빛깔의 깃털을 단 열대지방의 들새가 이제라도 창공을 향하여 날아갈 듯한 형상이었다. 윌슨 씨는 아이들에게 인기 있는 인자한 할아버지였기에 약간 당황했으나 곧 시험을 해보기로 했다.

"펄!" 엄숙한 말투였다. "말 잘 들으면 진짜 펄(진주)을 가질 수 있어. 너는 누가 만들었지? 대답해봐라."

펄은 자기를 만든 것이 누구라는 것쯤은 너무도 잘 알고 있었다. 헤스터 프린은 신앙이 돈독한 가정의 딸이었으므로 하늘에 계신 아버지에 대한 말을 아이에게 들려준 다음 아무리 어린 아이들이라도 열심히 재미있게 흡수할 수 있는 진리를 여러 가지 가르치기 시작했기 때문이다. 그러므로 펄이 생후 3년 동안에 배운 것은 정말 대단한 양이어서 뉴잉글랜드 신앙 입문서나 웨스트민스터 교리 문답집의 제1문쯤은, 비록 그 유명한 책의 외관조차도 몰랐지만, 쉽게 통과되었을 것이다. 그러나 대개의 아이들은 누구나 다소간 심술궂은 구석이 있게 마련이고 펄은 열 배나 더 심술궂었기 때문에 입을 꽉 다물어 버리거나 아니면 뚱딴지 같은 말을 지껄였다. 펄은 아주 기분 나쁜 듯 손가락을 입에 문 채 대답하기를 거절하던 끝에 자기는 누가 만든 것이 아니라 감옥 문 옆에 핀 찔레꽃 덤불에서 어머니가 주워 왔노라고 말했다. 이 어처구니없는 대답이 떠오른 것은 펄이 서 있는 총독댁의 창문 밖에 빨간 장미가 있는데다 오는 도중 감옥 앞의 찔레꽃 덤불을 본 것을 생각했기 때문인지도 모른다.

로저 칠링워드 노인은 얼굴에 미소를 띠며 젊은 목사의 귀에다 뭐라고 속삭였다. 헤스터 프린은 이 용한 의사를 쳐다보았으나 자기 운명도 어떻게 변할는지 모르는 불안정한 때였는데도 불구하고 너무나 달라진 노인의 얼굴에 놀랐다. 가까이 지내던 때에 비하면 너무도 미운 얼굴이었다. 침울한 안색은 더욱 어두워 보였고 몸도 전보다 더 불구자가 된 것 같았다. 한순간 시선이 마주쳤지만 헤스터는 다시 눈앞에 벌어진 사태에 주의를 집중할 수밖에 없었다.

“이거 야단났군?” 펄의 대답을 듣고 깜짝 놀란 총독이 다시 제정신으로 돌아오자 큰소리로 말했다. “이 아이는 세 살이나 먹었다는데 누가 자기를 만들었는지도 모른다니! 자기의 영혼이라든지 현세에서의 타락, 내세의 운명 등에 대해서도 역시 모르리라는 것은 뻔한 노릇이오! 어떻습니까, 여러분. 더 이상 시험할 필요도 없지 않을까요?”

헤스터는 펄을 붙잡더니 양팔에 꽉 끌어안으며 몹시 사나운 기세로 청교도의 늙은 총독을 쏘아보았다. 버림받은 외로운 몸으로 단 하나의 보물만을 보람으로 여기고 살아온 헤스터로서는 아무리 많은 사람이 덤빈다 해도 이것만은 포기할 수 없는 권리였고 죽어도 이 권리만은 지킬 작정이었다.

“하나님이 이 아이를 내게 주셨습니다!” 헤스터는 외쳤다. “당신들이 내게서 모든 것을 빼앗아갔으므로 그 대신 하나님이 이 아이를 주신 것입니다. 이 아이는 나의 행복입니다! 나의 가책이기도 합니다. 펄은 나에게 벌을 주기도 합니다! 보지 못하십니까? 이 아이는 주홍글씨 입니다만 사랑을 받기만 하는 주홍글씨이기에 그만큼 나의 죄를 벌주는 힘이 백만 배나 더 큰 것입니다. 이 아이를 당신들에게 내줄 순 없습니다!

“가엾은 여자군!” 인정이란 것을 모를 리 없는 늙은 목사의 말이었다. “이 아이는 잘 돌볼 것이오. 그대 이상으로.”

“하나님이 이 아이를 제게 맡겨 주셨습니다.” 헤스터 프린은 되풀이 했으나 그 목소리는 비명에 가까웠다. "이 아이를 내줄 순 없어요!" 이렇게 말한 그녀는 발작이라도 하듯이 젊은 목사 딤즈테일 씨 쪽을 돌아다보았는데 이 순간까지 한 번도 쳐다보지 않았던 모양이었다.

"저를 위해 말씀 좀 해주세요!" 헤스터는 외쳤다. "당신은 제 목사님이셨고 제 영혼을 책임지셨던 분이니까 여기 계신 분들보다는 저를 더 잘 아실 거 아녜요! 이 아이만은 빼앗길 수 없습니다! 저를 좀 변호해 주세요! 당신은 제 마음을 알아주실 거예요. 이분들에게는 없는 동정심을 지니고 계시니까요. 제 마음속에는 무엇이 있는지, 어머니의 권리가 어떠한 것인지, 당신은 알고 계실 겁니다! 부탁입니다! 이 아이를 빼앗길 순 없습니다! 부탁입니다!"

이 격하고 절박한 호소는 프린이 미쳐 날뛸 것 같은 상태에 있음을 나타내고 있었다. 이 말에 젊은 목사는 곧 앞으로 나섰는데 얼굴은 창백해지고, 특히 신경질적인 성질이 흥분할 때마다 하는 버릇으로 가슴에 손을 얹고 있었다. 목사는 헤스터가 군중 앞에서 욕을 당할 때 소개했던 때보다도 훨씬 더 초췌하고 수척해 보였다. 건강이 쇠약해진 탓인지 다른 일이 있는지는 모르지만 크고 검은 그의 눈 깊숙한 곳에는 무한한 괴로움이 서려 있었다.

"이 여인의 말에도 일리가 있습니다." 목사의 음성은 부드럽고 떨리는 듯했으나 넓은 방 안이 쩌렁쩌렁 울리어 속이 텅 빈 갑옷이 공명할 정도였다. "헤스터의 말에도, 또 그렇게 말하는 심정에도 일리가 있습니다! 하나님이 이 아이를 주신 것이고 보기에 괴팍스럽게 생각되는 이 아이의 성질이나 요구를 본능적으로 이해할 힘도 주어졌을 테니, 누군들 이 여자만큼 이 아이에 대한 일을 잘 아는 사람은 없을 겁니다. 게다가 이 모녀 사이에는 뭔가 머리가 수그러질 만한 신성한 데가 있지 않습니까?”

“뭐라고요? 그게 무슨 말씀이십니까? 목사님! “ 총독이 말을 가로막았다. “좀더 자세히 설명해 주시기 바랍니다!”

“당연한 일이 아닙니까?” 목사는 말을 이었다. “만일 그렇지 않다면, 살아 있는 모든 것의 창조자이신 하나님 아버지께서 죄의 행위를 가볍게 보시고 더러운 육욕과 신성한 애정과의 구별을 무시했다고 볼 수밖에 없지 않습니까? 아비의 죄와 어미의 수치 사이에서 태어난 이 아이는 하나님의 손을 통해 이 세상에 나타난 것이고 여러 가지 형태로 어머니의 마음을 움직이고 있기 때문에 어머니 역시 저렇게 열심히, 또 저렇게까지 애타는 마음으로 이 아이를 보호할 권리를 주장하고 있는 것입니다. 이 아이는 축복, 그것도 이 여자의 생애에 있어서 단 하나의 축복으로 태어난 것입니다. 게다가 이 어머니 자신도 말한 바와 같이 죄를 벌하기 위해 태어났으리라는 것도 사실입니다. 생각지도 않은 순간에 느끼는 고뇌라고도 할 수 있습니다. 괴로움 중에도 간혹 기쁨을 맛보는 순간에 새삼스레 느끼는 고통이고, 가책이며, 늘 재발하는 번민입니다! 이 흔적은 불쌍한 아이의 옷차림에 나타나 있지 않습니까? 여인의 가슴에 낙인찍힌 저 빨간 표시를 연상시키게끔 하니까요.”

“이 또한 명언입니다.” 윌슨 씨가 큰 소리로 말했다. “나는 이 여인이 자기 애를 협잡꾼으로 만들까봐 걱정하고 있었죠.”

“아니, 결코 그렇지 않습니다!” 딤즈데일 목사는 말을 이었다. “이 여인은 아이의 존재라는 형태로 하나님이 엄숙한 기적을 이룩했다는 사실을 깨닫고 있다는 것을 저는 보증합니다. 게다가 이 여인이 원하고 있는 것은—나로선 진리라고 생각합니다만—무엇보다도 어머니의 영혼을 살리려고, 보다 암담한 구렁에 빠뜨리려고 꾀는 악마의 유혹을 물리칠 수 있도록 하나님께서 저 아이를 내리신 것으로 믿고 있다는 사실을 인정해 달라는 것입니다! 그러므로 불멸의 영혼을 지닌 아이, 영원한 기쁨이나 슬픔을 맛볼 수 있는 아이의 뒷바라지를 한다는 일은 이 가엾고 죄 많은 여인을 위해 좋은 일입니다. 아이는 훌륭하게 양육될 수 있으며 갈수록 어머니에게 타락을 되새기게 할 것입니다! 더구나 창조주의 신성한 약속에 의해 이 아이를 천국으로 인도할 수 있다면 아이 또한 어머니를 천국으로 데리고 갈 수 있다는 것을 여인에게 가르쳐 주는 셈이 됩니다! 이 점으로 보아 죄 많은 어머니 쪽이 죄 많은 아버지보다도 행복하다고 할 수 있겠죠. 그러니 헤스터 프린을 위해서나 이 불쌍한 아이를 위해서나 하나님의 섭리가 처리하신 대로 두 사람을 놔두도록 합시다!"

"상당히 열성적으로 말씀하시는군요." 로저 칠링워드 노인은 빙그레 웃으며 말했다. "게다가 이 젊은 동료의 말씀에는 중대한 뜻이 포함되어 있습니다." 윌슨 목사가 덧붙였다. "어떻게 생각하십니까, 벨링햄 각하! 불쌍한 여인을 위하여 훌륭히 변호해 주지 않았습니까?"

"정말 그렇습니다." 총독은 대답했다. "이렇게 된 이상, 이 문제는 일단 보류하기로 합시다. 이 여인이 더 이상 추문을 퍼뜨리지 않는다는 조건부라면. 하여간 선생이나 딤즈데일 목사의 손을 빌리든지 해서 저 아이를 위해 규칙대로 교리 문답 시험을 치르도록 해 주십시오. 그리고 적당한 시기가 되면 이 아이를 학교에도 보내고 교회의 모임에도 나갈 수 있도록 책임자들에게 일러 둬야 할 것 같습니다."

젊은 목사는 말을 다 하자 사람들 앞에서 몇 발짝 물

러서서 두터운 커튼 자락 뒤에 얼굴을 반쯤 가린 채 서 있었다. 햇빛에 비치어 마룻바닥에 던져진 그의 그림자는 애소의 흥분 때문에 아직 떨리고 있었다. 싹싹하고 걷잡을 수 없는 요정처럼 나대는 펄은 살짝 목사 옆으로 다가가더니 자기의 두 손으로 그의 손을 잡아 자기 볼에다 갖다 댔다. 아주 상냥하고 자연스러운 애정의 표시였다. 이를 본 어머니가 '이 아이가 펄이란 말인가?' 하고 이상한 생각이 들 정도였다. 헤스터도 이 아이의 마음에 애정이 있다는 것은 알고 있지만 대부분의 경우 격한 감정으로 나타내는 것이 보통이었지, 이렇게 부드럽고 훈훈하게 표현한 적은 지금까지 단 두 번도 본 일이 없었던 것이다.

목사는―오랫동안 동경해 오던 여인의 애정을 제외한다면 이 어린애다운 애정만큼 흐뭇한 것은 없기 때문에―주위를 둘러본 후 아이의 머리에 손을 얹고 이마에 키스를 해줬다. 그러나 펄의 그러한 기분은 오래 계속되지 않았다. 웃으면서도 아주 가볍게 객실 저쪽으로 뛰어갔으므로 늙은 월슨 씨는 저 아이의 발끝이 대체 마룻바닥에 닿은 것인가 하고 생각했을 정도였다.

"저 장난꾸러기는 아무리 봐도 마술을 알고 있는 것 같군요." 하고 그는 딤즈데일 목사에게 말했다. "저 아이라면 마술할멈의 빗자루가 없어도 하늘을 날 수 있겠군요."

"참, 이상한 아인데!" 로저 칠링워드 노인이 말참견을 했다. "어머니를 닮은 것은 명백합니다. 어떻습니까, 여러분! 이 아이의 성격을 분석해서 아버지를 추측해 보자는 것은 학자의 연구 범위를 벗어난 일일까요?"

"그렇지는 않겠습니다만, 이런 문제를 속계의 학문에 의뢰한다는 것은 죄가 되는 일입니다." 월슨 씨가 말했다. "금식하고 오로지 기도해야 합니다. 차라리 비밀은 비밀대로 놔두는 것이 좋지 않을까요? 하나님의 섭리로 저절로 밝혀지지 않는 이상, 모든 기독교는 아버지 없는 이 불쌍한 아이에게 어버이와 같은 친절을 베풀 권리가 있습니다."

사태가 잘 수습되었으므로, 헤스터 프린은 펄을 데리고 그 저택을 나왔다. 둘이서 계단을 내려오고 있을 때 어떤 방의 격자창문이 열리더니 벨링햄 총독의 심술궂은 누이동생인—사오 년 후에 마녀로 처형된—히빈스 부인의 얼굴이 햇빛 속에서 불쑥 나왔다고 전해진다.

"이것 보라고!" 하고 부르는 부인의 불길한 형상은 새 저택의 밝음에 암영(暗影)을 던져 주는 듯했다. "당신들 오늘 밤에 나하고 같이 가지 않겠소? 숲속에서 재미있는 모임이 있는데, 미인인 헤스터 프린도 친구가 될 것이라고 마왕에게 약속까지 했는데."

"나 대신 미안하다고 말이나 전해 주세요." 헤스터는 의기양양한 미소를 지으며 대답했다. "집에서 펄을 돌봐줘야 합니다. 이 아이를 빼앗겼다면 당신을 따라 숲속에 들어가 마왕님의 장부에 내 피로 서명을 하겠죠만!"

"머잖아, 꼭 데리고 갈 테야!" 마녀는 얼굴을 찡그리고 창문 안으로 모습을 감추었다. 그러나—이 히빈스 부인과 헤스터 프린과의 대면이 사실 있었던 일이고 만들어낸 말이 아니라면—이것만으로도 타락한 어머니와 그 약한 마음에서 생겨난 아이와의 관계를 끊어서는 안 된다는 젊은 목사의 주장은 입증되게 된다. 이렇게 어렸을 때부터 펄은 어머니를 악마의 함정에서 구해 줬던 것이다.

 # 의 사

로저 칠링워드라는 이름 뒤에는 본인이 다시는 남에게 알리지 않기로 결심한 본명이 숨겨져 있다는 것은 독자들도 기억하고 있을 것이다. 헤스터 프린이 수치를 당하던 광경을 목격한 군중들 틈에 여행에 지친 한 노인이 서 있던 일이며, 따뜻하고 유쾌한 가정을 꾸며 보겠다고 생각하며 위험한 황야에서 빠져나오는 길에 그 여인이 죄악의 본보기로 뭇사람들 앞에서 전시되고 있는 것을 보게 되었다는 얘기도 이미 앞에서 말한 바 있다. 아내로서의 그녀의 면목은 숱한 사람들의 발밑에 여지없이 짓밟혔다. 불명예의 광장에 서 있던 이 여인을 둘러싸고 그녀에 대한 욕설이 빗발치듯했다.

이 소식을 친척들이나 순결하던 시절의 친구들이 듣는다면 그들도 이 불명예에 물들 수밖에 없었을 것이다. 이런 불명예는 헤스터와의 관계가 친밀하고 순수한 사람일수록 받는 비례가 크게 마련일 것이다. 따라서 아무리 과거에 이 타락한 여자와 관계가 친밀하고 순수했던 사람이라도—어떻게 하든 본인의 자유겠지만—이런 달갑지 않은 유산을 물려받겠다고 구태여 밝히고 나설 이유는 없는 것이다. 그 사나이는 여자와 함께 수치스러운 자리에 서지 않기로 결심했다. 헤스터 프린 외에는 아무도 이 비밀을 모를 것이므로 인명부에서 자기의 이름을 말살시켜 버리기로 했다. 그에 대한 옛 인간 관계나 이해 관계는 벌써 오래 전에 바다 속에 매장되었다는 소문이 있으므로 정말 바다 속에 빠져 버린 듯이 완전히 증발하기로 한 것이다. 이 목적이 일단 달성만 되면 새로운 이해 관계나 그에 따른 새로운 목적이 곧 머리를 쳐들게 될 것이다. 하기야 그건 죄라고는 할 수는 없다 할지라도 음흉한 짓임엔 틀림없고 그의 모든 능력을 쏟을 만한 힘을 지니고 있다는 것만은 확실했다.

하여간 이 결심을 실행하기 위해 그는 로저 칠링워드라는 이름을 가지고 보통 이상의 학문과 지식을 지니고 있는 사람이라는 사실 하나로써 청교도 거리에 자리를 잡게 되었다. 이곳에 오기 이전에 했던 연구 때문에 당시의 의학에 대해 폭넓은 지식을 갖추고 있었으므로 의사의 간판을 내걸기로 작정했고 세상으로부터도 친절하게 환영을 받게 되었다. 이 식민지에서 내과와 외과 기술에 통달한 의사는 여간해서 만나기 힘들었다. 아마도 의사들은 다른 이민자들처럼 대서양 횡단의 결심을 할 정도로 종교적 정열이 없었던 모양이다. 인체의 연구를 거듭하는 동안 의사들은 그 미묘한 고도의 능력이 물질 본위로 변해 버리고 생명의 전부를 내포하고 있다고 느껴질 정도로 놀라운 인체 조직의 복잡함에 압도되어 인간 존재에 대한 정신적인 관찰 능력을 상실케 하는 모양이다. 여하튼 지금까지 보스턴 시민의 건강 의학에 관한 것은 교회 집사 겸 약제사인 한 노인의 감독하에 놓여 있었는데 이 사나이의 돈독한 신앙심과 훌륭한 태도는 의사의 면허장 이상으로 그의 자격을 보증하는 증명서가 되고 있었다. 하나밖에 없는 외과 의사는 매일 면도칼을 휘두르는 습관과 이따금 발휘하는 외과 의사로서의 훌륭한 의술을 겸비한 사람이었다.

이러한 의업계에 나타난 로저 칠링워드는 무게 있고 엄숙한, 의술에 숙달된 고대 의학의 혜성과 같은 존재라는 소문이 삽시간에 퍼졌다. 그의 처방법은 어떤 경우에든 관계없이 다종다양한 성분을 골고루 섞어서 너무도 정성껏 조제하므로 불로 장생의 약을 만드는 게 아닌가 싶을 정도였다. 더구나 인디언에게 붙잡혀 있는 동안 목초의 약효에 대한 많은 지식을 얻은 이 의사가 환자들에게 숨김없이 밝힌 바에 의하면 무지몽매한 야만인에겐 하늘의 혜택이라고 할 수 있는 흔해빠진 이런 약초는 수많은 명의들이 몇백 년이나 걸려 정제(精製)한 유럽의 약제나 다름없이 믿을 만하다는 것이었다.

적어도 외면적인 종교 생활에 관한 한은 흠잡을 데가 없는 이 기묘한 학자는 보스턴에 도착한 직후부터 바로 딤즈데일 목사를 그의 정신적인 지도자로 모셨다. 이 젊은 종교가는 아직도 옥스퍼드 대학에서는 학자로서의 명성을 떨치고 있었다. 열렬한 숭배자들은 하나님이 보낸 사도(使徒)로 알았고 일찍 죽지만 않고 일을 계속할 수 있다면 그는 운명적으로 과거의 교부(敎父)들이 초기 기독교 교회를 위해 이룩한 것만큼 위대한 업적을, 아직도 약체인 뉴잉글랜드 교회를 위해 수행할 사람이라고 생각했다. 그러나 마침 그 때 딤즈데일 목사의 건강 상태는 눈에 띄게 쇠약해졌다. 평상시 볼이 창백해지는 것은 그가 지나치게 연구에 몰두하고 교구의 일을 너무 양심적으로 처리하는데다 특히 거친 세파의 습성으로 인해 정신적 등불이 흐려지거나 꺼지지 않도록 자주 금식이라든지 철야 기도를 실행하기 때문이라는 것이었다.

만약 딤즈데일 목사가 죽게 된다면 그것은 이 세상이 그의 발에 밟힐 자격조차 없다는 것을 충분히 설명하는 것이라고 말하는 자도 있었다. 이에 대하여 본인은 아주 겸손한 태도로 이 세상을 떠나는 것이 하나님의 뜻이라면 그것은 자기가 지상에서 조그만 사명조차 이행할 자격이 없기 때문이라는 신념을 피력했었다. 목사의 쇠약한 원인에 대해서는 이처럼 의견이 구구했지만 쇠약하다는 사실만은 의심할 여지가 없었다. 그의 몸은 몹시 수척했었다. 목소리는 아직도 쟁쟁하고 부드러웠으나 어딘지 모르게 쇠약해진 것 같은 불길함이 있었다. 사소한 일에도 잘 놀라며 뭔가 갑작스러운 일이 일어나면 별안간 얼굴을 붉으락푸르락하며 고통스러운 듯 가슴에 손을 얹는 모습을 볼 수 있었다.

젊은 목사의 건강 사태가 이같이 악화되어 여명 같은 그 생명의 빛이 경각에 달렸다고 여겨질 무렵 로저 칠링워드의 모습이 이 거리에 나타났던 것이다. 이 사나이의 등장은 대체 그가 하늘에서 떨어졌는지, 땅에서 솟아났는지 종잡을 수 없을 정도로 신비스러운 것이었기 때문에 기적이라고까지 일컫게 된 것도 당연한 노릇이었다. 이제는 유능한 의사로 세상에 알려진 그는 약초나 들꽃을 수집하거나, 숲속에서 나무 뿌리를 캐거나, 나뭇가지를 꺾거나 하는 모습이 보통 사람의 눈에는 아무 값어치도 없는 것처럼 보이지만 그 뒤에 숨어 있는 효험을 잘 알고 있기 때문이라고 말했다. 그가 과학상의 업적이 신(神)의 조화에 가깝다는 케넬름 디그비나 다른 유명한 사람들과도 서신 연락이 있었고 교제가 있었다는 말을 들은 사람도 있었다. 그 정도로 높은 지위를 학계에 차지하고 있던 인물이 왜 미국 같은 곳으로 왔을까? 이러한 의문에 대해 답변이라도 하듯 점차로 퍼져 가던 소문은―사실 터무니없는 일이었지만 꽤 사려 분별이 있는 사람들 중에도 믿는 자가 있을 정도였다―하나님이 훌륭한 기적을 내리시어 독일의 어느 대학교로부터 저 유명한 의학 박사를 고스란히 공중으로 운반해다 딤즈데일 씨의 서재 문 앞에 내려놓았다는 소문이었다. 사실 하나님은 소위 기적적인 방법이 아니더라도 그 목적을 이루시는 분이라는 것을 믿는 가장 현명한 사람들까지도 로저 칠링워드가 적절한 시기에 등장한 사실을 하나님의 섭리라고 생각했던 것이다.

이러한 생각은 의사가 젊은 목사에게 강한 관심을 나타낸 일로 더 뚜렷한 뒷받침이 되었다. 그는 교구민의 한 사람으로서 목사에게 접근했고 이 소극적이고 다감한 성격의 소유자에게 친구로서의 호의와 신뢰를 얻으려고 노력했다. 의사는 목사의 건강 상태에 몹시 놀랐으나 열심히 치료하고 바짝 서두르면 회복할 수도 있다고 말했다. 딤즈데일 목사의 교회에 나가는 장로, 집사, 아이가 있는 부인, 젊고 아름다운 미혼 여성 등 누구나가 의사의 솜씨를 시험할 겸 한번 약을 써보라고 귀찮을 정도로 졸라 댔다. 그러면 딤즈데일 목사는 조용하게 그 간청을 물리치고, "내게는 약 같은 것은 필요 없소." 하고 되풀이했다.

그러나 안식일이 올 때마다 볼은 창백하게 야위어 가고 음성은 전보다도 더 떨리게 되었다. 가슴에다 손을 얹는 일이 이젠 우연한 몸짓이라기보다 하나의 습관으로 변해 버렸는데 어째서 목사는 그런 말을 한단 말인가? 목사의 일에 싫증이 났단 말인가? 죽기를 원한단 말인가? 이러한 의문을 딤즈데일 목사에게 진지한 태도로 표했던 보스턴의 선배 목사나 교회 집사들은 하나님이 베푸는 이렇게 뚜렷한 구원의 손길을 거절한다는 것은 죄라며 따지기까지 했다. 목사는 잠자코 듣고만 있더니 마침내 의사와 의논해 보겠노라

고 그들에게 약속했다.

이 약속을 이행하기 위해 로저 칠링워드 노인에게 의사로서의 조언을 구할 때 딤즈데일 목사는 이렇게 말했다.

"이것이 하나님의 의도라면 나의 일이나, 슬픔이나, 죄의 고통이 곧 내 죽음과 더불어 끝난다 해도 나는 만족할 것입니다. 당신의 의술을 굳이 시험해 보지 않아도 세속적인 것은 묘에 묻힐 것이고 정신적인 것은 나와 함께 영원한 나라로 가게 될 테니까요."

"네." 로저 칠링워드는 일부러 그러는지 천성이 그런지는 몰라도 언제나 조용하게 대답했다. "젊은 목사니까 그렇게 말씀하실 수도 있죠. 젊은 분은 뿌리를 깊게 박지 않았기 때문에 인생을 손쉽게 단념합니다! 이 지상을 하나님과 함께 걷고 계신 성자는 기쁘게 이 세상을 떠나 예루살렘에서 황금의 보도를 하나님과 함께 걷고 싶을 테니까요."

"천만의 말씀입니다." 그렇게 말하고 가슴에 손을 얹은 젊은 목사의 이마에는 고통의 빛이 확 떠올랐다. "설령 내가 그러한 장소에서 산책할 자격이 있는 사람이라 해도 나는 차라리 이 세상에서 땀 흘리고 일하는 것에 만족할 것입니다."

"훌륭한 분들은 언제나 그렇게 자기 자신을 과소 평가하는 법입니다." 하고 의사는 말했다.

이렇게 하여 의문의 인물 로저 칠링워드 노인은 딤즈데일 목사의 주치의가 되었다. 의사는 병의 증세에 흥미를 가졌을 뿐 아니라 환자의 성격이나 소질도 연구해보고 싶다는 충동이 강했으므로 연령 차이가 많았음에도 불구하고 두 사람은 차차 많은 시간을 함께 보내게 되었다. 목사의 건강을 위해 의사가 병에 쓸 약초를 채집하기 위해 두 사람은 해안이나 숲속을 오랜 동안 산책했다. 때로는 파도가 속삭이며 부서지는 곳을 그들은 여러 가지 이야기를 나누며 걸었다. 남의 이목을 피해 서로의 면학(勉學)의 장소를 방문하기도 했다. 이 과학자와 자리를 함께 하는 일에 목사가 매력을 느끼게 되었고, 범상치 않은 깊이와 넓이를 갖춘 지적 교양뿐만 아니라 같은 동료 목사 사이에선 찾아볼 수 없는 사상의 폭과 자유로움을 상대방에게서 발견했을 때 충격 비슷한 놀라움을 느꼈다. 딤즈데일은 진정한 목사요 진정한 종교가였고 하나님을 신실하게 믿는 신앙의 길을 당당하게 걸어왔던 만큼 시일이 가면 갈수록 보다 그 길을 깊이 파고드는 정신의 소유자였다. 어떠한 사회에서도 그는 소위 자유주의적인 의견을 지닐 수는 없었을 것이다. 가지를 지탱해줌과 아울러 무쇠를 속에 갇혀 있는 것 같은 신앙의 무게를 신변에 느끼고 있는 것이 그의 평화를 위해선 절대로 불가결한 것이었다.

그럼에도 불구하고 평상시 대화를 나누는 사람들과는 또 다른 지성의 소유자를 통하여 이 우주를 바라보는 즐거움을, 두서없는 기쁨일망정 때로는 느끼기도 하는 목사였다. 갑자기 창문이 활짝 열리고 지금까지 램프 불빛이나, 직접 받을 수 없었던 햇빛이나, 책에서 풍겨 나오는 영육(靈肉)을 분간할 수 없는 곰팡내에 섞여서 생명이 소모되기만 했던 좁고 숨이 막힐 것 같은 방 안으로 자유로운 공기가 한꺼번에 흘러들어오는 듯한 느낌이었다. 그러나 이 공기는 너무도 신선하고 싸늘하여 오래 마시면 기분이 나빠질 우려가 있었다. 그래서 다시 목사는 그를 따라다니는 의사와 함께 교회에서 지장이 없다고 공인하는 범위 내로 들어가는 것이었다.

이런 방법으로 로저 칠링워드는 환자를 면밀히 조사했다. 그는 환자를 치료하기 위해서는 일상 생활에서 친숙해진 사상의 영역 내에서 낯익은 길을 걷고 있을 때의 모습뿐 아니라 뭔가 새로운 것을 성격 표면에 불러일으키는 듯한 별다른 신선미가 있는 도덕적 세계에 내동댕이쳤을 때의 환자의 상태 등을 우선 알아야 한다고 생각했던 모양이다. 감성과 지성을 갖추고 있는 한 육체의 병은 그 감성이나 지성의 특징을 반영하는 것이다. 아서 딤즈데일의 경우는 사고력과 상상력이 몹시 활발하고 감수성 또한 강렬했으므로 육신의 병은 그 사고력과 상상력 속에 원인이 있는 것 같았다. 그래서 로저 칠링워드는―기술이 뛰어나고 친절하고 우정 있는 의사였으므로―어두운 동굴 속에서 보물을 찾고 있는 사람처럼 환자의 가슴 깊숙이 파고들어 사상을 음미하고, 기억을 들여다보고, 모든 것을 조심스러운 손으로 더듬었다. 이와 같은 탐색을 행할 기회와 자유가 있고 더구나 그것을 규명해낼 만한 기술을 몸에 지닌 탐구자의 눈을 피할 수 있는 비밀은 아마 없을 것이다. 즉 비밀로 말미암아 괴로워하고 있는 사람은 담당 의사와 각별히 친숙해지는 것을 피하는 것이 현명하다는 말이다.

가령 두뇌가 명석하고 뭐라 이름 붙일 수 없는 어떤 것이―직관력이라고 불러 두자―갖추어져 있는 의사가 있다고 하자. 눈에 거슬리는 독선과 불쾌하리만큼 눈에 띄는 버릇을 나타내지 않고 환자의 마음과 자기 마음을 완전히 일치시켜 환자가 머리 속에 생각했었다고 기억될 만한 일을 부지불식간에 털어 놓게 할 수 있는 선천적인 힘을 지니고 있다고 하자. 무슨 말을 듣거나 조금도 놀라지 않고 동정의 말을 하기보다는 침묵과 고르지 못한 호흡이나 짤막한 말을 하는 정도로 모든 것을 알았다는 듯한 표정을 지어 보이고, 이러한 말을 들음으로 해서 공인된 의사로서의 자리가 얻을 수 있는 이점도 있다고 하자. 이와 같은 의사를 상대로 할 경우에는 언젠가는 반드시 환자도 마음이 풀리게 되어 모호하기는 하나 투명한 모습으로 모든 비밀을 백일하에 쏟아 놓게 되고 만다.

　로저 칠링워드는 앞에서 말한 특징을 전부라고는 할 수 없어도 거의 대부분을 겸비한 의사였다. 그러나 세월이 흐름에 따라 인간의 사상과 학문의 전 영역에 걸쳐 필적할 만한 공통된 점을 지니고 있던 훌륭한 정신의 소유자인 두 사람 사이에는 앞에서도 말했듯이 일종의 친근감이 싹트게 되었다. 두 사람은 윤리·종교로부터 공사(公私) 양면에 걸친 문제를 논하였고, 지극히 개인적이라고 생각되는 문제까지도 서로 의견을 나누었다. 그러나 의사가 틀림없이 있으리라고 믿고 있는 비밀이 목사의 의식에서 새어나와 상대방의 귀에 들어오는 일은 일체 일어나지 않았다. 의사는 딤즈데일 목사의 병의 실제조차도 완전히 파악하지 못한 듯한 의념(疑念)에 사로잡히기도 했다. 참으로 이상한 침묵이 아닌가!

　그러나 얼마 후 로저 칠링워드의 제안도 있고 하여 딤즈데일 목사 친구들이 주선하여 이 두 사람은 한집에서 기거하게 되었다. 조류가 밀려들고 밀려가는 것 같은 목사의 건강상태를 세밀한 곳까지 신경을 쓰고 있는 의사의 눈에 띄게끔 하기 위해서였다. 이 바람직한 사태가 실현되었을 땐 마을 전체가 온통 기뻐했다. 이렇게 하는 것이 목사의 생명을 건지는 데 가장 좋은 방법이었기 때문이다. 이 밖에도 그를 염려하던 사람들이 기회 있을 때마다 권한 것처럼 목사에게 심취하고 있는 꽃 같은 처녀들 중에서 한 사람 골라서 아내로 삼게 했더라면 더 좋은 방법이 되었을 것이다. 그러나 아무리 아서 딤즈데일을 설득한다 하더라도 이 방법은 적어도 현실에서는 전혀 실현될 가망이 없어 보였다. 목사는 마치 독신 생활이 교회의 계율인 양 이런 말을 덮어 놓고 거절해 왔기 때문이다. 아무리 봐도 딤즈데일 목사는 맛없는 남의 밥을 얻어먹고 남의 집 난롯가에서 몸을 녹이기를 원하는 사람에게 따르게 마련인 춥고 고생스런 생활을 평생 자진해서 참고 살아가기로 결심한 모양이었다. 그런데 학식과 경험이 모두 풍부하고 마음씨가 인자한 노의사는 젊은 목사에 대해 부성애와 경애(敬愛)의 정을 둘 다 겸비하고 있었으므로 목사 곁에서 늘 시중을 들 인물로서는 세상이 아무리 넓다 해도 이 사람 이외에는 없다고 생각될 정도였다.

두 사람이 기거하게 된 새 집은 사회적 지위가 상당하고 신앙심도 깊은 어떤 미망인의 집이었는데 그 집은 현재 유서 깊은 킹즈채플 건물이 서 있는 대지를 거의 차지하고 있었다. 게다가 한쪽에는 원래 아이작 존슨의 땅이었던 묘지가 있어 목사와 의사 직업을 가진 두 사람이 진지한 사색에 잠기기에는 더할 나위 없는 환경이었다. 딤즈데일 목사에게는 훌륭한 미망인의 어머니 같은 배려에서 양지바른 바깥 방이 주어졌는데 그 방엔 낮에도 햇볕을 가릴 수 있는 두터운 커튼이 드리워져 있었다. 벽을 둘러친 벽걸이는 고블랑 직조라는 소문이 있었는데 그 진가는 고사하고라도 그 벽걸이에는 다윗과 밧세바와 예언자 나단에 대한 성서 이야기가 그림으로 그려져 있었으며 색이 바래지 않은 탓인지 이 장면에 나오는 아름다운 밧세바의 훌륭한 모습은 재난을 예언하는 나단에 뒤지지 않았다. 창백한 안색의 목사는 이 방에다가 양피지(羊皮紙)로 장정한 초기 교회 교부(敎父)들의 2절판 책이라든지 유대 율법학자의 학문이나 수도사의 학식이 담긴 장서들을 쌓아올렸다. 청교도 신학자들은 이런 종류의 저술가들을 심하게 비난하면서도 자주 이용해야 하는 것들이었다. 반대쪽에는 로저 칠링워드 노인이 서재 겸 실험실을 차렸다. 현대 과학자들에게는 완벽하다고 생각될 만한 것은 못 되겠지만 익숙한 연금술사(鍊金術師)가 충분히 사용할 수 있는 증류의 장치며 약제 및 화학약품을 조제하는 기구가 갖추어져 있었다. 이처럼 훌륭한 환경에서 각각 자기 방을 차지한 두 학자는 허물없이 상대방의 방을 드나들면서 호기심에 찬 눈으로 서로의 일을 들여다보게 되었다.

딤즈데일 목사의 친구들 중 통찰력이 예리한 자들은 앞에서도 말했듯이 하나님의 손길이 이루어 놓은 이 모든 일은—공적인 장소나 집 안, 또는 남모르는 장소에서 기도를 올려 수없이 애원한 것처럼—젊은 목사의 건강을 회복시키는 데 목적이 있다고 생각했다. 그러나—여기서 한 가지 말해 둬야 할 것은 최근에 보스턴 시민 일부에선 딤즈데일 목사와 이상한 의사와의 관계에 대하여 전혀 별개의 의견을 갖는 사람들이 생겼다는 것이다. 무식한 대중은 자기 눈만으로 사물을 볼 경우 대개는 잘못 보는 수가 많다. 그러나 이 역시 대중이 곧잘 하는 일로 아주 따뜻한 마음의 직관에서 판단을 내릴 때는 참으로 심오하고 그릇됨 없는 결론을 얻게 되며 신기(神技)에 의해 명백해진 진리와 같은 성격을 띠는 일조차 흔히 있는 법이다. 지금 화제가 되고 있는 보스턴 시민이 로저 칠링워드에 대해 품고 있는 편견은 진지하게 반론될 만한 사실과 논리로 뒷받침할 수 있는 성질의 것은 아니었다. 그러나 30년쯤 전 토마스 오버베리 경의 살해 사건이 일어났던 무렵, 런던에서 살았었다는 한 수직공(手織工) 노인의 증언에 따르면 지금은 생각이 잘 안 나지만 하여간 이 노의사가 다른 이름으로 오버베리 사건에 관련된 악명의 마술사 포먼 박사와 자리를 같이하고 있던 것을 본 일이 있었다는 것이었다. 또 이 의사가 인디언에게 붙잡혀 있는 동안 세상에 널리 알려진 강력한 요술사와 마술로 기적적인 치료를 하는 야만인 기도사에 힘입어 의학상의 지식을 길렀다고 말하는 자도 몇 사람 있었다. 많은 사람들은—그 태반은 다른 문제에 관한 한 그들의 의견을 말할 수 있는 진지한 태도와 실제적인 관찰력의 소유자뿐이었으므로—로저 칠링워드의 얼굴이 보스턴에 살면서부터 특히 딤즈데일 목사와 동거하게 된 이후부터 놀랄 만큼 변모했다고 했다. 처음에는 조용하고 명상적이어서 그야말로 학자다운 표정이었는데 지금은 전에 못 보던 추악한 표정이 얼굴에 엿보이며, 그것은 보면 볼수록 더욱 뚜렷하게 눈에 띤다는 것이었다. 세상에 떠도는 소문에 의하면 의사의 실험실 불은 땅 속에서 가져온 지옥의 연료를 때는 것이기 때문에 의사의 얼굴이 연기에 그을리는 것도 당연한 일이 아니냐는 것이었다.

이러한 말을 종합해 보건대 어느 시대의 기독교 세계든 특히 신성한 인물들에게 흔히 있게 마련인, 악마나 악마의 사자(使者)가 로저 칠링워드 노인의 모습으로 변신해 아서 딤즈데일 목사에게 따라다닌다는 소문이 세상에 퍼지기 시작했다. 이 악마의 사자는 하나님의 허가를 얻어 잠시 동안 목사의 영혼 속으로 파고들어 그를 타락시키려 한다는 것이다. 그러나 분별 있는 사람이라면 누구라도 승리가 어느 쪽으로 기울 것인지를 의심하지 않았으므로 사람들은 목사가 이 악마와의 싸움에서 틀림없이 이겨 결국은 영광의 신성한 모습으로 변하리라는 것을 기대하고 있었다. 그러나 승리하기까지 겪어야 할 목사의 치명적인 고뇌를 생각하면 슬프기도 했다.

아아! 가엾은 목사의 눈 속에 깃든 공포의 검은 그림자는 그 싸움이 치열한 것임을 말해 주는 듯했고 승리의 행방 또한 모호함을 암시해 주는 듯했다.

제10장 의사와 환자

로저 칠링워드 노인은 평생을 통해 오늘날까지 비록 그 성질이 온화하고 따뜻했다고는 말할 수 없다 하더라도 하여간 친절한 애정의 소유자로서 세상과의 교섭에 있어서도 항상 순수하고 솔직한 남자였다. 그런 그가 탐색에 착수한 것이다. 본인도 믿고 있듯이 오직 진실만을 탐구해 가는 그의 모습은 재판관처럼 엄정하고 중립적인 성실함을 지녔던 만큼 그 태도는 마치 인간적인 정열이나 자기에게 가해진 과오와 관련된 것이 아니라 공간에 그린 선이나 도형 같은 기하학의 문제를 다루는 것 같았다. 그러나 차차 깊이 파고 들어감에 따라 조용해 보이면서도 유무를 가리지 않는 필연성이 무서운 매력을 가지고 노인을 사로잡고 말았기 때문에 그는 그것이 명하는 대로 움직일 때까지는 자유로운 몸이 될 수 없었다. 그래서 노인은 노다지를 찾는 탐광자(探鑛者)처럼 이 불쌍한 목사의 가슴속을 파헤쳤다. 시체의 가슴에 달린 보석을 찾겠다고 파헤친 무덤에서 발견된 것이 다만 썩어 가는 주검뿐이었을 때의, 교회에서 일하는 인부의 모습과 흡사했는지도 모른다. 노인이 찾고 있던 것이 그와 같은 주검의 부패였다면 그 영혼이야말로 불쌍하다고 하지 않을 수 없으리라!

이따금 의사의 눈이 광채를 발하는 수가 있었다. 그 파랗고 불길하게 타오르는 모습은 용광로에서 반사하는 불빛 같기도 했고 어떻게 보면 번연이 그린 것처럼 산 중턱에 있는 무서운 문에서 터져나와 순례자들의 얼굴을 비친 그 기분 나쁜 불빛과도 비슷했다. 이 음울한 광부가 파헤치고 있던 땅에서는 용기를 복돋워 주던 어떤 조짐이 있었는지도 모른다.

이런 때면 의사는 혼자 이렇게 말했다.

"이 사람은 남이 보기에는 순수하고 정신적으로 보이지만 아버지나 어머니 중 한 사람으로부터 강렬한 동물적 기질을 물려받았어. 이에 대해 좀더 알아보기로 하자!

이처럼 의사는 목사의 어두운 내면을 오랫동안 탐색했지만 파헤쳐본 수많은 귀중한 자료는 인류의 행복에 대한 높은 이상이나 영혼에 대한 따듯한 애정이며 순수한 감정, 타고난 신앙심 등 사고(思考)나 연구에 의해 보강되고 계시(啓示)의 빛을 받아 빛나고 있는 것뿐이었다. 그러나 이러한 값비싼 황금은 추적자에게는 한 푼의 값어치도 없는 물건이었으므로 실망하고 돌아선 그는 또 다른 방향으로 조사를 시작했다.

그것은 발소리를 죽이고 좌우를 살피면서 살짝 더듬어 가는, 마치 소중하게 관리하고 있는 보물을 훔치고자 주인이 잠들어 있는, 아니 어쩌면 완전히 잠이 깨어 있는지도 모르는 방에 몰래 들어가는 도둑과 같은 꼴이었다. 조심을 하느라고 했지만 이따금 마루청이 삐걱거리고 옷 스치는 소리까지 내면서 가까이 가면 안 될 곳까지 다가섰기 때문에 그의 그림자가 상대방의 얼굴 위를 가리기도 했다. 바꾸어 말하자면 정신적 직관에 의한 과민한 신경의 소유자인 딤즈데일 목사는 막연하나마 뭔가 자기 평화를 깨뜨리는 위험한 존재가 무리하게 자기 쪽으로 다가오고 있다는 것을 느끼게 됐다는 것이다. 그러나 로저 칠링워드도 직감에 가까운 지각력을 가지고 있었으므로 목사가 깜짝 놀란 듯한 시선을 보내도 동정은 할망정 간섭하는 일이 없는 친구와 같이 친절하고 조심스런 표정으로 태연히 앉아 있을 뿐이었다.

그러나 마음이 병든 사람들에게 흔히 있을 수 있는 우울함 때문에 딤즈데일 목사가 모든 인간을 의심하는 일이 없었더라면 이 의사의 성격을 좀더 완전히 간파할 수 있었을 것이다. 그런데 그는 아무도 친구로 믿지 않았기에 막상 실제로 적이 나타났을 때도 그것이 적이라는 것을 알아차리지 못했다. 그 결과 목사는 여전히 늙은 의사와 친교를 계속하였고 매일처럼 서재로 그를 불러들이기도 하면서 상대방의 실험실을 방문하거나 하여 잡초가 효력 있는 약으로 변하는 과정을 보고는 기분 전환을 하기도 했다.

어느 날 목사는 묘지가 내다보이는 활짝 열린 창문턱에 팔꿈치를 댄 채 손으로 이마를 짚은 자세로 로저 칠링워드와 얘기를 나누고 있었다. 노인은 지저분한 풀다발을 조사하고 있었다.

"선생님!" 목사는 그 풀을 곁눈질 하며 물었다. 근래에는 사람이든 물건이든지 간에 정면으로 보지 않는 것이 목사의 버릇저럼 되어 있었다. "어디서 이렇게 검고 축 늘어진 약초를 수집하였습니까?"

"바로 저 묘지에서 뜯었습니다." 의사는 일손을 멈추지 않고 대답했다. "나도 처음 보는 풀입니다. 비석도, 죽은 자에 대한 기록도 아무 것도 없는 무덤 위에 나 있는 것을 발견한 것입니다. 이 흉측한 잡초만이 죽은 자를 회상케 하는 느낌을 주더군요. 그 죽은 자의 심장에서 돋아난 것일 것입니다. 살아 있을 동안 고백했더라면 좋았을 것을 숨긴 채 묻혔기 때문에 그 비밀이 이런 형상으로 나타났나 봅니다."

"그 사람도 고백하고 싶은 마음은 태산 같았지만 할 수 없었던 게죠." 하고 목사는 말했다.

"왜 그럴까요?" 의사가 반문했다. "왜 고백을 하지 않았을까요? 자연의 힘이 모든 죄의 고백을 요구하는 일은 아주 대단한 것입니다. 보다시피 파묻힌 사람의 심장에서 검은 잡초가 돋아나와 그 말없이 죽은 범죄를 나타내고 있지 않습니까?"

"그러나 그건 선생님의 공상에 지나지 않습니다." 목사는 대답했다. "내 생각이 잘못되었는지는 모르지만 사람의 마음과 함께 파묻힌 비밀을 말이나 상징 등으로 폭로하는 힘은 하나님의 자비심 밖엔 없습니다. 그와 같이 비밀을 간직하고 있는 마음은 이 세상 속에 숨겨진 모든 것이 폭로되는 날까지 계속 비밀을 지키려고 고집할 것입니다. 내가 성경을 읽거나 해석한 바로는 설령 인간의 생각이나 행동이 공표되는 날이 오더라도 인과응보의 일부로 그렇게 된다고 이해할 수는 없는 것입니다. 그와 같은 생각은 아무래도 천박한 비난을 모면할 수 없을 것입니다. 그렇죠, 그처럼 모든 것이 공표되는 것은 바로 그날, 이 세상의 어두운 문제가 밝혀지는 것을 보고자 기다리던 지적(知的)인 사람들에게 지적인 만족을 주기 위하여 마련된 것에 불과하다고 해도 그리 잘못된 말은 아닐 것입니다. 이 어두운 문제를 완전무결하게 해결하기 위해 필요한 것은 인간의 마음에 대한 이해입니다. 게다가 선생께서 말씀하시는 것과 같은 비참한 비밀을 마음에 간직하고 있는 인간은 그 최후의 날에

는 주저하기는커녕 말할 수 없는 기쁨을 안고 그 비밀을 고백할 것
이라고 나는 생각합니다.”

“그렇다면 왜 이 세상에서 그 비밀을 털어 놓지 못할까요?” 로
저 칠링워드는 곁눈으로 흘끔흘끔 목사의 모습을 살피고 있었다.
“왜 죄인은 그 말할 수 없는 위안이란 것을 좀더 빨리 자기 것으로
하지 않을까요?”

“대부분의 사람은 그렇게 하고 있습니다.” 목사는 물리칠 수 없
는 고통의 발작으로 괴로워하고 있는 듯 가슴을 움켜쥐고 있었다.
“실은 많은 불쌍한 영혼의 소유자들이 임종의 자리에서뿐 아니라
원기왕성하고 명성을 떨치고 있는 시절에도 내게 고백을 하고 있습
니다. 모든 것을 고백하고 난 다음에는 죄 지은 그들은 얼마나 안도
의 표정을 짓는지 모릅니다! 자기 자신의 부패한 숨결에 질식할 것
같다가 자유로운 공기를 마시게 된 사람의 경우와 똑같은 것입니
다. 그럴 수밖에 없지 않겠습니까? 가령 살인을 범한 사람처럼 불
행한 사람도 마음속에 시체를 묻을 생각은 하지 않고 당장에 밖으
로 드러내어 우주에 일체를 내맡기고 싶은 기분이 드는 것은 당연
한 노릇이겠죠!”

“그러나 비밀을 가슴속에 묻어 두려는 사람도 있지 않을까요?”
의사는 조용히 말했다.

“하긴 그런 사람들도 없는 것은 아닙니다.” 딤즈데일 목사는 대
답했다. “그러나 뻔히 알고 있는 이유를 듣지 않더라도 타고난 성
질 때문에 침묵을 지키는지도 모릅니다. 어쩌면 말입니다. 이렇게
말할 수도 있지 않을까요? 죄는 비록 졌지만 하나님의 영광과 인간
의 행복에 대한 열정도 식지 않아 결국 사람들 앞에서 추악하고 흉
한 자신의 모습을 드러내기를 꺼리는 것이 아닐까요? 그런 일을 해

버리면 선행을 할 수도 없게 되고 과거의 악행을 보다 나은 봉사로
속죄할 수 없기 때문이죠. 그러므로 말할 수 없는 고통을 겪으면서
도 마치 흰 눈처럼 순결한 체하면서 주위 사람들 사이를 활보하는
것인데 실은 마음속에는 좀처럼 지울 수 없는 죄악이 시커멓게 얼
룩져 있는 것입니다.”

“그런 사람들은 자신을 기만하고 있는 것입니다.” 로저 칠링워
드의 말은 여느때와 달리 힘차 보였는데 집게손가락을 가볍게 움
직이고 있었다. “그런 사람들은 피할 수 없는 치욕을 마주 대하는
일이 두려운 것입니다. 인간에 대한 사랑이라든지, 하나님에게 봉
사하는 열성이라든지―그런 깨끗한 충동과 범한 죄가 문을 열고
불러들인 나쁜 종자를 번식시키는 사악한 충동이 그 자들의 마음
속에 공존하는지의 여부에 대해서는 뭐라고 말할 수 없습니다만.
그러나 그 자들이 아무리 하나님을 찬양하고 싶다 하더라도 그 더
러운 손을 천국 쪽으로 쳐들게 해서는 안 됩니다! 그 자들이 동포에
게 봉사를 하고 싶다고 하거든 우선 겸손한 태도로 죄를 회개하게
하고 양심의 힘과 존재를 명백하게 하는 일부터 시켜야 하지 않을
까요! 참으로 현명하고 경건한 당신이지만 설마 기만이 하나님의
진실보다도 훌륭하고 하나님의 영광이나 인간의 행복을 위한 일이
라는 것을 나에게 믿게 하려는 것은 아니겠죠? 그런 자들은 자신을
기만하고 있는 것입니다. 절대로 그렇습니다!”

“그럴지도 모르죠.” 젊은 목사의 무뚝뚝한 대답은 무슨 가당치
도 않은 말이냐는 듯한 어조였다. 목사는 지나치게 예민하고 신경
질적인 자기 성격을 자극하는 그런 화제를 잘 회피하는 재주가 있
었다. “그런데 솔직히 말해서 나의 쇠약해진 몸이 선생의 친절한
간호로 무슨 효험이라도 보인다고 생각하십니까?”

　　로저 칠링워드가 채 대답을 하기 전에 어린아이의 맑고 자지러지는 듯한 웃음소리가 묘지 근처에 들려왔다. 열어젖뜨린 창문으로—여름철이 되었다—목사가 본능적으로 내다보니 헤스터 프린의 딸 펄이 묘지를 가로지른 오솔길을 걸어오는 것이 보였다. 펄은 눈이 부실 정도로 예뻤으며 여느 때나 다름없이 심술궂은 장난기에 젖어 있었다. 이런 때의 펄은 동정이라든지 인간적인 접촉이 있는 세계로부터는 멀리 떨어져 있는 것처럼 보였다. 그때 마침 그 애는 무엄하게도 이 무덤에서 저 무덤으로 깡충깡충 뛰고 있었다. 그러다가 아이작 존슨의 무덤인지 아니면 다른 사람의 것인지는 알 수 없었으나 하여간 거물급 무덤으로 보이는 넓고 편평한 가문(家門)이 박혀 있는 묘석이 있는 곳까지 오더니 그 위에서 춤을 추기 시작했다. 좀더 얌전하게 굴라고 타이르는 어머니에 대한 대답으로 펄은 춤을 멈추었지만 그 대신 그 무덤 옆에 있는 키 큰 우엉나무에서 가시 돋친 열매를 따 모으기 시작했다. 손에 잔뜩 모아지자 펄은 그것을 어머니의 가슴에 붙어 있는 주홍글씨의 선을 따라 붙였는데 가시투성이인 열매는 붙어서 떨어지질 않았다. 헤스터도 때려 하지 않았다.

　　로저 칠링워드는 이미 창가로 와서 침울한 웃음을 띠며 아래로 내려다보고 있었다.

　　"법률도 권위에 대한 존경심도, 좋은 일이든 나쁜 일이든 인간의 관습이나 의견에 대한 관심도 저 아이의 성질에는 하나도 섞여 있는 것이 없단 말이야." 의사는 혼잣말도 아니고 상대방에게도 하는 말도 아닌 투로 말했다. "요전에는 저 애가 스프링레인의 가축용 물통이 있는 곳에서 총독 각하에게 물을 끼얹는 것을 보았습니다. 저 아이는 도대체 무엇일까요? 저 계집애는 정말 악으로 된 것일까요? 애정은 없는 겁니까? 저 애 속에 뭔가 뚜렷한 존재 원칙이라도 갖추어져 있는 것입니까?"

"아무것도 없습니다. 있는 것은 법을 파괴한 뒤에 온 자유뿐입니다." 딤즈데일 씨의 대답은 조용했고 이 문제를 줄곧 생각해온 것 같았다. "선행을 할 수 있을지 모르겠습니다."

펄은 두 사람의 말소리를 들은 모양이었다. 환하고 심술궂긴 했으나 명랑함과 총명함이 가득한 미소를 띠고 창문 쪽을 올려다보더니 딤즈데일 목사를 향해 그 가시 열매를 하나 집어던졌다. 깜짝 놀란 예민한 목사는 날아오는 가시 열매를 피했다. 이렇게 당황하는 목사의 모습을 모자 펄은 아주 재미있다는 듯이 손뼉을 치며 좋아했다. 헤스터 프린도 무의식중에 눈을 들었다. 이 네 명의 남녀노소는 잠자코 얼굴을 마주보게 되었는데, 마침내 아이가 큰 소리로 웃으면서 이렇게 소리쳤다.

"도망가야 해, 엄마! 도망가지 않으면 저기 있는 악마에게 붙잡혀! 벌써 목사님은 붙잡혔단 말이야. 도망가, 엄마. 붙잡힌단 말이야! 하지만 문제없어!"

이렇게 말하면서 펄은 어머니의 손을 잡고 끌고 갔다. 무덤 사이를 미친 듯이 날뛰며 떠들어 대고 있는 모습은 거기 묻혀 있는 과거의 세대와는 아무런 공통성이나 유사성 같은 것을 인정하려 들지 않는 자와 같았다. 새로운 요소로 만들어진 아이여서 제멋대로 살아가도록 허용되어 있고 자기가 자기 스스로를 다스리는 법칙일 수밖에 없으며 흥에 겨워 도가 지나쳐도 죄악으로 간주되어서는 안 된다는 것 같았다.

잠시 후에 로저 칠링워드가 말했다.

"저기 가는 저 여자는 그 죄과가 어떤 것인지는 잘 모르지만 하

여간 당신이 괴로워서 견딜 수 없다고 말씀하신 그런 숨은 죄악의 비밀은 전혀 없을 겁니다. 헤스터 프린의 비참함이 가슴에 주홍글씨를 달고 있기 때문에 다소나마 가벼워졌으리라고 생각하십니까?"

"그렇게 믿습니다." 하고 목사는 대답했다. "그러나 저 여자의 입장이 되어 보지 않고는 뭐라 말할 수 없습니다. 그 여자의 얼굴에는 보지 않아도 되는 거라면 보고 싶지 않은 고통의 빛이 엿보였으니까요. 그러나 죄를 숨기고 괴로워하는 인간보다는 저 불쌍한 헤스터처럼 그 고통을 표시하는 편이 훨씬 편하리라 생각됩니다."

또 잠시 말이 끊어졌다. 의사는 수집해온 약초를 다시 조사하고 정리하기 시작했다.

"아까 당신이 건강에 대한 진단을 물으셨죠?" 마침내 의사가 입을 열었다.

"네, 물었습니다." 하고 목사는 대답했다. "꼭 알고 싶습니다. 주저하지 마시고 솔직히 말해 주십시오. 가령 생사에 관한 일이 있더라도 말입니다."

"그럼 솔직히 말씀드리지요." 의사는 약초를 뒤적이며 말했으나 조금도 방심하지 않고 딤즈데일 목사에게 시선을 던졌다. "목사님의 병은 좀 이상한 병입니다. 적어도 내가 관찰한 증상으로 본다면 그 병 자체나 또는 겉으로 봐서나 대단한 것이 못 됩니다. 벌써 여러 달 동안 목사님을 모시고 매일 진찰하며 증세를 주의하여 보살피고 있으니까 목사님이 중병환자처럼 보이는 것은 당연하겠지만 경험 많고 조심성 많은 의사라면 불치의 병이라고 포기할 만큼 중태는 아닙니다. 그러나 뭐라고 할까요? 아는 병 같으면서도 알 수 없는 병입니다."

"수수께끼 같은 말씀이군요." 창백한 목사는 창 밖을 내다보며 말했다.

"그럼 더 솔직히 말씀드리죠." 의사는 말을 이었다. "아무래도 솔직히 말씀드려야 할 테니까 실례되는 점이 있더라도 용서를 바랍니다. 친구로서—하나님의 뜻을 받아 목사님의 생명과 건강을 맡고 있는 사람으로서 묻겠는데, 목사님은 병의 전모를 숨기지 않고 나에게 말해주신 겁니까?"

"이제 새삼스레 무슨 말씀이신가요?" 목사는 말했다. "어린애 장난도 아닌데 의사를 청해 놓고 병 증상을 숨기다니요."

"그럼 내게 모든 것을 다 말씀하셨다는 건가요?" 로저 칠링워드는 강한 지성이 집중된 빛나는 눈으로 목사를 응시하면서 말했다. "그렇다고 해둡시다! 그러나 말입니다. 외면적인 증상을 말해 보았댔자 의사는 고쳐야 할 중요한 병세를 반밖에 모르기 쉽습니다. 육체의 병이 병의 전부라고 생각하기 쉽습니다만, 사실 정신적인 병의 한 증세에 불과할 수도 있습니다. 내 말이 조금이라도 목사님의 비위에 거슬린다면 용서를 빌겠습니다. 내가 알고 있는 사람 중에서 정신의 도구라고 할 수 있는 육체가 그 정신과 밀접하게 결부되어 소위 심신이 혼연일체가 된 분은 목사님뿐입니다."

" 그 이상 물을 필요가 없습니다." 목사는 그렇게 말하고 약간 당황한 듯이 의자에서 일어났다. "선생은 영혼을 고치기 위한 약의 전문가는 아니니까요."

로저 칠링워드도 일어섰다. 작달막하고 보기 흉한 불구의 몸으로 볼까지 창백해진 목사와 마주 서더니 상대방의 말을 가로막은 것에는 조금도 개의치 않는 듯한 흔들림 없는 어조로 말을 이었다.

"병은 정신에 어떤 병이 생기면 삽시간에 육체에 적절한 형태로 나타나는 겁니다. 육체의 병을 의사가 고쳐 주기를 바라신다면 그때는 우선 의사에게 영혼 속의 상처나 괴로움을 털어 놓아야 합니다. 그렇지 않고서는 의사로선 손쓸 도리가 없으니까요.”

“거절합니다, 당신에겐! 이 지상의 의사에게는 거절합니다!” 딤즈데일 목사는 격한 듯이 큰소리를 지르더니 이글거리는 눈을 크게 뜨고 거친 눈초리로 로저 칠링워드 노인을 노려보았다. “당신에게는 싫습니다! 그러나 내 병이 영혼의 병이라면 나는 영혼을 고쳐 줄 단 한 분의 의사에게 몸을 맡기겠습니다! 고치든 죽이든 그분의 마음이니까요! 그분이 선한 일이라고 판단을 내린 일이라면 나는 무엇이든 따르겠습니다. 당신은 도대체 어떤 사람입니까? 이 문제점에 참견을 하다니! 죄로 괴로워하는 자와 하나님 사이에 끼어들다니!”

미친 듯한 기세로 목사는 방을 뛰쳐나갔다.

기분 나쁜 미소를 띠고 목사의 뒷모습을 바라보며 로저 칠링워드는 혼잣말로 중얼거렸다.

“이렇게까지 되었으니 잘된 일이야. 아무것도 잘못된 일은 없어! 곧 화해하게 되겠지. 그러니까 저 사람은 격정에 사로잡히면 본심을 털어 놓게 된다 이거군! 그렇다면 다른 일에도 똑같은 격정인 일을 했을 게 아닌가! 저 목사인 체하는 딤즈데일 선생은 마음의 열정에 사로잡혀 한때는 부당한 짓도 했다 이거군!”

두 사람 사이에 전과 같은 우정을 되살리는 것은 그리 어려운 일은 아니었다. 젊은 목사는 몇 시간 혼자 있는 동안 그렇듯 몰골 사납게 흥분을 폭발시킬 만한 아무런 구실도 이유도 없음을 알게 되었다. 의사로선 당연할 뿐 아니라 목사의 청에 의해 충고를 말했을 뿐인데 그 친절한 노인을 그렇게 심하게 물리치다니 자신도 놀라지 않을 수 없었다. 이렇게 후회를 하게 된 목사는 곧 의사에게 사과를 했고 건강이 회복되지는 않았다 하더라도 오늘날까지 생명을 연장시켜준 방법대로 치료를 계속해 주기를 부탁했다. 로저 칠링워드도 목사를 계속 돌봐주기로 쾌락했다. 성심 성의껏 돌보기는 했으나 진찰이 끝나 환자 방을 나올 때는 늘 입가에 이상야릇한 미소를 짓고 있었다. 이 표정은 딤즈데일 목사 앞에서는 볼 수 없었으나 의사가 문지방을 넘어서는 순간부터 확실히 눈에 뜨이게 되었다.

"참 이상한 병이군!" 의사는 중얼거렸다. "좀더 깊이 조사할 필요가 있는데, 정신과 육체 사이에 기묘한 연결이 있어! 의학을 위해서도 이 병은 철저히 규명해 봐야겠군!"

앞에서 말한 사건이 있는 지 얼마 안 되어 딤즈데일 목사는 대낮에 의자에 앉은 채로 자기도 모르게 깊은 잠에 빠져 있었다. 테이블 위에 펴놓은 커다란 고딕 활자의 책은 문학 작품으로서 독자에게 잠을 오게 하는 아주 대작이었던 모양이다. 목사는 평상시에는 나뭇가지 위를 뛰어다니는 작은 새처럼 가볍고 침착성이 없어 금방 놀라 도망칠 것 같은 선잠을 잤으므로 이처럼 깊이 잠이 들어 있는 모습은 정말 놀라운 일이었다. 그러나 정신이 전에 없이 자기 껍질 속에 깊숙이 틀어박혀 방으로 들어갔는데도 의자에서 앉은 채 꼼짝도 하지 않았다. 의사는 곧장 환자 앞으로 가서 그의 가슴에 손을 얹고 여태까지 의사에게도 보인 일이 없는 앞가슴의 옷을 풀어 젖혔다.

그러자 딤즈데일 목사는 몸을 떨며 약간 몸을 움직였다.

잠시 후 의사는 방을 나갔다. 그러나 그 놀라움과 기쁨과 두려움에 넘친 표정은 말할 수 없이 거칠어 보이기만 했다! 그 미친 듯이 기뻐 날뛰는 모습은 눈과 입으로 표현할 수 없을 정도로 강렬하게, 그 흉측한 몸 전체로부터 터져 나왔다. 힘껏 천장을 향하여 팔을 휘두르기도 하고 마룻바닥을 발로 구르기도 하며 마치 미쳐 날뛰기라도 해야 그 기쁨을 표현할 수 있다고 말하는 것 같았다! 이렇게 기쁨에 날뛰는 순간에 로저 칠링워드를 본 자가 있었다면 고귀한 인간의 영혼이 천국으로 가다 지옥으로 끌려들어갔을 때 악마가 어떠한 짓을 하는지를 물어볼 필요가 없었을 것이다.

그러나 악마의 광희(狂喜)와 다른 점은 의사의 광희 속에는 놀라움의 요소가 있었다는 것이다.

제11장 마음속

앞에서 말한 사건 이후 목사와 의사와의 관계는 외면적으로는 변함이 없었으나 실은 전과는 다른 성격의 것이 되었다. 로저 칠링워드의 머리는 뚜렷한 진로를 발견한 것이었다. 그러나 그것은 자기가 계획하고 거닐고자 하던 길은 아니었다. 아주 조용하고 온순한, 격정과는 인연이 먼 듯이 보이는 이 불행한 노인에게 지금까지 줄곧 잠재해 오던 악의가 바야흐로 활동을 개시해 어쩌면 과거의 어느 누구도 원수에게 그런 앙갚음을 한 적이 없을 정도로 강렬한 복수를 생각하게 했는지도 모른다. 공포, 양심의 가책, 고뇌, 무익한 후회 그리고 물리쳐도 되돌아오는 죄 많은 생각들, 이 모든 것을 털어 놓게 할 수 있는 유일무이의 친구가 되는 것이 그 복수인 것이다. 무엇이나 불쌍히 여기고 용서해 주는, 그 큰 마음을 지닌 세상으로부터 감추어진 죄 많은 슬픔을 냉혹하고 용서를 모르는 사나이 앞에 털어 놓게 하는 것이다! 복수라는 부채가 이보다 더 적절하게 지불되는 일은 없을 것이라고 생각될 정도의 고민을 그에게 모두 주게 될 것이다!

이 계획은 목사의 소극적이고 민감한 태도 때문에 잘 진행되지 않았다. 그러나 로저 칠링워드는 하나님—이 복수자도 희생자도 다같이 자신의 목적을 위해 사용하시면서 벌해야만 할 때에 용서하는 일도 있는 하나님—이 자신이 사악한 수단 대신 주신 사태에 결코 만족하지 않는 것은 아니었다. 하나의 계시를 받았다고 할 수도 있었기 때문이다. 그 계시가 천국에서 온 것이든 다른 어떤 세계에서 온 것이든 목적을 이행하는 데에는 별 차이가 없었다. 그 계시의 도움을 받으면 의사는 딤즈데일 목사와의 모든 관계에 있어 목사의 외양뿐만 아니라 영혼의 내부까지도 눈앞에 드러나게 되어 모든 움직임을 다 이해할 수 있을 것 같았다.

그 이후부터 노인은 불쌍한 목사의 세계를 관찰할 뿐 아니라 그 세계의 주역(主役)이 되어 마음대로 목사를 조정할 수 있었다. 목사에게 고민을 주어 흥분시키고 싶으면 희생자는 언제나 고문대 위에 자리 잡고 있는 것이나 다름없었으니까 고문대를 조종하는 손잡이가 어디 있는지를 알고 있기만 하면 되었다. 그런데 의사는 그것을 너무도 잘 알고 있었다! 갑자기 목사를 공포로 떨게 하고 싶으면 마술사가 지팡이를 휘두르는 대로 나타나는 기분 나쁜 환영들처럼 죽음의 환영, 치욕의 환영 등 수많은 환영이 나타나 목사 주위에 떼지어 몰려들어 그의 가슴을 손가락질했다!

비록 목사는 어떤 기분 나쁜 힘이 자기를 노리고 있다는 것을 끊임없이, 그리고 막연하게 느끼곤 있었지만 이 모든 것은 완벽할 만큼 교묘한 수법으로 실행되었기 때문에 그것이 도대체 어떤 것인지는 도저히 알 수 없었다. 노의사의 불구의 모습을 의심스럽게, 또 어떤 때는 무섭게—때로는 혐오와 심한 증오의 감정을 품고서—바라본 것은 사실이다. 그 사람의 몸짓, 걸음걸이, 반백의 턱수염, 무관심한 듯한 사소한 거동, 심지어 걸치고 있는 의복의 모양까지도 목사의 눈에는 거슬려 보였다.

그것은 목사의 가슴속에 스스로도 깨닫지 못할 정도로 깊고 깊은 반감이 있다는 것을 은연중에 나타내는 증거였다. 이러한 불신과 혐오의 원인을 발견하지 못한 채 딤즈데일 목사는 앓고 있는 단 한 군데의 부분적인 독소가 마음 전체를 범하고 있다는 것을 알자 모든 예감의 원인은 그 독소 이외에는 없을 것이라고 생각했다. 목사는 로저 칠링워드 노인에 대해 나쁜 감정을 품은 자신을 책망하고 그런 감정에서 얻어진 교훈을 물리쳤을 뿐 아니라 그 나쁜 감정을 뿌리 뽑으려고 전력을 다했다. 이것은 가능한 일은 아니었으나 그래도 생활 원칙에 따라서 계속 노인과 교제를 했으므로 그는 이 노인으로 하여금 그의 목적을 달성케 하는 기회를 부단히 제공하는 셈이었다. 고독하고 불쌍한 인간이고 희생자보다도 더 비참하다고 할 수 있는 복수자인 그는 목숨을 걸고 목표 달성에 힘을 기울이고 있었다.

이처럼 육신은 병에 시달리고 영혼은 암담한 고뇌에 들볶여 흉악한 적의 간계에 농락당하면서도 딤즈데일 목사는 목사로서 빛나는 명성을 얻고 있었다. 아니 그 명성의 태반은 그 슬픔에 의해서 얻어진 것이라고 말할 수가 있었다. 타고난 재능과 정신적인 통찰력, 또 정서를 경험하고 전달하는 능력에 이르기까지 일상 생활의 찌르는 듯한 고통 때문에 이상한 활동 상태에 놓여 있었다. 아직 오르막길에 있는 명성이긴 했지만 이 명성 때문에 우수한 여러 사람이 목사를 포함한 성직자들의 평판은 완전히 빛을 잃었다. 목사들 중에는 딤즈데일 목사가 태어나기 전부터 성직과 관련된 심오한 학문의 습득에 오랜 세월을 보낸 사람들도 있었기 때문에 이 젊은 목사보다 더욱 건실하고 해박한 학식을 지닌 학자도 있었다. 또 이 목사보다 더 굳건한 정신, 예리하고 무쇠나 대리석처럼 굳은 이해력을 지닌 자도 없는 것은 아니었지만 이와 같은 이해력에 교양이란 요소가 적당히 섞이게 되면 상당히 훌륭하고 유능하긴 하나 뭐라 말할 수 없는 이상한 목사로 변하는 것이다. 게다가 또 책 속에 파묻혀 꾸준히 공부하고 참을성 있게 사색하여 이룩한 재능에 천계(天界)와의 정신적인 교류로 단련된 참다운 성자로 불릴 만한 목사도 있었으며 청렴한 생활로 말미암아 인간 세계의 옷을 걸친 채 천국으로 인도된다 해도 조금도 이상하지 않을 성자의 모습도 있었다. 단지 이 사람이 갖추지 못한 재능은 성령 강림절(聖靈降臨節)에 선택된 사도들에게 내려진 불의 혀뿐이었다. 그것은 아무도 모르는 외국어로 말하는 것이 아니라 타고난 마음의 언어로 전 인류 동포에게 말하는 힘을 상징하는 것이었다. 다른 면에 있어서는 사도에 뒤지지 않는 목사들이었으나 하나님이 그 역할에 대하여 내리신 최후의, 아주 희귀한 증명이라고도 말할 수 있는 '불의 혀'만은 갖추지 못하였던 것이다. 아마 그들에게 있어 평상시의 말이나 이미지라는, 소박하기 이를 데 없는 수단으로 최고의 진리를 말하는 것은―가령 꿈속에서 말했다 하더라도―이를 수 없는 소원이었을 것이다. 그들의 목소리는 늘 머물러 있는 고원(高遠)한 세계로부터 어렴풋이 들려올 뿐이었다.

그런 여러 가지 성격상의 특징으로 보아 딤즈데일 목사는 이 마지막 부류에 속해 있다고 볼 수도 있다. 그는 이미 신앙과 존엄성이 있는 산봉우리까지 올라갈 수도 있었겠지만 이 같은 짐을 진 채 비틀거리며 걸어야 할 운명의 길이며 범죄인지 고뇌인지 잘 알 수 없는 무거운 짐이 가로막고 있었다. 이 무거운 짐은 그를 가장 낮은 수준의 사람들이 있는 곳까지 끌어내렸으나 만일 그에게 그런 무거운 짐만 없으면 천사들도 그 목소리에 귀를 기울이고 대답을 했을지도 모를 정도로 영묘(靈妙)한 성질을 가진 인물이었다!

그러나 바로 이 무거운 짐 때문에 그는 죄를 범한 인류 형제들에 대해 참으로 친밀한 동정심이 우러나게 되었다. 그의 마음은 죄지은 형제들과 공명하여 떨렸으며 죄지은 자의 고통을 자기 것으로 받아들인 다음 슬프고도 설득력 있는 설교를 통해 자기 자신의 고민을 무수한 사람들 가슴속에 전달할 수 있게 되었다. 언제나 그의 설교는 설득력이 있었지만 때로는 무서운 때도 있었다! 사람들은 이렇게까지 감동시키는 힘을 이해할 수 없었다. 젊은 목사는 바로 성스러운 기적이라 생각했다. 지혜와 힐책과 애정이 남긴 하나님의 말을 대변하는 사람이라고 생각하게끔 되었다. 사람들의 눈에는 목사가 밟는 땅 그 자체가 신성한 것으로 생각되었다. 목사 주위에 종교적인 감정에 넘친 정열의 희생자가 되어 그 정열을 종교 자체로 생각하고 그들의 흰 가슴속에 있는 정열을 제단에 바칠 가장 적당한 제물처럼 여기고 있었기 때문이다. 나이 많은 신자들은 보기 흉하게 늙어빠진 자기 몸은 생각지 않고 딤즈데일 목사의 허약한 몸을 보면 그가 먼저 천국에 가려는 거라고 믿고 죽거든 뼈를 저 젊은 목사의 신성한 무덤 가까이 묻어 달라고 자손들에게 유언했다. 근자에 불쌍한 딤즈데일 목사는 자기 무덤에 내하여 생각해보았는데 저주받은 자가 묻히는 묘에도 과연 풀이 날까 하고 스스로 의문을 갖는 것이었다!

이 일반 대중의 존경이 목사에게 준 고뇌는 상상도 못 할 만큼 컸다! 진실을 동경하고 생명 속의 생명으로서 신성한 실체를 갖고 있지 않은 것은 모두 그림자와 같은 것이며 일체의 무게나 가치가 없다고 생각하는 것이 목사의 순수한 충동이었다.

그렇다면 목사 자신은 도대체 무엇이란 말인가? 실체가 있는 것인가? 혹은 그림자 중에서도 가장 희미한 그림자란 말인가? 그는 설교단 위에서 목청을 돋우어 자기의 본성을 고백하고 싶었다.

"지금 여러분이 보고 있는 검은 목사 옷을 몸에 걸치고 있는 나는, 성단(聖壇) 위에 올라가 창백해진 얼굴을 쳐들어 하늘을 보며 여러분을 대신하여 전지 전능하신 하나님의 영교(靈交)하는 일을 직무로 삼고 있는 나는, 일상 생활에 있어서도 이 땅 위를 걸으면 그 발자취가 빛나서 뒤를 따르는 순례자들이 축복받은 자들의 나라로 인도되리라고 여러분이 생각하시는 나는, 여러분의 자녀들에게 세례를 베푼 다음, 여러분들의 친구들이 임종할 때 막 하직하고 온 세계로부터 희미하게 울려오는 '아멘' 소리를 들을 수 있도록 작별의 기도를 올린 일도 있는 나는, 여러분의 존경을 받고 있는 목사인 나는 실은 타락한 인간이며 빛 좋은 개살구입니다!"

이런 말을 하기 전에는 결코 제단을 내려오지 않으리라고 결심을 하고 설교단에 오른 일도 한두 번이 아니었다. 헛기침을 하고 길게 심호흡을 하고 이번 숨을 뿜어낼 때는 영혼의 어두운 비밀이 묻어나오겠지 하고 생각한 일도 한두 번이 아니었다. 사실 확실히 입 밖에 내어 지껄인 일도 한두 번—아니 백 번도 더 될 것이다! 분명히 입 밖에 내긴 했었다! 그러나 도대체 어떤 말을 했을까? 자기는 정말 비열한 사람일뿐더러 가장 비열한 사람 중에서도 더 비열한 작자이고 극악인(極惡人)이며, 혐오스런 존재, 상상할 수도 없는 악의 권화(權化)라고 사람들에게 말했다. 하나님의 불 같은 노여움으로 이 더러운 육체가 그 자리에서 메말라 버리지 않는 것이 이상할 정도라고 말하기도 했다! 이보다 명백한 말이 또 있을까? 그러면 사람들은 충동적으로 일제히 의자를 차고 일어나 설교단을 더

럽힌 자를 끌어내리려 해야 하지 않는가? 그러한 눈치는 전혀 없었다! 그뿐 아니라 목사의 말을 듣고 점점 더 존경하는 마음만 강해질 뿐이었다. 자기 자신을 책망하는 말 속에 얼마나 무서운 뜻이 내포되어 있는지 짐작하지 못했던 것이다. "젊은데, 하나님 같은 분이다!"라고 사람들은 말했다. "지상의 성자이시다! 목사님의 순결한 영혼 속에서도 그런 죄악을 인정하시는데, 더구나 우리의 영혼 속에서는 얼마나 무서운 모습을 발견하실까?"

목사는 그 애매한 고백이 어떻게 받아들여질 것인가를 분명히 알고 있었다—후회하고 있다고는 하나 교묘한 위선자임에는 틀림없었다! 죄지은 마음을 폭로함으로써 자신을 기만하려고 노력했으나 잘 속였다는 안도감은 조금도 얻지 못한 채 또 새로운 죄를 범하게 되어 치욕을 스스로 인정할 뿐이었다. 확실한 진실을 말했건만 틀림없는 거짓으로 바꾸어 놓은 셈이었다. 그러나 그 사람만큼 진실을 사랑하고 거짓말을 미워한 사람도 없을 것이다. 그러기에 세상의 무엇보다도 비참한 자기 자신의 모습이 밉게 느껴진 것이다!

목사는 마음의 괴로움 때문에 그가 태어나고 자라난 교회의 훌륭한 빛보다도 타락한 옛 로마의 신앙과 합치하는 습벽(習癖)을 몸에 지니게 되었다. 꼭 잠가 놓은 딤즈데일 목사의 밀실에는 피 묻은 채찍이 있었다. 이 청교도이자 신교도인 목사는 때때로 이 채찍으로 어깨를 치고 자신과 자신의 몸을 쓰디쓴 웃음으로 비웃어 댔는데 그 비웃음 때문에 더욱더 사정없이 채찍질을 하곤 했다. 신앙심이 깊은 많은 청교도들과 마찬가지로 금식을 하는 것도 목사의 습관이었다.—그러나 다른 사람처럼 하늘의 묵시(默示)를 받기 위한 매체(媒體)가 되기 위해 몸을 깨끗이 하려는 것이 아니라 고행으로서 무릎의 힘이 빠져나갈 때까지 행하는 엄격한 금식이었다. 또 목사는 거의 매일 밤 캄캄한 어둠 속이나 희미한 램프 밑에서 철야 기도를 했었다. 때로는 가능한 한 강렬한 빛을 받게 한 거울에 자기 얼굴을 비쳐 보는 일도 있었다. 이렇게 하여 부단한 내성(內省)이 목사의 특징이 되었는데 이것은 육체를 괴롭힐 수는 있었을망정 정화할 수는 없었다. 장시간에 걸친 철야 기도로 머리는 몽롱해지고 갖가지 환영이 눈앞에 어른거리는 것 같았다. 어둠컴컴한 방 한 구석에서 희미하게 나타나 어슴푸레 떠오르는 일도 있었고 그의 옆 가까이 몸거울에 비쳐 선명하게 보일 때도 있었다. 창백해진 목사를 놀려 대며 히죽이 웃고 함께 가지 않겠느냐고 손짓하는 악마의 무리로 변할 때도 있었고 번쩍번쩍 빛나는 천사의 무리가 되기도 했다. 그들은 슬픔에 짓눌려 간신히 하늘 위로 날아가지만 올라갈수록 영묘(靈妙)함을 더하는 수도 있었다. 어떤 때는 이미 운명을 달리한 청년 시절의 친구들이나 성자처럼 얼굴을 찡그리고 흰 턱수염이 난 아버지의 모습으로 보이기도 하고 때로는 외면하고 지나가는 어머님의 모습이 되기도 했다. 망령과 같은 어머니—참으로 덧없는 환영과 같은 어머니였지만, 적어도 자기 아들에게 동정의 시선쯤은 던져 줘도 좋으련만! 마지막에는 이 환영 때문에 황량해진 방 안을 빨간 양복을 입은 펄의 손목을 잡은 헤스터 프린이 살며시 지나갔는데 먼저 자기 가슴 위에 주홍글씨를 손가락질하고 다음에는 목사의 가슴을 가리켰다.

이러한 환영들에게 그는 한 번도 속은 일은 없었다. 어느 때나 의지력을 발휘함으로써 목사는 실체가 없는 안개와 같은 환영의 정체를 파악하고 그들이 저만치 있는 조각한 참나무 테이블이나 가죽으로 장정하고 놋쇠로 죔쇠를 단 커다란 신학 서적처럼 실질적인 물체가 아니라는 것을 확인할 수 있었다. 그럼에도 불구하고 그 환영은 어떤 뜻으로 봐선 불쌍한 목사가 접촉하는 것 중에서 가장 진실하고 가장 실제를 갖춘 것이라 할 수 있었다. 목사와 같이 허위에 찬 생활을 하는 사람들에게서 볼 수 있는, 말할 수 없이 큰 불행은 그 생활이 우리 인간 주위에 있는 현실, 하나님이 정신의 기쁨과 양식으로 여기라고 주신 현실로부터 중핵(中核)을 이룬 실체를 빼앗아 버리는 것이다. 정직하지 않은 사람에게는 온 우주가 허위요 실체가 없는 것이며 잡으면 곧 사라져 버리는 것이다. 그리고 그러한 사람은 허위의 빛 속에 모습을 나타내고 있는 이상 그림자와 같은 존재가 되며 사실상 존재하지 않는 결과가 된다.

딤즈데일 목사를 이 세상에 계속 존재시키고 있는 유일한 진실은 영혼 속에 들어 있는 고뇌이고 그 얼굴 위에 역력히 나타나는 고뇌의 표정이었다. 단 한 번이라도 미소를 짓거나 명랑한 표정을 짓는 힘이 발견되는 날이면 이미 딤즈데일 목사라는 인물은 없어져 버리는 것이다!

이 불길한 밤에 일어났던 일에 대해서는 지금까지 간단히 말했을 뿐 상세히 말하기를 피해 왔지만, 그러한 어느 날 밤 목사는 의자에서 벌떡 일어났다. 새로운 생각이 떠올랐기 때문이다. 한순간이라도 마음의 안정을 얻을 수 있을 것 같았다. 그는 여러 사람 앞에서 예배를 볼 때와 똑같은 옷차림으로 조심스럽게 준비를 하더니 발소리를 죽여 가며 계단을 내려가 문을 열고 밖으로 나갔다.

제12장 # 철야 기도

꿈속을 걷는 것처럼, 사실상 틀림없이 일종의 몽유병에
걸려 있던 딤즈데일 목사가 찾아간 곳은 훨씬 이전에 헤스터 프린
이 처음으로 수치를 대중 앞에 드러내 놓았던 장소였다.

그 처형대는 무수히 그곳에 올라선 죄인들에게 밟혀서 닳기는
했지만 여전히 예배당의 발코니 밑에 옛 모습대로 서 있었다. 목사
는 계단을 올라갔다.

5월 초순의 어두운 밤이었다. 먹장 같은 구름이 온 하늘과 지평
선 끝까지 뒤덮여 있었다. 헤스터 프린이 벌을 받을 때 목격했던 군
중들을 지금 이곳에 불러낸다 해도 한밤중의 캄캄한 어둠 속에서는
단 위에 있는 사람들의 얼굴은 고사하고 그 그림자조차도 분별할
수 없었을 것이다. 그러나 거리는 모두 잠들어 있었다. 남의 눈에
띌 염려는 없었다. 새벽녘 동이 훤히 틀 때까지 여기 서 있는다 하
더라도 습하고 차가운 밤공기가 목사의 몸속으로 스며들어 관절염
으로 고통을 주든지 감기와 기침으로 목이 막히든지 하여 다음날의
예배와 설교를 고대하고 있는 신자들을 실망케 하는 일 이외는 아
무런 위험도 없었다. 목사가 밀실에서 피 묻은 채찍을 휘두르고 있

는 것까지 본, 잠자는 일이 없는 하나님의 눈 이외는 아무도 보는 자가 없었다.

그런데 목사는 도대체 무엇 때문에 이런 곳에 왔을까? 회개(悔改)의 흉내를 내기 위한 것일까? 틀림없이 영혼이 스스로를 희롱하는 체해 보인 데에 불과했다! 천사들이 얼굴을 붉히며 울고 악마들이 비웃고 기뻐하는 회개의 흉내에 불과했다. 목사를 이곳으로 끌고 나온 것은 어딜 가나 따라오는 그 '양심의 가책' 이란 충동이었으나 이 충동 때문에 고백의 일보 직전까지 쫓기기는 했지만 그 순간 '양심의 가책' 의 동생이기도 하고 꼭 따라다니는 친구인 '겁쟁이' 가 떨리는 힘으로 그를 붙잡아서 뒤로 밀어붙이는 것이다. 구원을 받을 수 없는 불쌍한 사나이였다. 어떤 자격으로 이렇게 마음 약한 사람이 죄악이라는 짐을 짊어지게 되었는가? 범죄는 무쇠와 같은 신경을 지닌 사람만이 할 수 있는 것이다. 이런 사람들이라면 죄악의 무거운 짐을 참을 수 있든지 혹은 너무도 무겁게 느낄 때는 과단성 있게 힘찬 만용(蠻勇)을 발휘하여 그 자리에서 죄악을 내동댕이쳐 버리든지 마음대로 할 수 있는 사람이다. 목사처럼 나약하고 감수성만 발달한 사람은 그 어느 것도 할 수 없으면서 계속 어느 한쪽에 손을 대게 됨으로써 결국은 하늘에 반항하는 죄와 보람 없는 회개와의 고뇌를 풀 수 없는 매듭으로 만들었다.

그러기에 처형대에 서서 부질없는 행위로 속죄를 하고 있자니 딤즈데일 목사는 우주 전체가 심장 바로 위에 있는 맨 가슴에 새겨진 주홍색 표시를 응시하고 있는 것 같은 맹렬한 공포심에 사로잡혔다. 사실상 그 부분에는 오래 전부터 독이빨에 물어뜯기는 듯한 육체적인 고통이 있었다. 자기를 억제하려는 의지의 노력도 없이 목사는 큰소리로 고함을 쳤다. 이 고함 소리는 밤의 어둠 속을 꿰

뚫고 퍼져나가 집집마다 메아리쳐 뒤언덕에서 산울림이 되어 되돌아왔는데 한 떼의 악마들이 그 고함 소리에서 비참함과 공포심의 냄새를 맡고 그것을 이리저리 집어던지며 장난감 삼아 가지고 노는 것 같았다.

"이제 됐다." 목사는 그렇게 중얼거리자 두 손으로 얼굴을 가렸다. "모든 사람들이 잠을 깨고 달려나올 것이다. 이런 곳에 서 있는 나를 발견하게 될 것이다."

그러나 그렇게 되지는 않았다. 그 고함 소리는 겁에 질린 목사의 귀에 들린 것처럼 그렇게 큰 것은 아니었던 모양이다. 거리는 잠이 깨지 않았다. 가령 깨었다 하더라도, 잠에 취한 그들은 고함 소리를 꿈속의 무슨 무서운 소리로 잘못 들었든지 마녀들의 소리로 착각했을 것이다. 그 당시는 이런 식민지나 호젓한 오두막 위를 마녀들이 악마와 함께 날아가며 중얼대는 소리가 들렸다는 말이 있었기 때문이다. 아무 소리도 들리지 않기에 목사는 눈을 뜨고 주위를 살펴보았다. 좀 떨어진 곳에 있는 벨링햄 총독의 저택 창문을 통해 램프를 손에 들고 머리에는 흰 나이트캡을 쓰고, 길고 흰 가운을 걸친 총독의 모습이 보였다. 그 모습은 아닌 밤중에 무덤에서 초혼되어 나온 유령 같았다. 분명히 고함 소리에 잠을 깬 모양이었다. 특히 그 집 다른 창문에는 총독의 누이 동생인 히빈스 부인의 모습이 나타났는데 그녀 또한 램프를 들고 있었다. 상당히 떨어져 있는데도 기분 나쁜 듯 찡그린 얼굴까지 뚜렷이 보였다. 부인은 격자 창문으로 고개를 내밀고 불안한 듯 하늘을 올려다보았다. 딤즈데일 목사의 고함 소리를 들은 늙은 마녀는 그 소리가 메아리쳐 울려 퍼지는 것으로 보아 늘 함께 숲속을 걷는다고 소문이 난 악마나 마녀가 피우는 소음으로 생각했음이 분명했다.

벨링햄 총독이 들고 있는 불빛을 보자 부인은 곧 자기 등불을
꺼 버렸으므로 모습이 보이지 않았다. 구름 속으로 사라진 모양이
다. 목사는 부인의 움직임을 알 수 있었다. 총독은 어둠 속을 조심
스럽게 내다보고 있더니 캄캄 절벽이 있을 뿐 별다른 일이 없음을
알자 창문으로부터 멀어져 갔다.

목사는 약간 진정되었다. 그러나 얼마 후에 처음에는 멀리 보이
다가 차차 이쪽으로 향해 다가오고 있는 가물거리는 등불이 눈에
띄었다. 그 불빛에 비쳐 기둥, 울타리, 격자창의 유리, 물이 가득 찬
물통이 있는 펌프, 아치형의 참나무 문, 무쇠, 노커, 계단을 이루고
있는 통나무 등이 차례차례 어둠 속에서 떠올랐다. 딤즈데일 목사
는 이러한 세밀한 것을 두고 보았다. 동시에 지금 들리기 시작한
발자국 소리는 이 세상에서 최후의 날이 다가오는 소리며 이윽고
램프 불빛이 자기 모습을 비추게 되면 오랫동안 숨겨온 비밀이 폭
로될 것이라는 각오를 하고 있었다. 등불이 더 가까이 다가오자 그
환한 불빛 속에 동료 목사의 모습이─좀더 정확히 말하면 직업상
아버지나 다름없이 마음속으로부터 존경하고 있는 친구, 윌슨 목
사의 모습이 떠올랐다. 아마 어떤 죽어 가는 사람 옆에서 기도를
드리고 돌아오는 길인 모양이라고 딤즈데일 목사는 생각했다. 사
실 그러했다. 이 늙은 목사는 바로 이 시각에 천국으로 떠난 윈드
로프 총독의 임종을 보고 오는 길이었다. 그 목사는 마치 옛날 성
자들이 찬란한 후광에 휩싸인 것처럼 밤의 어둠 속에서 뚜렷이 돋
보였다. 세상을 떠난 총독으로부터 영광의 유산을 물려받았는지,
득의만면한 순례자인 총독이 천국의 문을 들어서는 것을 돌봐주다
목사 자신이 먼 천당의 광명을 지니게 되었는지─요컨대 지금 윌
슨 목사는 램프 불로 발밑을 비치면서 집을 향해 발길을 서두르고

있었다. 그 등불을 보고 딤즈데일 목사는 후광이 비치고 있다는 것 같다는 등 기발한 생각을 하고 있었으나 스스로 생각해도 미소—아니 오히려 비웃어 대고 싶은 기분이 들어 이러다가는 머리가 이상해지는 게 아닌가 하는 생각까지 들었다.

월슨 목사가 한쪽 손으로 설교용의 긴 옷을 휩싸잡고 한 손으로는 가슴 앞에 램프를 든 채 처형대 옆을 지나갈 때 딤즈데일 목사는 말을 걸고 싶은 충동을 참지 못했다.

"안녕하십니까, 월슨 목사님! 이리 올라오셔서 저와 즐거운 시간을 보내지 않으시렵니까!"

웬일일까! 딤즈데일 목사는 정말로 그런 말을 했단 말인가? 한순간 그는 그가 그 말을 실제로 했다고 믿었다. 그러나 그것은 목사의 상상 속에서 지껄인 것일 뿐이었다. 월슨 목사는 조심스럽게 발밑의 진흙길을 들여다보면서 천천히 발을 옮겨 디딜 뿐 한 번도 불길한 처형대 쪽을 쳐다보지 않았다. 가물거리는 램프 불빛이 완전히 사라지자 목사는 갑자기 현기증을 느끼고 지금까지 불과 몇 분간이 참으로 아슬아슬한 위기였다는 것을 알았다. 비록 어떤 장난으로써 마음의 통증을 줄여 보려고 모르는 사이에 애쓴 것이었지만.

잠시 후 음산한 장난 기분이 또다시 살짝 그의 엄숙한 환상 속으로 들어왔다. 목사는 익숙지 않은 밤의 냉기에 손발이 뻣뻣해짐을 느끼며 처형대의 계단을 내려갈 수 있을지 의심스러워졌다. 아침에 찾아와도 이대로 이곳에 서 있어야 하지 않을까? 사람들이 깨어나기 시작한다. 일찍 일어나는 사람이 새벽 어스름을 타고 나와 처형대 위에 희미하게 보이는 사람의 모습을 발견한다. 놀라움과 호기심에 미친 듯이 집집으로 뛰어다니며 누군지는 모르지만 하여간 죽은 죄인의 유령(그렇게 생각할 것이다)을 구경하라고 사람들을 불러낼 것이다. 어스름 속에 이 소란은 이 집에서 저 집으로 홰를 칠 것이다. 이윽고 아침 햇살이 가해져 감에 따라 나이 많은 가장(家長)들이 플란넬 가운 차림으로 허둥지둥 일어나 뛰어나오고 뚱뚱한 부인들은 잠옷을 여유 있게 갈아입을 사이도 없을 것이다. 여태껏 머리카락 하나 흩뜨리고 나와본 일이 없는 예의 바른 사람들도 모조리 악몽에 시달린 듯한 얼굴로 그의 앞에 나타날 것이다. 벨링헴 노총독은 제임스 왕조풍의 주름 깃을 비딱하게 단 채 심각한 얼굴로 나오며 히빈스 부인은 치마에 숲속의 나뭇가지를 매단 채 지금까지 본 일이 없는 찡그린 얼굴일 것이다. 밤하늘을 쏘다니느라 한잠도 못 이룬 것 같을 것이다. 월슨 목사도 임종을 보느라 밤중까지 있다가 이제 영광된 성자의 꿈을 꾸는 중인데 이렇게 일찍 깨어나게 되니 몹시 못마땅한 모양일 것이다. 딤즈데일 목사 교회의 장로들과 집사들도 몰려올 것이고 목사를 우상으로 보고 흰 가슴속에 목사를 위한 신전을 만들고 있는 처녀들도 그 흰 가슴을 목도리로 가릴 사이도 없이 허겁지겁 달려 나올 것이다. 요컨대 너나할 것 없이 문지방에 걸려 고꾸라지면서 처형대로 몰려들어 놀라움과 공포에 질린 얼굴로 올려다볼 것이다. 처형대 위에서 붉은 아침 햇살을 이마에 받으며 서 있는 것은 도대체 누구일까? 다름 아닌 아서 딤즈데일 목사이고 부끄러워 아무 말도 없이 전에 헤스터 프린이 서 있던 장소에 동사(凍死) 직전의 모습으로 서 있을 것이다!

기괴하리만큼 처참한 이런 장면에 압도되어 목사는 자기도 모르게 큰소리로 껄껄 웃어 댔으며 자신도 어이가 없어 했다. 그 순간 목사의 웃음소리에 대꾸라도 하듯 아주 경쾌하고 간드러진 어린애의 웃음소리가 들려왔다. 그 소리가 펄의 것이란 것을 안 목사는 가슴이 짜릿해옴을 느꼈는데 강렬한 통증의 탓인지, 심한 기쁨의 탓인지는 알 수 없었다.

"펄! 펄이지?" 잠시 후 목사는 외치고 나서 곧 조그맣게 말했다. "헤스터! 헤스터 프린! 당신도 있는 거지?"

"네, 헤스터 프린이에요!" 놀란 듯한 대답이었다. 목사는 그녀가 걸어온 길 쪽으로부터 가까이 다가오는 그녀의 발자국 소리를 들었다.

"저하고 펄이에요."

"어딜 갔었소, 헤스터?" 목사는 물었다. "왜 여길 왔소?"

"임종하신 분 곁에 있었어요." 헤스터 프린이 이렇게 대답했다. "윈드로프 총독이 돌아가셔서 수의 치수를 재고 오는 길이예요. 이제 집으로 돌아가는 길이에요."

"이리로 와요. 헤스터, 펄을 데리고." 딤즈데일 목사는 말했다. "당신과 펄은 전에 이곳에서 본 일이 있지만, 그때 나는 함께 서지 못했소. 다시 한 번 올라와요. 셋이 함께 서봅시다!"

헤스터 프린은 펄의 손을 잡더니 말없이 계단을 올라와 처형대 위에 섰다. 목사는 그 아이의 또 한 손을 더듬어 잡았다. 손을 잡는 순간 자기 것으론 생각되지 않는 새로운 생명력이 미쳐 날뛰는 분류처럼 넘쳐흘러 목사의 마음속으로 흘러들어 모든 혈관 속을 돌고 돌았으며 거의 마비된 몸 구석구석까지 모녀의 따뜻한 생기가 전달되는 것 같았다.

"목사님!" 펄이 작은 소리로 말했다.

"왜 그래, 펄?" 목사는 물었다.

"내일 낮에 엄마하고 나하고 함께 여기 서주시겠어요?"

펄이 말했다.

"그건 안 돼. 펄!" 목사는 대답했다. 그때까지 솟아올랐던 새로운 힘에도 불구하고 오랫동안 줄곧 생애의 고민거리였던 대중 앞에 폭로된다는 공포심이 되살아났기 때문이었다. 기묘한 기쁨을 맛보면서도 지금 이렇게 셋이 있는 일이 몹시 두려웠다. "그건 안 돼. 착한 아이지? 내일은 안 되지만 반드시 언젠가는 엄마와 너와 셋이서 설게!"

펄은 웃으면서 잡힌 손을 뿌리치려 했다. 그러나 목사는 꼭 잡은 채 놓지 않았다.

"잠깐만 더 있자, 착하지?" 목사는 말했다.

"그럼, 내일 낮에 내 손하고 엄마 손을 잡아 주겠다고 약속해 주시겠어요?"

"내일 낮엔 안 돼, 언젠가는 꼭 잡아줄게!"

"언젠가라니, 그게 언제야?"

목사는 조그맣게 대답했다. 기묘하게도 진리를 가르치는 사람이라는 직업 의식에서 그렇게 대답할 수밖에 없었던 것이다. "그날의 심판을 받는 자리에서는 우리 셋이서 함께 서야 한단다! 하지만 이 세상에 빛이 빛나고 있을 때는 셋이 함께 만날 수는 없단다!"

펄은 또 웃었다.

그러나 딤즈데일 목사의 말이 끝나기도 전에 검은 구름에 뒤덮인 하늘의 구석까지 한 줄기의 빛이 비쳤다. 틀림없이 유성에 의해 생기는 빛이었다. 흔히 야경꾼 눈에 잘 뜨이는 허공 저쪽에서 타 없어지는 유성이었다. 그 빛은 너무도 장렬하여 천공(天空)이 거대한 램프 갓처럼 빛났다. 눈에 익은 거리의 풍경도 대낮처럼 환하게 비쳤지만 유별난 빛이 낯익은 물체에 던지는 두려움이 있었다. 불

쑥 나온 2층과 기묘한 박공 끝이 달려 있는 목조 가옥, 둘레에 벌써 풀이 돋아난 계단과 문턱, 새로 갈아엎어 흙이 거무스름한 채마밭, 그다지 닳지 않은데다 광장 근처까지 양쪽에 풀이 돋아 있는 차도(車道)―이러한 모든 것들이 모습으로 드러났다. 온 세상 만물에게 지금까지 볼 수 없었던 새로운 해석을 내려 주는 이상한 양상을 보이고 있었다. 목사는 가슴에 손을 얹은 채 서 있었다. 헤스터 프린의 가슴에는 꿰매 붙인 글씨가 빛나고, 펄은 하나의 상징 같기도 하고, 두 사람을 연결시키는 걸쇠의 구실을 하고도 있었다. 이렇게 기묘하리만큼 엄숙한 빛으로 대낮처럼 밝은 광채 속에 세 사람은 나란히 서 있었다. 그것은 모든 비밀을 드러내는 빛이며 인연 있는 사람들을 서로 결합시키는 여명과도 같았다.

펄의 눈이 장난기 어린 표정을 띠고 목사 쪽을 힐끔 올려다보았을 때 그 얼굴은 요정같이 보이게 하는 미소를 띠고 있었다. 아이는 딤즈데일 목사가 잡고 있는 손을 뿌리치더니 거리의 맞은편을 향해 손가락질을 했다. 그러나 목사는 두 손으로 가슴을 움켜쥔 채 하늘 위를 쳐다보고 있었다. 이 당시에는 유성의 출현을 비롯해 태양이나 달의 출몰처럼 규칙적으로 일어나지 않는 자연 현상은 거의 초자연적인 원인에서 생기는 계시라고 해석되는 것이 보통이었다. 밤하늘에 불붙는 창(槍)이나 불꽃의 칼, 또 활이나 화살의 전동(箭筒) 등이 나타나면 인디언과의 전쟁이 생긴다는 징조였다. 역병(疫病)이 유행할 징조는 진홍색의 불빛이 비 오듯 하는 것이었다. 길흉은 고사하고 식민지 시대로부터 혁명 시대에 걸쳐 뉴잉글랜드에 발생한 유명한 사건치고 이러한 자연 현상에 미리 경고되지 않은 시간이란 하나도 없었다. 대부분의 경우 수많은 사람들이 그와 같은 광경을 목격했다. 그러나 단 한 사람의 목격자에 의한 증언으로 그 사실이 멀어지는 경우가 더 많았다. 그런 목격자들은 신비스런 광경을 상상력이라는 윤색(潤色)되고 확대되고 왜곡된 매개체를 통하여 바라보는 것이며, 그 신기한 현상이 사라지고 난 뒤에는 마음대로 보충하여 하나의 뚜렷한 형태를 꾸미게 마련이다. 나라의 운명이 온 하늘 가득히 훌륭한 상형문자로 나타난다는 것은 참으로 장엄한 생각이다. 이처럼 거대한 화면이지만 하나님은 국민의 운세를 그 위에 쓰시는 데는 스페이스가 너무 커 곤란하다고는 생각지 않으셨을 것이다. 이러한 미국인 선조들의 마음에 떠오른 것은 생긴 지 얼마 안 되는 미국이 하나님의 특별한 친밀감과 엄격함에 넘친 보호를 받고 있다는 것을 말하고 있는 것으로써 생각했기 때문이다. 그러나 한 개인이 그와 같은 기록용 화면에 나타난 계시를 보고 자기 혼자에게만 주어진 계시라고 생각했다면 도대체 어떻게 될 것인가? 그와 같은 경우는 극도로 혼란한 그 사람의 정신 상태를 말하는 하나의 징후에 불과할 것이다. 오랫동안 시달린 심한 비밀의 고통 때문에 병적으로 자기 반성을 하게 된 사이 자아 중심적인 태도를 자연의 전역에까지 미친 결과 천공(天空) 자체가 자기 영혼의 역사와 운명을 기록하는 종이쪽지에 불과하다고 생각하게끔 된 것이다. 따라서 하늘 위를 올려다본 목사가 그곳에 붉은 선으로 거대하게 그려진 A라는 글자를 발견했다 해도 그것은 모두 목사의 눈과 마음에 생긴 병의 탓이라고 생각된다. 그 지점에 불타는 유성이 나타나지 않았다는 것은 아니다. 다만 목사의 죄 많은 상상력이 생각해낸 것과 같은 모양은 아니었을 것이고 적어도 다른 죄인이 보았더라면 다른 상징으로 보였는지도 모를 정도로 막연한 형태였다는 것이다.

이때 딤즈데일 목사의 심리 상태를 특징짓는 기묘한 사정이 또 하나 있었다. 목사는 하늘 위를 올려다보고 있는 동안에도 펄이 처형대에서 얼마 떨어지지 않은 곳에 서 있는 로저 칠링워드 노인을 손가락질해 보이는 것을 확실히 의식하고 있었다. 목사는 기적의 글자를 찾아냈던 그 시선으로 노인을 바라보고 있는 모양이었다. 유성의 빛은 이 사람의 얼굴에도 다른 모든 것과 마찬가지로 새로운 표정을 주고 있었다. 그렇다기보다 다른 때와 달리 의사는 목사를 바라볼 때의 악의를 조심스럽게 감추려들지 않았다고 함이 옳을지도 모른다. 유성이 헤스터 프린과 목사에게 최후의 심판날을 생각게 하는 공포로 하늘과 땅 위를 비췄다면 로저 칠링워드의 모습은 이 두 사람에게 자기의 권리를 주장하기 위해 무서운 웃음을 띠고 서 있는 마왕으로 보였는지도 모른다. 상대방의 표정이 그렇게 강렬했다고 할까, 하여간 거리나 그 밖의 모든 것이 한꺼번에 사라져 버린 것처럼 유성이 사라진 뒤에도 의사의 표정은 그대로 어둠 속에 그려 놓은 듯이 남아 있었다.

　“헤스터, 저 사람은 누구요?” 딤즈데일 목사는 공포에 질려 헐떡이고 있었다. “저 사람만 보면 소름이 끼친다오. 헤스터는 저 사람을 아시오? 헤스터, 나는 저 사람이 질색이오!”

　헤스터는 약속한 것이 생각나서 아무 말도 하지 않았다.

　“저 사람을 보면 내 혼은 떨리는구려.” 목사는 또 중얼거렸다. “저 사람이 누구요, 도대체? 좀 어떻게 해줄 수 없소? 왜 그런지 저 사람이 무섭소.”

　“목사님, 그분이 누군지 말할게요!” 펄이 말했다.

　“빨리 말해 다오!” 목사는 귀를 펄의 입에 갖다댔다. “빨리! 그리고 될 수 있는 한 작은 목소리로.”

　펄은 목사의 귀에 대고 뭐라고 소곤거렸다. 사람의 말처럼 들리기는 했지만 아이들이 곧잘 뜻도 모르는 소리를 지껄이면서 놀고 있는 것과 같이 그렇게, 바로 알아들을 수 없는 그런 말에 불과했다. 로저 칠링워드 노인에 관한 비밀 정보였다 하더라도 박학(博學)한 목사조차도 알아들을 수 없는 말이었으므로 그 정신적 혼란을 더욱 조장할 뿐이었다. 마침내 요정 같은 아이는 큰소리로 웃기 시작했다.

"이번에는 나를 조롱하는 거니?" 목사가 말했다.

"목사님은 겁쟁이야! 거짓말쟁이야!" 아이는 대답했다.

"내일 낮에 우리는 손을 잡겠다는 약속을 안 했잖아요!"

그때 처형대 밑으로 다가온 의사가 말했다.

"목사님, 딤즈데일 목사님! 역시 목사님이셨군요? 우리 학자들은 늘 머리가 책에만 팔려 있으니까 착실한 보호를 받을 필요가 있습니다! 눈을 뻔히 뜨고 꿈을 꾸고 잠을 자면서도 걸어다니기가 일쑤이니까요. 자, 목사님. 제가 댁으로 모셔다 드리죠!"

"내가 여기 있는 줄은 어떻게 아셨습니까?" 목사는 몸을 떨면서 물었다.

"사실은 말씀드리자면 나는 아무것도 몰랐습니다." 로저 칠링워드는 대답했다. "오늘 밤엔 줄곧 윈드로프 총독 각하댁에 있었습니다. 그분을 좀 편하게 해드릴까 하고 있는 힘을 다했답니다. 그분은 천당에 가셨기에 나도 집으로 부지런히 오던 길인데 그 이상한 광채가 비친 거지요. 자, 갑시다, 목사님. 안 가시면 내일 주일 예배에 지장이 생길 겁니다. 아, 알았습니다—책이군요, 목사님의 머리를 괴롭히고 있는 것은! 공부는 이제 좀 덜하시고 편히 휴식을 취하셔야 합니다. 그렇지 않으면 이런 밤중의 공상이 버릇이 된단 말입니다!"

“선생과 함께 집으로 가리다.” 목사가 말했다.

악몽에서 깨어난 사람처럼 완전히 기력을 잃고 축 늘어져 있었으므로 목사는 의사가 시키는 대로 끌려갔다.

다음날은 안식일이었으므로 설교를 하게 되었는데 지금까지 목사의 입에서 흘러나온 설교 중에서 가장 내용이 풍부하고 박력이 있고, 영감이 넘친 설득력이 있었다는 소문이었다. 그 설교의 힘으로 진리에 가까워진 영혼은 한두 사람이 아니었고 그들은 평생토록 딤즈데일 목사에 대하여 신성한 감사의 마음을 바치겠노라고 맹세했다. 그러나 목사가 설교단의 계단을 내려오자 흰 수염을 기른 교회당지기가 같은 장갑 한 짝을 내밀었다. 그것은 그의 장갑이었다.

“오늘 아침에 죄인들이 올라가 망신당하는 처형대 위에 떨어져 있었습니다. 사탄이 목사님한테 무엄한 장난을 하려던 것이 분명합니다. 언제나 그렇듯이 사탄은 바보짓을 했습죠. 깨끗한 손이야 장갑으로 가릴 필요가 있나요!”

“고맙소.” 목사는 침착하게 대답했으나 마음은 편치 않았다. 기억이 산란해져 지난 밤의 일이 모두 꿈이나 환상처럼 여겨졌기 때문이다. “정말 내 장갑같이 보이는군요!”

“사탄이 장갑을 훔치려고 했으니 앞으로는 장갑을 벗고 다니셔야겠습니다.” 늙은 교회당지기는 무서운 얼굴을 하고 웃었다. “그런데 목사님, 어젯밤에 있었다는 얘기를 들으셨습니까? 하늘에 나타난 커다란 주홍글씨라는데요—A자라니까 천사(Angel)의 A를 나타낸 것으로 본답니다. 그 훌륭한 윈드로프 총독님이 어젯밤 천사가 되셨을 테니 그만한 전조가 있음직도 하지 않습니까!”

“아니, 난 아무 말도 못 들었소.” 목사는 대답했다.

제13장 헤스터의 또 다른 모습

얼마 전 묘한 일로 딤즈데일 씨를 만나게 되었던 헤스터 프린은 목사의 상태가 말이 아님을 알고 깜짝 놀랐다. 목사의 심경은 말할 수 없이 약해진 것 같았고 정신력도 아이들보다도 더 약해 보였다. 지능만이 원래의 힘을 유지하고 있는 것 같았으며 정신력은 무기력하여 땅 위를 기어다닐 정도였다. 헤스터는 아무도 모르는 일련의 사정을 알고 있었으므로 목사 자신이 으레 느껴야 할 양심의 가책이라는 것 이외에도 무서운 음모가 딤즈데일 씨의 평온한 행복에 압력을 가하여 이에 시달림을 받고 있다는 것을 곧 알 수 있었나. 이 불쌍한 죄인의 과거를 알고 있으니만큼 직감적으로 발견한 적을 막아달라고 세상에서 버림받은 자기에게 애원하면서 부들부들 떨고 있는 모습을 보고 헤스터의 마음은 완전히 흔들렸다.

뿐만 아니라 그 목사는 자기에게 모든 조력을 청할 권리가 있는 사람이라고 생각했다. 오랜 동안 세상과 격리된 생활을 해왔기 때문에 자기 이외의 기준으로 선악 간념을 재는 데에는 익숙치 않았으므로 헤스터는 이 목사에 대해서는 이 세상 누구에 대해서나 진배없는 책임을 지고 있다는 것을 알았다. 그녀에게는 그렇게 생각되었다. 헤스터를 다른 사람과 연결짓고 있는 사슬은—꽃·비단·황금·기타 어떠한 재료의 사슬이든지—모두 끊어지고 말았다. 남은 것은 두 사람 다 죄인이라는 쇠사슬인데 이것만은 목사나 헤스터도 끊을 수가 없었다. 그 사슬도 다른 모든 인연과 마찬가지로 여러 가지 의무를 수반하고 있었다.

현재의 헤스터 프린은 치욕의 생활을 시작했던 무렵과는 입장이 좀 달라졌다. 오랜 세월이 흘렀고, 펄도 일곱 살이 되었다. 수놓은 주홍글씨를 가슴에 달고 있는 어머니의 모습은 오래 전에 보스턴 사람들에게 낯익은 존재가 되었다. 남의 눈에 띄는 입장에 있으면서도 공사(公私) 양면에 걸쳐 이익이나 편의에 대하여 간섭을 하지 않을 때에 흔히 있는 예이지만 헤스터 프린에 대해서도 사람들의 호의 같은 것이 싹트기 시작했다. 이기심이 작용하지 않는 한 미워하기보다는 사랑하는 마음이 빨리 우러난다는 것은 인간으로서 다행한 일이다. 미움이란 원래의 적의(適意)가 부단히 새로운 자극을 받아 그 변화를 방해하지 않는 한 여유 있고 조용한 과정을 거쳐서 사랑으로 바뀌게 마련이다. 헤스터 프린의 경우는 새로운 자극도, 성가신 일도 전혀 없었다. 대중과는 싸우는 일이 없었고 아무리 심한 보복에도 불평 없이 순종했다. 고통의 대가를 요구하지도 않았고 동정을 강요하는 일도 없었다. 게다가 세상의 따돌림을 받고 살아온 몇 년 동안 나쁜 소문 하나 없이 깨끗한 생활을 해온 일이 그녀에 대한 주민들의 호감을 크게 샀다. 사람들이 보기에는 아무것도 잃을 것이 없는데다 무엇을 얻고자 하는 희망도 꿈도 없었으니 이 불쌍한 방황자를 올바른 길로 인도하는 것은 덕행에 대한 순수한 열의라고밖에 생각할 수 없었다.

게다가 헤스터가 남처럼 공기를 마시고 착실히 삯바느질로 펄과 자기를 위한 생활비를 버는 일 이외에는 세상의 권리를 누리겠다는 주장을 손톱끝만큼도 한 일이 없을뿐더러 남을 위해 할 일이 생기면 자기도 똑같은 사람이라는 것을 인식하고 노력을 아끼지 않았다는 일도 세상에 알려졌다. 매일 문 앞에 갖다 놓는 음식이나 왕후 귀족의 옷에 수를 놓을 만한 솜씨로 일부러 만든 옷가지를 받는 대가로 악담을 퍼붓는 배은망덕한 빈민들이 있었음에도 불구하고 곤란한 사람이 부탁하면 얼마 안 되는 돈이라도 기꺼이 내주는 사람은 헤스터밖에 없었다. 이 거리에 질병이 만연했을 때에도 헤스터만큼 헌신적인 사람은 없었다.

사실 사회 전체의 경우이든, 개인의 경우이든, 참변이 있을 때는 언제나 이 사회에서 버림받은 이 여인이 그 자리에서 자기가 할 일을 즉시 찾아내곤 했다. 걱정스러운 일로 침울해 있는 집을 찾아갈 때는 손님이라기보다도 당연한 권리를 가진 가족의 한 사람으로서 행세했으며 그 집의 침울한 빛 속에 같은 인간으로서 교제할 자격이 생기는 세계가 있는 것 같았다. 거기서는 수놓은 글씨가 빛났으며 이 세상의 빛 같지 않은 그 빛에는 위안이 담겨 있었다. 다른 곳에서 죄의 표시였던 그 글씨가 여기서는 병자의 방을 환히 비춰 주는 촛불이었다. 그것은 병자가 숨을 거두려고 할 때 현세의 경계를 넘어 저승까지 그 빛을 보내 주기도 했다. 또 이 세상의 빛이 흐려져 가고 내세의 빛은 아직 비치지 않았을 때에 발을 내디딜 곳을 일러 주는 촛불이기도 했다. 이렇게 위급할 때에는 헤스터의 성질이 포근함을 발휘하여 모든 진실된 요구를 들어줬을 뿐만 아니라 아무리 큰 요구에도 무궁무진하게 받아들여지는 인간적인 인정의 샘처럼 처신했다. 치욕의 표시가 붙은 가슴이 베개를 찾는 사람에게는 더할 수 없이 폭신한 베개가 되었다. 헤스터는 사회나 본인이다 이런 결과가 되리라고는 예상치도 않았건만, 자진해서 '자선의 수도녀'가 되었다. 아니, 어느 틈에서 사회의 근심어린 손길이 그녀를 이런 직분에 임명하였다고 말하는 편이 옳을지도 모른다. 주홍글씨는 그녀의 천직을 상징하는 것이었다. 헤스터는 필요한 존재였고 일을 하는 힘이나 동정심을 발휘하는 힘에도 결함이 없었으므로 많은 사람은 주홍글씨의 A자를 본래의 뜻으로 해석하려 들지 않고 그것이 '유능(Able)'이란 뜻이라고 했다. 헤스터 프린의 여자다운 힘은 이 정도로 강했다.

이 여자가 드나드는 집은 근심 걱정이 가득한, 햇빛이 들지 않는 집뿐이었다. 햇빛이 얼굴을 내밀면 이미 헤스터의 모습은 보이지 않았고, 그녀의 그림자는 문지방을 넘어서 사라져 버리곤 했다. 그녀가 한 식구처럼 도와 주어 정성어린 도움을 받은 사람들의 가슴속에 설혹 감사한 마음이 있었다 할지라도 그 감사의 보수를 받기 위하여 뒤돌아보는 일은 추호도 없는 헤스터였다. 이 사람들과 거리에서 만나는 일이 있더라도 맞대놓고 인사조차 나누려 하지 않았다. 굳이 그들이 말을 걸려고 하면 주홍글씨를 가리키며 지나가 버렸다. 이것은 거만하다고 볼 수 있을지도 모르나 겸손에 가까웠으므로 겸손이나 다름없이 사람들이 마음을 부드럽게 해주었다. 대중은 변덕쟁이 폭군과 같다. 권리, 권리하고 너무 집요하게 요구하고 나서면 당연한 공평까지도 거부하지만 폭군의 마음에 들도록 관대한 마음만을 노리고 애원한다면 공평 이상의 것을 내주는 일이 있다. 헤스터 프린의 태도를 이런 종류의 애원이라고 해석했기 때문에 세상은 과거의 희생자인 그녀에 대하여 본인이 희망하고 있지도 않은, 때에 따라서는 그녀가 받을 자격이 있는 이상으로 친절한 표정을 보여 주었던 것이다.

헤스터의 이런 선행이 미치는 영향을 보스턴 지배자나 학자와 현인들이 인정한 것은 일반 대중에 비해 훨씬 힘이 들었다. 그러나 날이 갈수록 그들의 찌푸린 주름살이 펴졌으므로 몇 년 안에는 자비로운 표정으로 바뀔 것 같았다. 높은 지위에서 공중 도덕의 수호자가 되어야 하는 신분이 훌륭한 사람들의 동태는 이러했다. 한편 일반 개개인들은 헤스터 프린의 여자로서의 약점을 깨끗이 용서하고 있었다. 아니 그뿐 아니라 주홍글씨를 헤스터가 오랜 동안 괴로운 마음으로 감수한 죄의 표시가 아니라 그 후 쌓아온 수많은 선행의 표시라고까지 보게 되었다. "저 수놓은 표시를 단 여자가 보이잖아요?" 사람들은 다른 곳에서 온 사람들에게 말했다. "저 사람이 바로 우리 헤스터, 이 거리의 헤스터랍니다. 가난한 사람에겐 친절하고, 병든 사람에겐 힘이 되어 주고, 괴로워하는 사람에겐 위안을 주는 헤스터랍니다!" 물론 인간에게는 남의 얘기라면 덮어놓고 나쁘게 말하는 버릇이 있으므로 지나간 옛날의 추문을 속삭이는 자가 없는 것은 아니었다. 그러나 아무리 욕을 하는 자들의 눈에도 주홍글씨가 수녀의 가슴에 걸려 있는 십자가와 같은 힘을 지닌 것으로 보인 것은 사실이다.

주홍글씨 덕분에 일종의 신성함이 몸에 배어 헤스터는 어떤 위험 속에서도 유유히 걸을 수가 있었다. 도적의 무리가 에워쌌다 하더라도 주홍글씨로 안전을 보장받았을 것이다. 인디언이 이 표시를 향해 화살을 쏘았는데 맞은 화살이 상처 하나 입히지 못하고 땅바닥에 떨어져 버렸다는 소문은 수많은 사람이 믿고 있는 바였다.

이 상징, 아니 이 상징에 의해 제시되는 사회 관계가 헤스터 프린 자신의 마음에 대하여 미치고 있는 영향은 강력하고도 기묘한 것이었다. 헤스터의 명랑하고 품위있는 성격의 나뭇잎이 시뻘겋게 타오르는 낙인 때문에 무참히도 타버려 이미 시들어 떨어진 지 오래였으므로 남은 것이라고는 앙상하게 드러난 가지뿐이었다. 가령 친한 친구가 있었다 해도 화를 겪었다. 옷차림을 일부러 검소하게 한 탓도 있었지만 그녀의 동작이 남의 눈을 끌려 하지 않는 때문이었다. 기가 막힐 정도로 탐스럽던 머리는 잘라 버렸는지, 모자 속에 완전히 감췄는지 윤기 있는 머리채를 한 번도 햇빛에 드러내 놓은 적이 없는 일도 슬픈 변화의 하나였다. 이 밖에도 여러 가지 표정들이 뒤엉키어 사랑의 여신이 깃들 여지가 없는 헤스터의 얼굴과 위엄에 찬 조상(彫像)과 같은 몸에는 열정이 끌어안을 만한 곳이 한 군데도 없었으며 그녀의 가슴 또한 그곳을 다시 애정의 베개로 삼을 만한 데라곤 전혀 없었다. 여성이기 때문에 언제까지나 있어야 할 어떤 성질이 헤스터에게서 없어진 것이다. 여자가 특히 고통스러운 경험을 겪고 나면 그 여자의 여자다운 성격이나 자태는 이러한 운명을 걷게 마련이며 그와 같이 준엄한 발전을 가져오는 것이다. 부드러운 마음씨만을 가지고는 살아나갈 수 없다. 살아나가기 위해서는 그 부드러운 마음씨를 짓밟아 없애거나 가령 겉으로 보기에는 여전해도 부드러움을 가슴속 깊이 묻어 버려 다시는 노출되지 않게 하여야 한다. 아마 후자의 경우가 진실에 가까운 이론일 것이다. 원래 여자이면서 지금은 여자다움을 잃은 사람도 변신을 가능케 하는 마술을 만날 수만 있다면 언제든지 여자로 되돌아갈 수 있다. 헤스터 프린이 앞으로 그와 같은 마술을 만나 변신을 할지 안 할지는 두고 봐야 할 것이다.

대리석같이 찬 헤스터의 인상은 그녀의 생활이 열정적이고 감정적인 것에서 사색적인 것으로 일변했기 때문이다. 이 넓은 세상에 오직 혼자였으므로—사회와의 관계로 봐도 외톨이이고 보호하고 지도해야 할 펄이 있을 뿐이었으므로—사회적 지위를 되찾고자 하는 자신의 희망을 멸시하지 않더라도 가능성은 전혀 없었으므로 헤스터는 끊어진 사슬의 파편을 팽개쳐 버렸다. 세상의 법률은 헤스터의 마음의 법률이 될 수는 없었다. 당시는 인간의 지성이 새로이 해방되어 수세기 이전에 비하면 폭넓은 활동을 할 수 있는 시대였다. 무인(武人)들은 왕후와 귀족을 쓰러뜨렸고 그보다 더 용기 있는 사람들은 고대 원칙과 연결되어 있는 묵은 편견에 찬 사회조직 전체를—실제적 문제는 아니더라도 이 사람들이 좀더 현실적인 세계 이론의 영역에 있어—쓰러뜨리고 재편성하고 있었다. 헤스터 프린은 이 정신을 흡수하고 있었다. 헤스터가 몸에 지니고 있던 사색의 자유는 당시 대서양 저쪽에서는 보편적인 사상이었다. 그러나 미국인 조상들이 알았다면 주홍글씨로 표시된 죄보다도 훨씬 더 치명적인 죄악이라고 생각했을 것이다. 뉴잉글랜드의 어느 집에도 감히 찾아들지 못할 새로운 사상이 해안에 자리 잡은 오두막에 살고 있는 헤스터를 찾아온 것이다. 그림자와 같은 이 방문객이 문을 두드리는 것만 봐도 그들을 맞이하는 헤스터는 악마와 진배없는 위험을 느꼈을 것이다.

극히 대담한 사상의 소유자가 사회의 외부적인 규칙에는 아주 온순하게 복종한다는 것은 주목할 만한 일이다. 그들은 사상만 있으면 충분하며 사상이 행동이라는 혈육(血肉)을 수반할 필요는 없다. 헤스터 프린의 경우에도 마찬가지였다. 그러나 만일 정신 세계로부터 펄이 태어나지 않았더라면 결과가 정반대가 되었는지도 모른다. 그와 같은 경우에는 엔허치슨과 같은 사람과 손을 잡은 어느 종파(宗派)의 창설자가 되어 청사(靑史)에 이름을 남겼을 것이다. 어떤 경우에는 예언자가 되었을지도 모른다. 그렇게 되면 청교도 사회부를 뿌리째 뽑아 버리려고 했다는 죄목으로 그 당시와 엄격한 재판관들로부터 사형 선고를 받았을지도 모른다. 그러나 어머니의 격한 사상은 아이의 교육에서 그 발산처를 발견할 것이다. 이 소녀의 형태를 빌려서 하나님이 헤스터에게 안겨준 여성의 싹과 꽃을 그녀는 어떤 난관을 뚫고라도, 소중히 키워야만 했다. 모든 것으로부터 도외시당한 그녀에게 이 세상은 악의를 품고 있었다. 아이 자신의 성격에도 뭔가 이상한 데가 있어 잘못된 게 아닌가, 어머니의 무궤도한 정열의 소산이 아니었나 하는 생각이 들 정도였다. 이 불쌍한 작은 것이 이 세상에 태어난 일은 과연 잘된 일인가 아니면 잘못된 일인가 하고 쓰라린 마음으로 자문했다.

사실상 여성 전체에 대해서도 이와 똑같은 의문이 헤스터의 마음속에 자주 머리를 들고 일어났다. 아무리 행복한 여자라도 산다는 것은 받아들일 만한 값어치가 있는 것인가? 자신에 대한 삶에 대해서도 이미 오래 전에 부정적인 대답이 나왔고 이 문제는 이미 처리된 것으로 도외시해 버렸다. 사색하는 버릇은 남자의 경우와 마찬가지로 여자를 침착하게 만들기는 하나 동시에 마음을 슬프게 하기도 한다. 사색하는 여자가 눈앞에 발견하는 것은 절망적인 일뿐이다. 우선 첫째로 사회 조직 전체를 부수고 새로 건설해야만 한다. 둘째로는 남성의 성질이라든지 남성의 성질로 인해 굳어 버린 오랫동안의 유전적인 습관 등을 본질적으로 뜯어고치지 않고서는 여자는 정당하고 적절한 지위를 획득할 수 없다. 또 마지막으로 다른 모든 곤란이 제외된다 하더라도 여성이 첫 번째와 두 번째의 개혁을 활용하기 위해서는 다시 강대한 변화를 여성 자신이 경험해야만 한다. 그 결과 여성에게 가장 여성다운 생명을 불어넣고 있는 본질이 안개처럼 사라지고 말 것이다. 여자는 아무리 머리를 써도 이와 같은 문제를 해결할 수는 없다. 그 문제는 단 한 가지 방법으로만 해결할 수 있다. 즉 여성의 마음이 최고의 힘을 발휘하는 일이 있으면 문제는 깨끗이 해소되어 버린다. 이리하여 마음이 그 규칙적이고도 건강한 고동을 잃고 있는 헤스터 프린은 아무리 의지가지도 없이 마음속의 어둠컴컴한 미로를 방황하고 넘을 수 없는 절벽에 부딪쳐 방향을 바꾸는 일도 있으며 깊은 구렁텅이에서 깜짝 놀라 뒷걸음질치는 일도 있었다. 주변에는 온통 황량한 풍경뿐이라 위안을 받을 수 있는 곳은 아무 데도 없었다. 때로는 차라리 펄을 천국으로 보내 버리고 자기 자신도 정의의 여신이 정해 주는 바에 따라 내세로 가버리는 것이 옳지 않을까 하는 무서운 의문이 마음을 사로잡으려고 할 때도 있었다.

주홍글씨는 그 역할을 이행하지 못했던 것이다.

그러나 철야 기도를 계속하는 딤즈데일 씨를 만난 뒤로 헤스터는 새로운 사색의 재료를 얻었고 어떠한 노력과 희생을 해서라도 달성하여야 할 목적이 생기게 되었다. 목사가 몸부림치고 있는, 아니 더 정확하게 말하면 몸부림치는 일조차 그만둔 차마 볼 수 없는 처참한 꼴이 그녀의 눈에 보였던 것이다. 광적인 상태에는 빠지지 않았다 하더라도 발광 일보직전까지 와 있는 것만은 사실이었다. 숨어서 하는 회개의 바늘에 얼마나 무서운 고통을 주는 효력이 있는지 모르지만 구원받아야 할 손길에 의해 더 무서운 독물이 그 바늘에 주입되고 있음은 이미 의심할 여지가 없었다.

원조를 아끼지 않는 친구로 모습을 바꾼 적이 남몰래 옆에 붙어 앉아 수중에 넣은 기회를 이용하여 딤즈데일 씨의 부서지기 쉬운 약한 나사를 가지고 장난을 하고 있다. 이렇게 나쁜 일만을 예감케 하고 좋은 일이라고는 전혀 기대할 수 없는 입장에 목사가 빠져들어가는 것을 잠자코 보고만 있었던 것은 본래 자기에게 성질과 용기와 정절이란 점에서 부족함이 있었던 게 아닌가 하고 자문하지 않을 수 없었다. 로저 칠링워드가 본성을 감추려는 계획에 동의하는 일만이 자기가 당한 파멸 이상의 참혹한 파멸로부터 목사를 구할 수 있는 방법이라고 생각한 것만이 유일한 변명이었다. 그녀가 취해야 할 길을 결정한 것도 그러한 충동에서였는데 지금 생각해 보면 두 가지 길 중에서 가장 처참한 길을 선택한 셈이었다. 가능한 범위 내에서 자기의 실책을 보상하지 않으면 안 되겠다고 헤스터는 결심했다. 오랜 세월에 걸쳐 심한 시련을 겪어 왔으므로 감방에서 만났을 때처럼 로저 칠링워드와 맞서지 못할 일은 이제 없을 것 같았다. 그날 밤은 죄악으로 말미암아 꼼짝 못 했으며 생생한 치욕으로 미칠 것만 같았으나 그 이후 그녀는 훨씬 높은 곳에 다다르고 있었다. 노인은 복수를 위해 몸을 굽히고 있었기 때문에 헤스터와 동등한 선이나, 아니면 그 이하로 타락했던 것이다.

결국 헤스터 프린은 전 남편을 만나 그의 손아귀에 들어 있는 희생자를 구하기 위해 힘써 보리라 결심했다. 얼마 뒤에 그런 기회는 닥쳐 왔다. 어느 날 오후 펄을 데리고 이 반도의 호젓한 곳을 거닐고 있노라니 팔에 바구니를 걸쳐 든 노의사가 지팡이를 질질 끌면서 구부정한 모습으로 약재가 되는 나무 뿌리며 약초를 찾고 있는 것이 눈에 띄었다.

제14장 헤스터와 의사

헤스터는 펄에게 저쪽에서 약초를 캐고 있는 사람과 얘기가 끝날 때까지 바닷가에서 조가비나 엉킨 해초를 가지고 놀고 있으라고 일렀다. 아이는 새처럼 날아가더니 작고 흰 발로 물에 젖은 해변을 철벅거리며 돌아다녔다. 그러다가 이따금 우뚝 멈추어 서서 썰물이 남기고 간 웅덩이를 거울 삼아 들여다보았다. 웅덩이 속에서는 반짝이는 곱슬머리에 눈에는 요정 같은 미소를 담은 어린 계집애에게 손을 잡고 달음박질하고 불러 보았다. 그러나 물 속의 계집애도 똑같이 손짓을 하면서 "여기가 더 재미있어! 네가 웅덩이 속으로 들어와!" 하고 말하는 것 같았다. 펄이 제 무릎까지 물 속에 잠겼을 때 웅덩이 속에 있는 하얀 발을 들여다보니 더 깊은 곳에서 조각조각 부서진 미소가 수면 위로 이리저리 떠올랐다가는 반짝반짝 빛나는 것이었다.

그러는 동안 어머니는 의사에게 말을 걸고 있었다.

"잠깐 할 말이 있어요. 우리와 깊은 관계가 있는 얘기예요."

"아니! 이 늙은 로저 칠링워드에게 말을 하자는 분은 헤스터이신가?" 하고 대답하면서 의사는 구부렸던 몸을 일으켰다. "기꺼이

든겠습니다! 그런데 헤스터, 어딜 가나 당신의 평판은 좋은 것 같더군요! 바로 어제 저녁에도 그 현명하고 훌륭한 양반들이 당신 얘기를 하고 있습디다. 어느 관리 양반은 당신 얘기가 회의에서 문제가 되었다고 일러 주더군요. 그 주홍글씨를 당신 가슴에서 떼어 버리더라도 사회의 안녕 질서에는 아무런 문제가 없을 것이라고들 의논했던 모양이오. 헤스터, 나는 그분에게 곧 그렇게 해달라고 부탁했소, 그게 사실이니까!"

"이 표시를 떼는 것은 그분들이 마음대로 할 수 있는 일은 아니에요." 헤스터는 침착하게 대답했다. "내가 이것을 떼어도 좋을 때가 오면 저절로 떨어져 버리든지, 아니면 다른 뜻을 전하는 것으로 변하든지 하겠죠."

"그렇다면 좋도록 달고 있구려." 의사가 대답했다. "여자들이란 몸에 다는 장식품에 있어서는 자기 고집대로 하는 모양이더군. 그 글씨에는 화려한 수를 놓아 당신 가슴에 잘 어울린단 말이오."

이러는 동안에 헤스터는 노인을 물끄러미 쳐다보고 있었는데 지난 7년 동안에 너무나 변한 그의 모습을 보고 깜짝 놀라는 한편 큰 충격을 받았다. 나이를 먹었다는 것이 아니다. 좀 늙은 것 같기는 했지만 나이에 비해서는 젊어 보였고 강인한 체력과 민첩함은 여전한 것 같았다. 그러나 헤스터의 기억에 남아 있는 그 조용하고 지적인 학자의 옛 모습은 흔적도 없이 사라진 대신 열심히 뭔가를 찾고 있는 듯한, 그리고 거의 잔인하다고 할 정도의 표정을 잘 감추고 있는 그런 사람으로 변해 있었다. 그는 그런 표정을 미소로 감추려고 애쓰는 것 같았으나 그것이 뜻대로 되지 않아 마치 비웃음 같은 표정이 얼굴 위에 어른거려 보는 사람으로 하여금 그의 검은 속내를 한층 뚜렷하게 엿볼 수 있게 했고 이따금 그의 눈에서는 붉은 빛이 번득이는 일도 있었다. 그것은 우연히 일시적인 정열의 바람을 타고 노인의 영혼에 붙은 불이 가슴속에서 지글지글 불타오르는 것 같았다. 그래서 노인은 이 불꽃을 서둘러 누르며 아무 일도 없었던 것처럼 태연한 체하려 하고 있었다.

한 마디로 말해서, 로저 칠링워드 노인은 인간이 상당한 기간에 걸쳐 악마의 일에 손을 댈 의향만 있다면 악마로 변신할 수 있는 힘이 구비되어 있음을 나타내는 뚜렷한 표본이었다. 이 불행한 사람이 이와 같은 변모를 가져오게 된 데는 7년 동안 줄곧 고뇌에 찬 사람의 마음을 쉴 새 없이 분석하는 데 몰두했고 그로 인해 희열을 느꼈을 뿐 아니라 상대방의 불꽃과 같은 고뇌에 기름을 끼얹어 분석하고 즐기는 짓을 해왔기 때문이다.

주홍글씨가 헤스터 프린의 가슴 위에서 불타는 것 같았다. 여기에도 한 사람이 파멸하고 있었고 그 책임의 일단이 그녀 자신에게 있음을 뼈저리게 느꼈기 때문이었다.

"내 얼굴을 상당히 열심히 보고 있는데 뭐가 묻었소?" 의사는 물었다.

"나에게 눈물이 남아 있다면 울어도 시원치 않은 것이 보여요." 헤스터는 대답했다. "하지만 그 얘기는 그만두기로 하죠! 내가 말하고 싶은 것은 또 한 사람의 저참한 분 얘기이니끼요."

"그 사람이 어떻다는 건데?" 로저 칠링워드는 다그치듯 큰소리를 질렀다. 이 관심있는 화제에 관해 비밀 얘기를 할 수 있는 단 한 사람의 상대와 대화의 기회를 갖게 된 것을 기뻐하고 있는 것 같았다. "헤스터, 솔직히 말해 나는 방금 그 사람 생각을 이것저것 하고 있던 참이오. 그러나 말하고 싶은 게 있으면 말해 보오. 대답을 해줄 테니까."

"우리가 마지막 얘기를 나눈 것은 7년 전의 일인데 그때 당신과 나와의 옛 관계에 대해서는 비밀에 붙여 달라는 강제 약속을 했었어요. 그분의 생명이나 명예가 당신의 수중에 달려 있다는 것을 생각할 때 당신의 명령을 그대로 받아들여 입을 다물고 있을 수밖에 없다고 생각했던 거지요. 하지만 그런 약속을 하면서도 불안한 구석이 없지는 않았죠. 다른 모든 인간에 대한 의무는 일체 포기한 나였지만 그분에 대한 의무만은 남아 있었기 때문이에요. 그런데 내가 당신과의 관계를 말하지 않겠다고 약속한 것은 그 의무를 배신하는 게 되지 않나 하는 목소리가 들려오고 있어요. 그날부터 당신만큼 그분 가까이 있던 사람은 없어요. 당신은 그분 뒤를 따라다녔어요. 자나 깨나 당신이 옆에 있더군요. 당신은 그분의 생각을 살피고 마음속으로 파고들었어요! 그분의 생명을 움켜쥐고 매일매일 괴롭히고 있어요. 그런데 그분은 당신의 본성을 모르고 있어요. 이대로 놔두었다가는 나는 한 사람의 성실한 분을 배신해온 결과가 될 수밖에 없어요."

"당신한테야 그 밖에 별 도리가 없지 않았소?" 로저 칠링워드는 물었다. "내가 손가락 하나만 놀리면 그 사람을 설교단에서 감옥으로, 감옥에서 교수대로 쫓아낼 수도 있었단 말이오!"

"차라리 그 편이 나았을지도 모르죠!" 헤스터 프린은 이렇게 말했다.

"내가 그 사람에게 무슨 짓을 했단 말이오?" 로저 칠링워드는 거푸 물었다. "이것만은 알아야 하오, 헤스터 프린. 제왕(帝王)이 의사에게 지불하는 최고의 보상금을 가지고도 내가 그 불쌍한 목사를 위해 베푼 치료는 받을 수 없었을 것이오. 나의 간호가 없었더라면 그 사람의 생명은 당신네가 죄를 범한 지 이 년도 되기 전에 이미 고뇌의 불길에 타버리고 말았을 것이오. 그 사람의 정신력은 말이오, 헤스터. 당신과는 달리 주홍글씨와 같은 무거운 짐을 견뎌낼 힘이 없단 말이오. 아, 난 굉장한 비밀을 폭로할 수도 있소! 그러나 그건 그렇다고 해두지! 의사로서 할 수 있는 모든 의술은 최대한으로 발휘했소. 그 사람이 지금 숨을 쉴 수 있는 것도 땅 위를 기어다닐 수 있는 것도 다 내 덕이란 말이오!"

"그분은 차라리 단숨에 돌아가시는 편이 나았을지도 몰라요!" 헤스터 프린은 말했다.

"그렇소. 당신 말이 맞소!" 로저 칠링워드는 그렇게 외치고 무시무시한 마음속의 불꽃을 헤스터가 보는 앞에서 불살랐다. "단숨에 죽는 편이 나았을 것이오! 그 사람만큼 괴로움을 겪는 사람은 없을 것이오. 더구나 철천지 원수가 보는 앞에서 말이오! 그 사람도 어떤 눈치를 채고는 있소. 늘 저주를 받는 것처럼 따라다니는 압력을 느끼고는 있소. 직감 같은 것으로―그 사람보다 감수성이 강한 인간을 하나님은 만들어 내지는 않았을 테니까―악의를 품은 자의 손이 마음의 끈을 조종하고 있다는 것과 오직 악만을 구하고 발견하는 눈이 자기 속을 꿰뚫어보고 있다는 것을 잘 알고 있었소. 다만 그 눈과 손의 주인공이 나라는 것은 알지 못하오! 목사들 사이에 흔히 있는 미신이지만 이미 자기가 악마에게 인도되어 무서운 꿈이나, 절망적인 생각이나 회한(悔恨)의 바늘이나 구원에 대한 절망 등으로 지옥의 괴로움을 겪고 있다고 생각하고 있는 거요. 무덤 저편에서 겪을 고통을 미리 맛보는 것이라고 여기고 있는 거지. 그러나 사실 그것은 끊임없이 따라다니는 그림자였소! 그 사람 때문에 무참히도 상처를 입고 끊임없는 복수라는 맹독(猛毒)만을 먹어야만 사는 사나이가 사시사철 따라다닌 셈이오! 그렇소, 분명히 그 사람은 잘못 생각한 게 아니오! 나라는 악마가 역시 코앞에 있었으니까! 원래는 인간다운 마음을 가졌던 사람이었지만 그 괴로운 고뇌 때문에 결국은 악마가 되어 버린 사나이가 말이오!"

이와 같은 말을 지껄이면서 불행한 의사는 소름끼치는 형상으로 두 손을 쳐들었는데 거울에 비친 자기 모습이 정체불명의 괴물로 변한 것 같아 놀라는 기색이었다. 몇 년 만에 한 번 정도밖에 없는 일이지만 그것은 인간의 영혼이 숨김없이 심안(心眼)에 비치는 그런 순간이었다. 지금처럼 자기 자신의 모습이 똑똑히 보인 적은 전혀 없었을 것이다.

"그만하면 그분을 실컷 괴롭힌 게 아닐까요?" 헤스터는 노인의 표정을 살피면서 물었다. "그분은 모든 것을 다 갚은 셈이 아닐까요?"

"천만의 말씀이오! 빚이 오히려 늘었을 뿐이오!" 하고 의사는 대답했다. 얘기하고 있는 동안 의사의 태도는 아까보다 사나운 표정이 없어지고 침울한 모습이 엿보이기 시작했다. "헤스터, 구 년 전의 나를 기억하고 있소? 그때도 나는 이미 인생의 가을을 맞이하고 있었으며 그것도 겨울이 다 된 형편이었소. 그러나 그때까지 나의 생활은 성실하고, 학문적이고, 사색에 잠기는 조용한 나날이었소. 나의 학문을 닦기 위해 충실히 보낸 나날이었고 인류의 행복을 추진하기 위해서도—이 목적은 최초의 목적의 부산물 같은 것이었지만—역시 충실히 살아왔소. 내 생활만큼 평화롭고 순결한 생활이 또 어디 있었겠소. 내 생활만큼 복 받은 생활은 없었을 것이오. 그 무렵의 나를 기억하고 있소? 당신이 보기에는 냉담한 사람이었는지 모르지만, 나는 타인에게 친절히 대하고 자기를 위한 일에는 조금도 욕심을 부리지 않는 인간, 친절하고 성실하며 정직하고, 그리고 비록 따뜻하진 못할망정 변함 없는 애정을 지녔던 사람이었다고 생각되지 않소? 그렇지 않소?"

"당신은 그 이상의 분이었죠." 헤스터는 말했다.

"그랬던 내가 지금은 도대체 뭐란 말이오?" 의사는 헤스터의 얼굴을 들여다보며 전신에 퍼진 악을 얼굴 전체에 드러내 보이고 있는 것처럼 말했다. "지금의 내가 뭐냐 하는 것은 이미 말한 대로요! 악마란 말이오! 도대체 누가 나를 이런 악마로 만들었단 말이오?"

"바로 나예요." 헤스터는 몸을 부르르 떨면서 계속해서 소리쳤다. "나란 말이예요. 나도 그분이나 다름없는데, 왜 나에겐 복수를 하지 않으셨어요?"

"당신은 그 주홍글씨에 맡겨 뒀던 거지." 로저 칠링워드는 대답했다. "그 주홍글씨가 할 수 없는 복수라면, 난들 어쩌겠소!"

노인은 주홍글씨를 가리키며 빙긋이 웃었다.

"분명히 복수를 했어요!" 헤스터 프린은 대답했다.

"나의 판단에 잘못은 없었소." 의사는 말했다. "그런데 그 사람에 대한 얘기란 뭐요?"

"나는 이제 그 비밀을 밝혀야겠어요." 헤스터는 잘라 말했다. "그 분에게 당신의 본성을 알려 줘야겠어요. 그 결과가 어떻게 될는지는 모르지만 오랫동안 그분에게 신뢰를 받아온 내가 그분의 파멸의 원인이 되었으니 그 책임만은 어떻게든지 져야 해요. 그분의 훌륭한 명성, 이 세상에서의 지위, 나아가선 목숨까지도 모두 당신 마음대로 하세요. 게다가 주홍글씨로 인해서 영혼 속으로 파고들도록 시뻘겋게 달군 무쇠와 같은 진실을 배운 나로선 그 분이 더 이상 처참하리만큼 공허한 인생을 보내는 일에 더 이상 가만 있을 수 없기에 당신 앞에 비겁하게 무릎을 꿇고서까지 자비를 바라고 싶지는 않습니다. 그분에 대해선 마음대로 하세요! 그분이나 나나 당신이나 구원될 가망은 없으니까요! 펄도 구원받을 수 없어요! 우리가 이 어두운 미로에서 빠져나갈 길은 없을 테니까요!"

"당신을 가엾게 생각지 않는 바도 아니오!" 로저 칠링워드는 갑자기 치밀어 오른 감탄스런 기분을 억제하지 못하는 듯 말했다. 헤스터의 말에 담긴 절망감에 숭고한 데가 있었기 때문이다.

"당신에겐 훌륭한 소질이 있었소. 나보다 더 좋은 남자를 만났더라면 이렇게 불행한 꼴은 겪지 않아도 되었을 텐데. 당신이 불쌍하오. 그 좋은 성질이 썩어 버렸으니 말이오!"

"나도 당신이 가엾게 생각돼요." 헤스터 프린은 대답했다. "미움 때문에 훌륭한 학자가 악마로 변했으니 말이에요! 그 마음을 쫓아내고 다시 예전의 모습으로 돌아갈 생각은 없으신지요? 그 분을 위해서라기보다 두 배나 더 당신을 위한 일이 되지 않을까요? 용서하고, 그분에 대한 응보(應報)는 그 권리를 지닌 전지 전능하신 하나님께 맡겨 두세요! 이 어두운 미로를 방황하며 우리 서로가 뿌려 놓은 죄악 때문에 걸을 때마다 넘어지는 그 분이나, 나나, 당신이나, 이로운 점은 전혀 없다고 지금 말씀드렸잖아요. 하지만 사실은 그렇지가 않아요! 당신은, 당신만은 구원될 길이 있어요. 깊이 상처 입은 당신에게만은 당신 의사에 따라 용서를 할 수 있기 때문입니다. 그 유일한 권리를 그대로 버리실 작정이신가요? 그 소중한 특전을 거절하시려는 건가요?"

"그만해두오, 헤스터!" 노인은 침울한 얼굴로 대답했다. "용서할 힘이 내게는 없소. 당신이 말하는 그런 힘이 내게는 없소. 지금도 오래 전에 잊었던 옛날의 내 믿음이 되살아나 우리의 행동과 고민을 전부 해명해 주고 있소. 당신이 첫발을 잘못 디딘 탓으로 악의 씨를 뿌려 놓은 것이오. 그러나 그 뒤로부터는 모두가 필연적인 어두운 운명이었소. 나에게 상처를 준 당신들에게 죄가 있다는 것은 일종의 전형적인 환상에 지나지 않으며 악마의 일을 악마에게서 빼앗아 왔다는 나도 악마는 아니오. 모든 게 다 운명이오. 검은 꽃은 마음대로 피게 내버려둘 수밖에 없소! 이제 가봐요. 그 사람의 일도 마음대로 하구려."

의사는 손을 흔들더니 약초 수집을 계속했다.

제15장 헤스터와 펄

이리하여 남에게 불쾌한 인상을 주는 불구자 노인 로저 칠링 워드는 헤스터 프린과 헤어지더니 땅바닥을 기어가듯 허리를 구부 리고 멀어져 갔다. 여기저기서 약초를 뜯거나 나무 뿌리를 캐어 팔에 걸친 바구니 속에 담았다. 천천히 걸어가는 그의 회색빛 수염은 땅에 끌릴 것 같았다. 그 뒷모습을 잠시 보고 있던 헤스터는 이른 봄의 보드라운 풀이 노인 발에 밟히어 시들어서 파랗고 상쾌한 잔 디 위에 누렇게 타 죽은 발자국을 남기는 게 아닌가 하는 거의 바보 같은 호기심이 일기도 했다. 도대체 저 노인이 저렇게 열심히 뜯고 있는 것은 무슨 약초일까? 노인의 손길이 닿았기 때문에 사악해진 대지에서 지금까지 보지도 듣지도 못한 종류의 독초가 돋아나와 노 인의 손에 뜯기는 것을 환영하고 있는 것은 아닐까? 아니면 건강한 식물을 잠깐 건드려서 뭔가 독성이 강한 해로운 식물로 변하게 하 는 것만으로 노인은 만족하고 있는 것은 아닐까? 도처에 찬란하게 비치고 있는 태양은 정말 그 노인의 위에도 내리쬐고 있는 것일까? 어쩌면 그 노인이 가는 곳에는 그 불구인 몸과 함께 움직이는 불길 한 그림자인 원(圓)이 있는 것처럼 보이는 게 아닐까? 게다가 도대체 어디로 가려고 하는 것일까? 그가 갑자기 땅 속으로 들어가 버림으로써 마침내 불모의 땅이 되어 버린 그곳에는 이 지방 기후에 알맞은 까마종이·산딸기나무·사리 등의 독성을 지닌 식물이 무서우리만큼 무성하게 자라는 것은 아닐까? 아니면 박쥐처럼 날개를 펴고 날아가는데 하늘을 향해 높이 올라가면 올라갈수록 흉측해 보이는 게 아닐까?

노인의 뒷모습을 물끄러미 바라보며 헤스터 프린은 말했다. "죄받을 소린진 몰라도 저 사람이 밉구나!"

헤스터는 이런 감정이 드는 자기를 꾸짖어 보았지만 그 감정을 억제할 수도, 버릴 수도 없었다. 그렇게 하려고 노력하고 있는 동안 먼 나라에서 있었던 아주 오래 된 일을 회상했다. 서재에 틀어박혀 있던 그 사람은 저녁이 되면 나타나 난로 곁에 헤스터의 젊고 아름다운 미소를 바라보며 앉곤 했다. 책 속에 파묻혀 있던 오랜 시간의 고독한 냉기를 학자의 마음에서 없애자면 이 미소로 몸을 녹이는 게 제일이라고 말했다. 이러한 장면이 그때는 행복으로만 여겨졌었다. 그러나 지금 이렇게 그 후의 어두운 생활의 매개체를 통하여 바라보니 어느 결에 가장 추악한 추억이 되어 버렸다. 어떻게 저런 남자와 결혼할 마음이 생겼을까! 그 남자가 따뜻한 손으로 잡는 것을 참았을 뿐 아니라 자기도 맞잡았으며, 입술과 눈을 그 남자의 것에 합치도록 내버려 두며 미소를 짓던 일이 가장 후회되는 죄악으로 느껴졌다. 마음속에 아직 아무런 분별도 없었던 무렵의 헤스터를 설득하여 그 남자 곁에 있는 것을 행복하다고 믿게끔 한 것도 그 후 로저 칠링워드가 입힌 피해와는 비교도 안 되는 훨씬 더 악랄한 죄를 범한 셈이 되는 건 아닐까.

"역시 그 사람은 미운 사람이야!" 헤스터는 전보다도 더 심한 어조로 되풀이했다. "그 사람은 나를 속인 거였어! 내가 그 사람에게 한 나쁜 일보다도 그 사람이 나에게 한 일이 훨씬 더 나쁘니까!"

결혼 승낙의 표시로 여성의 손만 얻었을 뿐 마음속에 넘쳐흐르는 정열까지 얻을 수 없는 남성은 전전 긍긍하지 않으면 로저 칠링워드와 같이 비참한 운명을 걷게 되리라. 상대방의 여성이 좀더 강한 남성과 접촉함으로써 여성으로서의 모든 감수성에 눈뜨게 되면 전에는 기분 좋은 현실로 여겼던 조용한 행복이라든지 대리석 같던 행복의 영상이 오히려 비난을 받고 말 것이다. 그런데 헤스터와 같은 여인이 이와 같은 잘못된 생각을 훨씬 이전에 버리지 못했다니, 이것은 도대체 무엇을 말하고 있는 것일까? 주홍글씨의 괴로움에 시달렸던 7년간이라는 오랜 세월에 비참한 꼴만 당하였을 뿐, 회개하는 마음은 전혀 없었단 말인가?

로저 칠링워드의 불구자가 된 뒷모습을 바라보던 짧은 시간에 떠오른 갖가지의 감회는 헤스터의 심리 상태에 어두운 빛을 던졌다. 이와 같은 일이 없었던들 헤스터 자신 자기에게 그런 생각이 있었다는 것도 알지 못했을 것이다.

노인이 가버렸으므로 헤스터는 아이를 불렀다.

"펄! 펄! 어딜 갔니?"

정신 활동이 한 번도 약화되어 본 일이 없는 펄은 어머니가 약초를 채집하는 노인과 얘기하는 동안 심심하게 놀지는 않았다. 이미 말한 바와 같이 처음에는 웅덩이에 비친 자기 모습과 재미있게 장난쳤고 상대방의 환상을 향해 이리 나오라고 손짓을 해봐도 나올 것 같지 않으므로 손이 닿지 않는 웅덩이 속의 대지(大地)와 손에 잡히지 않는 하늘 나라로 자기 자신이 들어가려고 했다. 그러나 마침내 자기나 환상 중 어느 하나가 현실이 아니라는 것을 깨달았으므로 더 재미있는 놀이를 찾아 다른 곳으로 가려고 했다. 자작나무 껍질로 배를 만들어 조가비를 잔뜩 싣고 뉴잉글랜드의 상인보다도 더 먼 바다 위로 띄울 생각이었으나 그 배는 겨우 해안 근처에서 침몰하고 말았다. 살아 있는 참게의 꽁지며 여러 마리의 불가사리를 잡기도 하고 따뜻한 양지 쪽에 해파리를 놓고 녹여 버리기도 했다. 그 다음에는 밀려드는 물결에 줄무늬를 이루고 있는 흰 거품을 잡아서 바람에 날리고서는 깃털처럼 가벼운 발길로 쫓아가서 눈송이 같은 큰 물거품이 땅 위에 떨어지기 전에 잡으려고 했다. 또한 해변가에서 먹이를 쪼며 날아다니는 물새 떼를 발견한 이 장난꾸러기 아이는 앞치마에 수북하게 조약돌을 주워 모아 이 바위에서 저 바위로 기어다니듯 쫓아다니며 작은 물새에게 훌륭한 팔매질 솜씨를 보이기도 했다. 그러자 앞가슴이 하얀 잿빛 물새 한 마리가 조약돌에 맞아 부러진 날개를 푸드덕거리며 날아간 것처럼 보였다. 그러자 이 요정 같은 소녀는 한숨을 쉬며 그 장난을 집어치우고 말았다. 바닷바람과 같이 싱싱하고 펄 자신처럼 길들지 않은 그 어린 새를 해친 것이 마음 아팠기 때문이었다.

마지막으로 펄이 한 장난은 여러 가지 해초를 수집해서 목도리 · 망토 · 머리 장식 등을 만들어 작은 인어로 분장하는 일이었다. 이 아이는 여러 가지 의상 디자인에 있어 뛰어난 어머니의 재능을 물려받고 있었다. 인어 옷차림의 마지막 치장을 하기 위해 펄은 거머리말을 긁어모아 어머니의 가슴에 달려 있는 장식을 자기 가슴에 달아 보려고 흉내내어 만들었다.

그것은 A자였다. 그러나 주홍이 아니라, 싱싱한 초록색이었다! 아이는 턱을 가슴에 대고 그 글자를 물끄러미 내려다보았다. 자기가 이 세상에 태어난 유일한 목적은 그 글씨 뒤에 숨겨진 뜻을 판단

하는 일인 것처럼 이상한 흥미를 나타내고 있었다.

'엄마가 이 뜻을 물을까?' 펄은 생각했다.

마침 그때 엄마의 목소리가 들렸다. 펄은 어린 바닷새처럼 가볍게 뛰면서 헤스터 프린 앞에 나타나더니 춤을 추며 웃는 얼굴로 가슴에 단 장식을 손가락질해 보였다.

"아니 얘가!" 헤스터는 잠시 잠자코 있더니 그렇게 말했다.

"녹색 글씨는 아이들 가슴에 달아도 아무 뜻도 없어요. 하지만 엄마가 달고 있어야 하는 이 글씨의 뜻은 펄도 알고 있겠지?"

"알아요, 엄마." 아이는 말했다. "대문자 A자죠. 엄마가 책에서 가르쳐 줬잖아요."

헤스터는 물끄러미 펄의 작은 얼굴을 들여다보았다. 검은 눈동자 속에는 전에도 곧잘 나타났던 기묘한 표정이 떠올랐지만 펄이 과연 이 가슴에 달린 글씨에 대해 무슨 뜻을 알고 있는지는 알 도리가 없었다. 그 점을 확인해 보고 싶은 병적인 욕망을 느꼈다.

"엄마가 왜 이 글씨를 달고 있는지 아니?"

"알고말고요!" 펄은 어머니의 얼굴을 명랑한 표정으로 바라보면서 대답했다. "목사님이 가슴에 손을 얹고 다니는 거나 같은 이유지 뭐!"

"그 이유란 뭐지?" 헤스터는 뚱딴지 같은 아이의 관찰에 웃었으나 다시 생각해보고 안색이 달라졌다. "이 글씨가 엄마 말고 딴 사람의 가슴과 관계가 있단 말이냐!"

"몰라요, 엄마. 내가 알고 있는 것은 그것뿐이야." 펄은 평소보다도 심각한 어조로 이렇게 대답했다. "지금까지 엄마하고 얘기하던 저 할아버지에게 물어봐요! 가르쳐 줄지도 모르잖아. 그런데 엄마, 그 주홍글씨의 뜻은 뭐죠? 왜 엄마는 가슴에 그것을 달고 다니죠? 왜 목사님은 가슴에 손을 얹고 다니고?"

펄은 어머니의 손을 두 손으로 잡더니 평상시의 변덕스럽고 난폭한 성격에서는 좀처럼 보기 힘든 심각한 시선으로 물끄러미 어머니의 눈을 들여다보고 있었다. 이 아이가 어린애다운 본심을 털어 놓고 자기에게 가까워지려는 게 아닌가, 모녀의 기분이 일치되는 세계를 만들기 위해 있는 힘을 다해 자신이 할 수 있는 일은 다 해보려는 게 아닌가 하는 생각이 들었다. 그래선지 여느 때의 펄과는 좀 다르게 보였다. 지금까지 어머니는 모든 애정을 퍼부어 딸을 사랑하고는 있었지만 아이에게서는 4월에 부는 산들바람 이상의 애정은 기대하지 않기로 자기 자신에게 타일러 왔었다. 4월에 부는 산들바람은 변덕스러워 가볍게 뛰놀며 시간을 보내다가도 갑자기 이해할 수 없는 정열적인 돌풍으로 변한다. 기분이 퍽 좋다가도 별안간 언짢은 얼굴을 하고, 가슴에 끌어안아도 응석을 부리기는커녕 모르는 체하는 일이 많다. 그런 짓을 하는가 하면 이렇다 할 목적도 없이 알 수 없는 부드러움으로 볼에 키스를 하고, 머리를 살짝 쓰다듬거나 하여 사람의 마음에 꿈 같은 쾌감을 남겨 놓고는 딴청을 피우고 사라져 버리곤 한다. 이러한 느낌을 준다는 것이 이 아이의 성격에 대한 어머니의 평가였다. 펄을 관찰한 다른 사람들은 귀염성이 없는 성질만이 눈에 띄어 실제보다도 훨씬 음울한 성격의 소유자로 보았는지도 모른다.

그러나 지금 헤스터의 마음속에는 펄은 놀라우리만큼 조숙하고 예민한 아이이니까 친구가 되어도 좋을 만한 나이게 된 게 아닌가 싶었으며 어머니의 슬픔을 있는 대로 다 털어 놓아도 모녀가 서로 거북하게 느끼는 일이 없지 않을까 하는 생각이 들었다. 펄의 조그만 혼돈된 성격 속에는 굽힐 줄 모르

는 용기라든지 지기 싫어하는 강한 의지, 자존심으로까지
단련시킬 수도 있는 굳건하고 자랑스러운 태도, 허위로 보
이는 숱한 일에 대해 나타나는 맹렬한 경멸심 등의 어엿한 주
의 주장이 싹트기 시작하고 있다. 아니 처음부터 싹이 터 있었는
지도 모른다.

게다가 비록 지금까지는 아직 덜 익은 과일에서 볼 수 있는 씁
쓸하고 맛없는 것이긴 했지만 더 없이 풍부하고 향긋한 애정도 가
지고 있다. 이렇게 훌륭한 성질을 골고루 갖추고 있으므로 이 요정
과 같은 아이가 훌륭한 여성으로 자라지 못하는 날에는 어머니에게
서 이어받은 나쁜 요소는 참으로 강한 힘을 지니게 될 것이라고 헤
스터는 생각했다.

펄이 집요하리만큼 주홍글씨를 둘러싼 의문을 알려고 하는 것
은 태어나면서부터 몸의 일부로 지니고 나온 성질의 탓인 것 같았
다. 세상 물정을 알기 시작하면서부터 마치 정해진 사명이나 되는
것처럼 주홍 글씨를 생각했었다. 하나님이 이 아이에게 이러한 특
별한 성격을 주신 것은 접의와 보복의 계획을 지니고 있는 게 아닌
가 하고 헤스터는 생각했었다. 그러나 지금 처음으로 이 계획과는
반대인 자비와 은혜라는 본심도 있는 게 아닌가 하는 생각이 들었
다. 이 펄이 보통 아이로서뿐 아니라 신념과 신뢰를 지닌 천사와 같
은 사자(使者)로서 나타난 것이라면 어머니 마음속에 차디차게 자
리 잡고 그 가슴을 무덤처럼 만들었던 슬픔을 잊게 해주려는 사명
을 지닌 게 아닌가? 전에도 그렇게도 격렬했던 열정이 아직도 죽지
도 잠들지도 않고 다만 무덤 같은 가슴속에 갇혀 있는 정열을 억제
하는 일이 바로 펄의 사명이 아닌가?

지금 헤스터의 마음에 떠오른 이 생각은 마치 귓속말을 해준 것

처럼 뚜렷한 인상을 남겨 놓았다. 이러는 동안에도 펄은 엄마 손을 두 손으로 잡은 채 고개를 들어 쳐다보며 세 번씩이나 같은 질문을 되풀이하고 있었다.

"엄마, 그 글씨의 뜻이 뭐야? 왜 엄마는 그걸 가슴에 달고 있어? 왜 목사님은 가슴에 손을 얹지?"

'뭐라고 대답하면 좋을까?' 헤스터는 생각했다. '안 될 일이다! 가령 이 아이의 동정을 살 수 있다 하더라도 사실만은 말할 수 없다!'

이윽고 헤스터는 이렇게 말했다.

"펄은 참 바보 같구나. 무슨 말을 하는 거지? 세상에는 아이들이 물으면 안 되는 일이 있단다! 엄마가 목사님의 가슴에 대해서 알 리가 있겠니? 그리고 주홍글씨를 엄마 가슴에 달고 있는 것은 금실이 좋기 때문이야!"

지금까지 7년 동안 헤스터 프린은 가슴에 단 상징에 대해 단 한 번도 거짓말을 한 일이 없었다. 이 상징은 엄격하고 가혹한 수호천사(守護天使)의 부적과 같은 역할을 하고 있었다. 그러나 그것이 지금은 헤스터를 저버리고 말았다. 엄격하게 헤스터의 마음을 감독하고 있었음에도 불구하고 뭔가 새로운 악이 스며들었거나, 아니면 오래 된 악이 추방되지 않은 채로 남아 있는 것을 알아낸 것 같았다. 펄의 얼굴에서 조금 전과 같은 진지한 표정은 곧 사라지고 말았다.

그러나 이 아이는 이 문제를 그대로 포기해 버린 것은 아니었다. 모녀가 함께 집으로 돌아가는 도중에도 두세 번, 저녁을 먹을 때도 잠을 재우고 있을 때도 두세 번, 이제 곤히 잠든 줄 알았는데도 한 번, 검은 눈동자를 장난스럽게 반짝이면서 얼굴을 들고 묻는 것이었다.

"엄마, 그 주홍글씨의 뜻이 뭐야?"

다음날 아침 펄이 잠을 깨자마자 베개에서 머리를 번쩍 들면서 한 말은 웬일인지 주홍글씨에 대해 이것저것 물은 다음에 반드시 묻는 또 하나의 질문이었다.

"엄마, 왜 목사님은 가슴에 손을 얹고 있죠?"

"입 닥치지 못해, 못되게시리!" 어머니는 지금까지 보인 일이 없는 엄격한 어조로 대답했다. "엄마를 놀리면 못 써. 정 그러면 캄캄한 광 속에 가둘 테야!"

제16장 숲속의 산책

현재의 고통이나 장래의 결과가 어찌되든 딤즈데일 씨에게 아첨하여 신용을 얻고 있는 한 남자의 정체를 알려 줘야만 한다는 헤스터 프린의 결심에는 변함이 없었다. 목사가 반도의 해안이나 부근 숲속을 산책하는 습관이 있음을 알고 있는 그녀는 그를 만날 기회를 얻으려고 기다리고 있었으나 며칠 동안은 허탕치고 말았다. 서재로 찾아간다 해도 나쁜 소문이 날 리는 없었으며 목사의 청렴 결백한 명성에 영향을 끼칠 염려는 없었다. 지금까지 그 서재에서는 많은 사람들이 주홍글씨가 나타내는 죄에 못지않은 죄악을 고백한 일이 있기 때문이다. 그러나 로저 칠링워드 노인이 남몰래, 아니 어쩌면 당당하게 간섭하고 나서지 않을까 걱정되었고 아무런 의심받을 일도 없는데 남이 의심하지 않을까 걱정되었으며, 또 목사나 자기가 얘기하는 동안만은 넓은 세계에서 호흡할 필요가 있다고 생각한 탓도 있어 헤스터는 비좁은 서재보다 넓은 하늘 아래를 택했던 것이다.

드디어 딤즈데일 목사가 기도를 하기 위해 이미 다녀갔던 어느 병자의 집으로 간호를 하러 갔을 때 헤스터는 목사가 그 전날 인디언 개종자(改宗者)들과 살고 있는 엘리어트 전도사를 만나러 떠났으며 다음날 오후 어떤 시각이면 돌아오리라는 것을 알았다. 이튿날 헤스터는 그가 올 무렵에 펄을 데리고 나섰다. 펄이 곁에 있다는 것이 불편할 때도 있었지만 어머니가 외출할 땐 으레 동행하게끔 되어 있었다.

두 사람이 반도에서 본토 쪽으로 들어가니 길은 오솔길이나 다름없었다. 그 길은 신비스러운 원시림 속으로 꼬불꼬불 휘어들고 있었다. 숲은 그 길 양쪽에 하늘이 보일까말까 할 정도로 빽빽이 들어차 있었기 때문에 헤스터는 그녀가 오랜 동안 방황해 오던 정신의 황야를 상징하는 것처럼 느껴졌다. 그날은 쌀쌀하고 음산했다. 머리 위에는 잿빛 구름이 잔뜩 끼어 있었는데 그래도 바람에 약간은 움직이고 있었다. 그로 인해 흔들리는 한줄기 빛이 가끔 오솔길 위를 쓸쓸히 희롱하고 있었다.

이 장난스러운 빛은—날씨와 장소가 다 압도적으로 음산하였으므로 고작해야 풀이 죽은 장난이었지만—모녀가 가까이 가면 또 저쪽으로 멀어져 버려 아까까지 뛰놀던 자리는 한층 음울하게 느껴졌다. 그것은 모녀가 햇빛이 잘 드는 곳으로 나갈 수 있기를 바라면서 걸었기 때문이다.

"엄마." 펄이 말을 걸었다. "햇빛은 엄마가 싫은가봐. 엄마 가슴에 있는 것이 무서워서 도망쳐 숨어 버리나봐. 자! 보란 말야! 저쪽에서 놀고 있잖아. 엄마는 여기서 좀 기다려 봐요. 내가 뛰어가서 잡아볼 테니. 나는 아이니까, 나한테서는 도망치지 않을 거야. 내 가슴에는 아직 아무것도 달지 않았으니까!"

"나중에라도 달아서는 안 돼." 헤스터는 말했다.

"왜 안 돼?" 펄이 막 뛰어가려다 말고 우뚝 서며 물었다. "내가 자라서 어른이 되면 자연히 달게 되는 게 아냐?”

“자, 준비 땅!” 어머니는 말했다. “햇빛을 잡는 거야, 또 금방 없어지겠다.” 펄은 잽싸게 달려가더니 헤스터가 웃으며 바라보는 가운데 정말 햇빛을 붙잡아 그 복판에 서서 웃고 있었다. 온몸에 햇빛을 받은 펄은 달음박질로 빛나고 있었다. 햇빛은 마치 친구가 생겨서 기쁘다는 듯이 혼자 서 있는 어린아이 주변에서 떠나지 않고 남아 있었다. 이윽고 어머니가 그 햇빛의 마술적인 원(圓) 안으로 발을 들여 놓을 만큼 가까이 다가왔다.

“도망간단 말야!” 펄은 고개를 내저었다.

“봐라!” 헤스터는 웃으면서 대답했다. “엄마도 손을 뻗치면 조금은 잡을 수 있어.”

헤스터가 손을 내밀자 햇빛은 사라져 버렸다. 아니, 사라져 버렸다기보다 펄의 얼굴 위에서 춤추고 있는 밝은 표정으로 미루어 보아 이 아이가 햇빛을 흡수해 버린 것이고 머지않아 더 어두운 그늘 속으로 들어가면 그 햇빛을 발산하여 길을 밝혀줄 것 같은 생각이 들었다. 펄의 성질 가운데서 헤스터가 가장 강한 인상을 받게 된 요소는 끝까지 지칠 줄 모르는 활발함과 아이의 어머니와는 관계없는 새로운 원기가 그 성질 속에 갖추어져 있다는 것이었다. 요즘 애들은 거의 조상들로부터 선병(善病)과 함께 슬픔이라는 병을 유전받는 법인데 펄은 전혀 그런 질병과는 인연이 멀었다. 아니 이 자체가 일종의 병인지도 모른다. 펄이 태어나기도 전에 온갖 슬픔과 싸워야 했던 심한 투쟁에 대한 반동으로 그렇게 된 것인지도 모르기 때문이다. 어쨌든 그것이 이 아이의 성격에 굳은 금속과 같은 광택을 주는 기묘한 매력임에는 틀림없었다. 이 아이에게 결여된 것은—일생 동안 결여된 채로 보내고 마는 사람도 있긴 하지만—사람을 감동시켜 사람들로 하여금 인간다운 동정심을 갖게 하는 그런 비애의 마음이었다. 그러나 아직 펄은 어리니까 충분한 시간의 여유가 있었다.

"이리 와!" 헤스터는 펄이 햇빛에 싸인 채 서 있던 근처에서 둘레를 돌아보며 말했다. "숲속으로 좀 들어간 곳에서 쉬기로 하자."

"엄마, 피곤하지 않은걸." 소녀는 대답했다. "하지만 엄마가 얘기를 해준다면 앉아도 돼."

"얘기라니! 무슨 얘기 말야?"

"그야 악마 얘기지, 뭐!" 펄은 어머니의 옷자락을 잡더니 반은 정색을 하고 반은 장난기 어린 눈으로 엄마의 얼굴을 올려다보았다. "악마가 이 숲속에 살고 있는데 책을 갖고 있었대. 무쇠 장식이 달린 크고 무거운 책이래. 그런데 이 무서운 악마는 그 책과 펜을 숲속에서 만나는 사람에게 내민대. 그러면 모두 자기 피로 이름을 써야 한대나봐. 그러면 악마가 가슴에 표시를 달아준대! 엄마는 악마를 만난 일이 있어?"

"누가 그런 얘기를 해주었지, 펄?" 어머니는 그 무렵에 유행하던 미신 얘기하는 것을 알고 물어보았다.

"엄마가 어젯밤 병간호하러 간 집 있잖아. 난로 옆 구석에 앉았던 할머니가 해줬어. 하지만 그 얘기를 할 때 할머니는 내가 자고 있는 줄 알았나봐. 이 숲속으로 악마를 만나러 와서 책에 이름을 쓰고 가슴에 표시를 단 사람은 수천 명이나 된대요. 그 기분 나쁜 히빈스 아줌마도 그 중 한 사람이래요. 그리고 말야, 엄마! 그 할머니가 말하는데 이 주홍글씨는 악마가 달아준 표시래. 밤중에 이 어두운 숲에서 엄마가 악마를 만날 때는 빨간 불꽃처럼 빛난다고 그러던데? 정말야, 엄마? 밤중에 악마를 만나러 가?"

“네가 잠이 깼을 때 엄마가 없었던 일이 있니?” 헤스터는 물었다.

“잘 모르겠어. 나를 집에 두고 가는 게 걱정이 되거든 데리고 가도 돼. 기꺼이 따라갈 텐데! 하지만 엄마, 이것만은 지금 가르쳐줘. 악마라는 게 있어요? 엄마는 만난 일이 있어? 이게 그 표시야, 엄마?”

“한 번만 말해 주면 엄마를 귀찮게 굴지 않지?” 어머니는 물었다.

“응, 전부 말해 주면.” 펄은 대답했다.

“지금까지 꼭 한 번 악마를 만난 일이 있단다! 이 주홍글씨가 그 표시야!”

그들은 이런 얘기를 나누며 오솔길을 지나가는 행인들의 눈에 띄지 않을 만큼 숲속으로 깊숙이 들어갔다. 이끼가 수북하게 낀 곳에 이르자 그들은 걸터앉았다. 아마 전세기(前世紀) 어느 시기에는 어두운 숲 그늘에 뿌리를 뻗으며 하늘 높이 뻗어 올라갔을 거대한 노송이 있던 자리였다. 둘이 앉아 있는 곳은 작은 골짜기였는데 나뭇잎이 깔린 둑이 양쪽으로 봉긋 솟아 있고 나뭇잎이 깔린 둑 사이로 시냇물이 흐르며 냇물 바닥에는 나뭇잎이 가라 앉아 있었다. 시냇물 위를 뒤덮고 있는 나무들은 군데군데의 큰 가지가 휘어 늘어져 흐르는 물을 막고 있었으므로, 여기저기에 소용돌이와 깊은 웅덩이를 이루고 있었다. 물살이 센 곳에서는 조약돌과 누렇게 빛나는 모랫바닥이 보였다. 시냇물의 흐름을 눈으로 좇으면 숲속으로 조금 들어간 부분에서 수면에 반사하는 햇빛을 볼 수 있었다. 이윽고 나무가 빽빽이 들어선 수풀, 그리고 햇빛 이끼가 덮인 바위들이 들쭉날쭉한 곳까지 오면 이미 빛은 흔적도 없이 사라져 버렸다. 이 거목이나 화강암(花崗巖) 등은 모두 시냇물의 흐름을 신비롭게 만드는 데 열중해 있는 것같이 보였다. 시냇물의 끊임없는 수다는 원류

(源流)가 있는 태고 적 숲속의 애기를 재잘거리거나 못의 매끄러운 표면이 모든 것을 반사하고 있는 게 아닌가 하고 걱정하고 있는 듯했다. 사실 시냇물의 물줄기는 쉴 새 없이 부드럽고 조용하고 마음을 어루만져 주듯 우울한 수다를 계속 떨고 있었다. 유년시절을 재미있게 지내지 못했기 때문에 어떻게 하면 슬픈 사람들과 침울한 사건들 틈에서 명랑해질 수 있는지를 모르는 아이들의 목소리 같았다.

"시냇물아! 어쩜 그렇게 바보 같고 기운이 없니!" 펄은 소리에 잠시 귀를 기울이더니 외쳤다. "어째서 그렇게 슬프니? 기운을 내! 언제나 그렇게 한숨을 쉬며 중얼거리지만 말고!"

그러나 시냇물은 숲속의 나무 사이를 흐르는 짧은 인생을 통해 몹시 엄숙한 경험을 해왔으므로 그 얘기를 하지 않고는 못 배기는 것 같았고 그 밖에 할 말은 아무것도 없는 성싶었다. 펄의 생명의 흐름은 신비에 싸인 원천(源泉)에서 솟아났고 답답하고 침울하게 그늘진 장면을 여러 차례 지나쳐온 점으로 봐선 이 시냇물과 비슷한 데가 없는 것도 아니었다. 그러나 이 시냇물과 달리 펄은 춤추고 반짝거리며 인생의 길을 즐겁게 지껄이면서 걷고 있었다.

"이 시냇물은 왜 슬퍼하는 거야, 엄마?"

"네가 슬픈 일이 있으면 시냇물이 그것을 가르쳐줄 거야." 어머니는 대답했다. "지금 엄마에게 가르쳐 주는 것처럼! 그런데 펄, 엄마에겐 누군가 산길을 걸어오는 발자국 소리와 나뭇가지를 해치는 소리가 들린다. 너는 저만치 가서 놀고 있거라. 엄마는 저기 오는 사람과 애기를 좀 할 테니."

"그 이가 악마예요?" 펄은 물었다.

"저기 가서 놀라니까!" 어머니는 되풀이했다. "하지만 너무 숲속으로 깊이 들어가면 안 돼요. 엄마가 부르면 곧 돌아올 수 있는 곳이라야 해."

"그래요, 엄마." 펄은 대답했다. "하지만 만일 그 사람이 악마라면 좀더 이곳에 있게 해줘요. 책을 끼고 있는 것이 보고 싶으니까."

"자, 어서 가요. 바보 같은 소리는 하지 말고." 어머니는 초조한 듯이 말했다. "악마가 아니야. 벌써 나무 사이로 보이잖니, 목사님이시잖아!"

"정말! 저것 봐, 엄마, 가슴에 손을 얹고 있잖아! 목사님이 악마의 책에 이름을 썼을 때 저곳에 표시를 달았기 때문인가? 그런데 왜 엄마처럼 가슴 위에 달지 않으실까?"

"자, 어서 가요. 이젠 언젠가 네 얘길 다 들어 줄게!" 헤스터 프린은 큰소리로 말했다. "그러나 멀리 가면 안 돼. 시냇물 소리가 들리는 곳에 있어야 한다."

아이는 노래를 부르면서 시냇물 쪽으로 걸어갔다. 우울한 속삭임에 좀더 밝은 노랫소리를 혼합하기라도 하려는 듯이 노래를 불렀다. 그러나 시냇물은 위안받기를 싫어하며 이 씁쓸한 숲속에서 일어난 구슬픈 사연의 비밀을 알아들을 수 없는 말로 지껄이고 있었다. 아니, 앞으로 일어날 일에 대하여 예언의 애가(哀歌)를 부르고 있었는지도 모른디. 짧은 인생 경험이지만 지나치리만큼 어두운 그림자를 지니고 있는 펄은 이렇게 불평만 하고 있는 시냇물과는 친해지지 않기로 결심했다. 그래서 오랑캐꽃, 홀아비바람꽃, 그리고 높은 바위 틈에 나 있는 빨간 미나리풀꽃 따위를 모으기 시작했다.

요정 같은 딸 애가 가버렸으므로 헤스터 프린은 숲으로 빠지는 오솔길 쪽으로 한두 발짝 걸어가다가 그대로 울창한 나무 그늘에 숨어 있었다. 오솔길을 걸어오는 목사가 보였다. 혼자였고 도중에서 나무로 만든 지팡이에 몸을 의지하고 있었다. 수척한 모습은 어딘지 모르게 기운이 없어 보였고 우울해 보였다. 그것은 보스턴 거리를 걷고 있을 때나 남의 눈에 띌 우려가 있는 곳에서는 절대로 볼 수 없었던 모습이었다. 숲속에서 혼자일 때 그것이 보기에 딱할 정도로 눈에 띄었다는 것은 혼자 있다는 그 자체가 큰 정신적 시련이었는지도 모른다. 걸음걸이조차도 만사가 귀찮은 듯이 보였다. 마치 더 이상 발을 옮겨 놓을 이유도 의욕도 없어 보였고 그가 바라는 일이 있다면 그대로 가까이 있는 나무 뿌리 곁에 몸을 내던지고 일생 동안 꼼짝 않고 누워 있는 것이 제일일 것 같다는 그런 모습이었다. 체내에 생명이 남아 있든 없든 상관없이 나뭇잎이 그 위에 덮이고 그대로 흙이 쌓여 작은 무덤을 만들 것이다. 죽음은 스스로 원하거나 피하거나 할 여지가 없을 정도로 너무나 확정적이었다.

헤스터의 눈에는 딤즈데일 목사가 뚜렷하고 생생한 고뇌에 잠겨 있는 징후는 보이지 않았다. 다만 펄이 말한 것처럼 가슴에 손을 얹고 있을 뿐이었다.

제17장 목사와 신도

목사는 천천히 걷고 있었는데 거의 지나쳐갈 때까지 헤스터 프린은 목사의 발을 멈추게 할 만한 목소리를 낼 수가 없었다. 간신히 용기를 내어 헤스터는 입을 열었다.

"아서 딤즈데일!" 처음에는 작은 목소리였다. 다음에는 좀더 큰 목소리였지만 쉰 목소리였다. "아서 딤즈데일!"

"누구십니까?"

목사는 재빨리 정신을 차리고 자세를 바로잡았다. 마치 남에게 보이고 싶지 않은 기분에 잠겨 있을 때 불시에 습격을 당한 사람처럼 불안한 듯이 목소리가 나는 쪽으로 시선을 돌렸다. 나무 그늘 밑에 희미하게 사람의 모습이 보였다. 검소한 옷차림인데다 흐린 하늘과 무성한 나뭇잎 때문에 대낮인데도 흐릿한 회색빛으로 보여 뚜렷하게 보이지 않았으므로 거기 서 있는 사람이 여자인지 무슨 그림자인지 잘 알 수 없었다. 목사가 더듬는 인생 행로에는 이처럼 갖가지 생각에서 살짝 튀어나온 명령이 따라다녔는지도 모른다.

목사가 한 발짝 다가서니 주홍글씨가 눈에 띄었다.

"헤스터! 당신이오? 헤스터 프린? 살아 있는 당신이오?"

"그럼요, 살아 있고 말고요!" 헤스터는 대답했다. "지난 칠 년 동안이나 다름없는 삶이지만! 아서 딤즈데일, 그런데 당신이야말로 살아 계신 거예요?"

두 사람이 이렇게 서로 현실적으로 살아 있는지를 확인하거나 자신의 존재에도 불안을 품어 보는 것도 무리가 아니었다. 이렇게 으슥한 숲속에서 기묘한 상봉을 했으므로 이승에서 친밀하게 지냈던 두 영혼이 저승에서 처음 만나 현 상태에 익숙치 못하고 육체를 떠난 정신 상태에서 서로 만나는 것이 서먹서먹하기 때문에 서로가 두려워서 덜덜 떨며 서 있는 형국이었다. 서로가 다 유령이면서 상대편의 유령을 보고 겁을 집어먹는 셈이었다. 게다가 두 사람은 자기 자신들에게 대해서도 놀라고 있었다. 이 뜻하지 않은 상봉이 그들의 의식을 일깨워 주어 서로의 마음에 그 과거와 경험을 생생하게 제시했기 때문인데 이러한 일은 절박한 순간이 아니고서는 결코 일어나지 않는 것이다. 흘러가는 순간의 거울 속에 영혼의 모습이 비쳐 보이는 것이다. 아서 딤즈데일은 두려움에 떨면서 마지못해 하는 태도로 천천히, 송장과 같이 차디찬 손을 내밀어 헤스터 프린의 싸늘한 손을 잡았다. 차디찬 손이었으나 두 사람이 이처럼 손을 잡음으로 해서 만난 순간의 어색함은 사라졌다. 적어도 같은 세계에 살고 있는 것 같은 기분이 든 것이다.

다음엔 한 마디의 말도 없이—누가 먼저라고도 할 수 없는 무언의 합의로써—두 사람은 헤스터가 모습을 나타냈던 숲속 나무 그늘로 되돌아갔다. 그리고 헤스터와 펄이 조금 전에 앉아 있던 이끼 더미 위에 걸터앉았다. 이윽고 말문이 열리게 되자 우선 아는 사람들끼리 만나면 으레 하는 말로, 음산한 날씨에 대한 얘기, 폭풍우가 올 우려가 있다는 얘기, 다음엔 서로의 건강에 대한 얘기와 질문을 이것저것 나눌 뿐이었다. 이리하여 두 사람은 서로의 마음속에 깊이 뿌리박고 있는 문제에 조심스럽게 한 걸음 한 걸음 접근해 갔다. 운명과 환경 때문에, 오랫동안 떨어져 살아 왔기 때문에 우선 하찮은 화제를 꺼내며 대화의 문을 열고 두 사람의 참된 생각이 기탄없이 출입할 수 있도록 해야만 했다.

잠시 후 목사는 헤스터 프린의 눈을 물끄러미 쳐다보면서 말했다.

"헤스터, 당신은 마음의 안정을 찾았소?"

헤스터는 가슴을 내려다보면서 쓸쓸하게 웃었다. "당신은 어떠세요?"

"안 되오! 절망뿐이오! 나 같은 인간이 현재와 같은 생활을 하며 절망 이외에 또 무엇을 바라겠소. 내가 무신론자였거나, 양심이 없는 남자였거나, 거칠고 동물적인 본능으로 살아가는 야비한 남자였더라면 벌써 오래 전에 마음의 안정을 찾았을 것이오. 아니, 안정을 잃는 일도 없었겠지! 지금 나의 영혼의 상태는 원래 나에게 주어졌던 훌륭한 능력도, 비할 바 없는 천부의 재기(才氣)도 모든 것이 정신을 괴롭히는 힘으로 변해 버린 거요. 헤스터 나만큼 비참한 사람은 없소!"

"이곳 사람들은 당신을 존경하고 있고, 당신도 훌륭하게 일을 하고 계세요. 그런데도 당신은 안정을 얻을 수 없으신가요?"

"점점 비참해질 뿐이오, 헤스터! 그 때문에 더 비참해질 뿐이오!" 목사는 쓰디쓰게 웃었다. "나는 훌륭한 일을 하고 있는 것처럼 보이지만 아무 신념이 없이 일하고 있는 것이오. 그런 것은 환상에 지나지 않을 뿐이오. 나처럼 타락한 영혼이 다른 사람의 영혼을 구제하기 위해 무엇을 할 수 있겠소? 더럽혀진 영혼이 다른 사람의 영혼을 어찌 깨끗하게 할 수 있단 말이오. 사람들이 나를 존경한다지만 차라리 그것이 경멸과 증오가 되기를 원하오. 나는 설교단 위에 서지 않을 수 없고 마치 내 얼굴에서 천국의 빛이라도 비쳐 오는 것처럼 올려다보는 많은 사람들의 눈을 대해야 하오! 또 교인들이 진리를 갈망하여 마치 오순절의 하나님 말씀이나 되는 것처럼 나의 말에 귀를 기울이고 있는 것을 바라보아야 하오! 그런데 사람들이 동경하고 있는 내 자신의 마음속을 들여다보면 검은 실체가 싫어도 눈에 들어오게 마련이라오. 당신은 이것을 위안이라고 할 수 있겠소, 헤스터? 표면적인 나와 내면적인 나를 비교하고 마음이 괴로워 자신을 비웃은 일도 있었소! 그것을 본 악마도 비웃고 있다오!"

"그것은 당신이 잘못 생각하신 거예요." 헤스터는 상냥하게 말했다. "당신도 마음속으로 뼈저리게 뉘우치시지 않았습니까? 당신의 죄는 벌써 오래 전에 없어졌고 지난 과거의 것이 되었어요. 당신 현재의 생활은 남들이 보는 것처럼 신성한 것이에요. 이처럼 훌륭하게 일을 함으로써 입증되는 회한(悔恨)이 어찌 실체가 아니겠어요? 그런데 어째서 당신의 마음이 안정되지 않을까요?"

"그게 아니오, 헤스터." 목사는 대답했다. "그것은 실체가 아니오! 차디차게 죽은 것이라 나에겐 아무런 쓸모도 없는 거요! 하기야 그동안 고행을 많이 해왔지만 회한은 한 번도 한 일이 없소! 만일 했다면 이런 위선적인 목사 옷을 벌써 오래 전에 벗어던지고 최후의 심판날에 있을 그대로의 모습을 사람들 앞에 드러냈을 것이오. 헤스터, 당신은 행복한 사람이오. 가슴이 떳떳하게 주홍글씨를 달고 있으니 말이오! 나의 주홍글씨는 아무도 모르게 불타오르고 있소! 칠 년간의 괴로운 생활 끝에 나의 정체를 알고 있는 당신을 대한다는 일이 나에게 얼마나 위안을 주는 일인지 당신은 아마 모를 것이오! 나에게 친구라도 있어—지독한 원수도 좋소—남이 칭찬하는 말에 괴로워할 때 매일같이 찾아와 나의 정체가 얼마나 나쁜 죄인인지를 들려준다면 그것만으로도 나의 영혼은 살아갈 수 있지 않을까 하고 생각하오. 그러나 지금은 모든 것이 거짓말이오! 공허요! 죽음뿐이란 말이오!"

헤스터 프린은 목사의 얼굴을 쳐다보았으나 차마 입을 열지는 못했다. 그러나 오랫동안 억제했던 감정을 이렇게 열렬하게 토론하는 목사의 말은 헤스터가 하려고 마음먹고 온 얘기를 말할 수 있는 절호의 기회를 만들어준 셈이었다. 헤스터는 불안한 마음을 억누르며 입을 열었다.

"당신이 바라고 계신 친구, 당신의 죄를 함께 울어줄 수 있는 친구로서 그 죄의 공범자인 제가 있잖아요!" 또 주저하는 마음이 생겼으나 용기를 내어 말을 이었다. "당신이 말씀하시는 그런 원수도 오래 전부터 당신과 같은 지붕 밑에 살고 있습니다!"

목사는 숨을 몰아쉬며 일어서더니 심장이라도 후벼낼 듯이 가슴을 쥐어뜯었다.

"아니! 뭐라고?" 목사는 외쳤다. "원수라고? 더구나 한 지붕 밑이라니! 그게 무슨 뜻이오?"

헤스터 프린은 비로소 이 불행한 사람에게 깊은 상처를 준 데 대한 책임을 통감했다. 오랜 세월 동안, 아니 순간적이라도 악의라고 볼 수밖에 없는 목적을 지닌 그런 사람의 수중에 내맡겨 놓았었기 때문이다. 비록 어떤 가면을 썼다 하더라도 원수가 바로 그 곁에 있었다는 것은 아서 딤즈데일처럼 감수성이 강한 사람의 경우엔 그 마음의 자장(磁場)을 혼란케 하는 데 충분했다. 헤스터는 이 일에 대해 지금처럼 깊이 생각하지 않았던 때도 있었다. 그랬다기보다 자기가 받은 고통 때문에 남의 일은 생각할 겨를도 없었고 헤스터가 보기엔 목사의 운명은 자기가 당한 운명에 비하면 훨씬 견디기 쉬울 거라고 생각한 나머지 목사에겐 무관심했다고 하는 것이 옳을 것이다.

그러나 얼마 전 목사의 철야 기도를 목격한 이후 목사에 대한 동정심이 살며시 고개를 쳐들었다. 이제는 목사의 마음을 더 분명히 이해할 수 있었다. 항상 목사 곁에 있는 로저 칠링워드가 주위의 공기를 더럽히는 악의에 찬 비밀의 독을 뿌리고 목사의 정신적 및 육체적인 병에 의사로서 공공연히 간섭하는 일 등의 좋지 못한 기회가 지금까지 잔혹한 목적을 위해 사용되어 왔다는 것을 헤스터는 믿어마지 않았다. 이런 기회 때문에 고뇌에 찬 목사의 양심은 항상 흥분 상태에 있었고 건전한 고통으로 정신을 고치기는커녕 혼란케 하고 타락케 하는 경향이 있었던 것이다. 그 결과 현세에서는 정신 이상의 형태로 나타날 수밖에 없고 저세상에 가서는 선(善)과 진리로부터 영원히 소외되는 길밖에 없다. 저세상에서의 소외가 이세상에서는 발광(發狂)이라는 형태로 나타나는 모양이다.

헤스터는 전에 사랑했던, 아니 이제 숨김없이 말해도 되겠지만 아직도 열렬히 사랑하고 있는 사람을 이런 파멸 상태로 몰아넣은 것이다. 전날 로저 칠링워드에게 말한 바와 마찬가지로 목사의 명예에 대한 희생이라든지 차라리 죽음으로 청산하는 편이 스스로 택해 왔던 침묵을 지키는 길보다는 훨씬 바람직한 일이 아니었던가 하는 생각이 들었다. 그녀는 지금 이렇게 고백하느니 낙엽 위에 쓰러져 아서 딤즈데일의 발치에 숨을 거두고 싶은 심정이었다.

"오, 아서!" 헤스터는 소리쳤다. "나를 용서해 줘요! 다른 모든 일에서는 진실한 사람이 되려고 애썼습니다. 진실이야말로 내가

굳세게 지킬 수 있는 유일한 미덕이었고 아무리 괴로울 때도 지켜
왔습니다. 하지만 당신의 행복이, 당신의 생명이, 당신의 명예가 위
태롭게 되었을 때는 저는 그렇게 못했습니다! 그때만은 나도 거짓
말을 하게 되었어요. 그러나 죽음이 닥치는 일이 있다 해도 거짓말
을 한다는 것은 역시 잘못이었어요! 제가 말하고자 하는 바를 아시
겠어요? 그 노인! 그 의사! 로저 칠링워드라 불리는 그 남자! 그는
나의 남편이었습니다!"

한동안 목사는 무서운 눈으로 헤스터를 보았다. 그의 분노심은
여러 형태로 보다 숭고하고, 순수하고, 부드러운 성질과 한데 섞여
있긴 했으나 사실상은 악마가 당연한 것으로서 요구하고 다시 목사
의 다른 명을 정복하기 위한 수단으로 삼는 부분에 불과했다. 이토
록 험악하고 분노에 찬 목사의 찌푸린 얼굴을 헤스터는 일찍이 본
적이 없었다. 그 표정은 시간상으로 불과 얼마 안 되는 시간이었지
만 목사의 표정은 무섭게 변했다. 그러나 목사의 성격은 고뇌로 인
해 크게 약화되어 있었기 때문에 그러한 정력조차도 오래 지속될
수 없었다. 마침내 땅바닥에 힘없이 쓰러지더니 목사는 두 손으로
얼굴을 가렸다.

"알 만도 한 일이었건만!" 목사는 중얼거렸다. "실은 알고 있었
던 거야! 그 사람을 처음 만났을 때부터 줄곧 모습을 볼 때마다 내
마음이 까닭 없이 떨렸던 것은 그 비밀을 알려준 게 아니었을까? 왜
그것을 알아차리지 못했을까? 오, 헤스터, 당신은 이것이 얼마나 무
서운 일이었는지 도저히 알 수 없을 것이오! 죄를 범하여 괴로워하
는 마음을 쾌재를 부르고 있는 그 사람 앞에 드러내 놓다니! 이건
너무 참혹한 일이오! 꼴사나운 일이오! 소름이 끼칠 정도로 추악한
일이오! 당신은……당신의 탓이오! 나는 당신을 용서할 수 없소!"

"그러나 전 당신께 용서를 받아야만 합니다!" 헤스터는 울면서 목사 곁의 낙엽 위에 몸을 내던졌다. "벌은 하나님께 받겠습니다! 당신에겐 용서를 받아야 합니다!"

헤스터는 갑자기 격정에 사로잡혀 두 팔을 내던지듯하며 목사의 머리를 가슴에 힘껏 끌어안았다. 목사의 볼이 주홍글씨에 닿는 것도 아랑곳하지 않았다. 목사는 뿌리치려고 허우적거렸으나 소용없었다. 헤스터는 놓아 주려고 하지 않았다. 무서운 표정으로 노려보는 것이 두려웠던 것이다. 칠 년이란 긴 세월 동안 세상은 이 고독한 여인을 눈에 가시처럼 여겨 왔건만 그래도 꾹 참아 왔고, 뿐만 아니라 끊임없는 그 슬픈 시선을 한번도 외면해본 일이 없었다. 하나님도 역시 얼굴을 찌푸렸지만 헤스터는 죽지는 않았다. 그런데 창백하고, 허약하고 죄로 인해 슬픔에 짓눌린 이 사람이 짓는 무서운 얼굴만은 헤스터로서 참을 수도 없었고 견디고 살아갈 수도 없었던 것이다!

"용서해 주시겠죠?" 같은 말을 몇 번이고 되풀이했다. "무서운 얼굴을 하시지 않겠죠? 용서해 주시는 거죠?"

"용서하겠소. 헤스터!" 목사는 간신히 그렇게 대답했다. 슬픔이 구렁텅이에서 울려오는 듯한 괴로운 목소리였으나 노기는 없었다. "이젠 진심으로 용서하겠소. 하나님이 우리 둘을 용서하여 주시기를 빌어야 하오! 헤스터, 우리는 이 세상에서 가장 나쁜 죄인은 아니오. 타락한 목사보다도 더 괘씸한 사람이 하나 있으니 말이오! 그 늙은이의 복수는 나의 죄보다 더 흉측하오. 그 사람은 잔인 무도하게 인간의 마음의 신성함을 짓밟은 것이오. 그러나 당신과 나는 그런 일은 하지 않았소, 헤스터!"

"절대로 하지 않았죠!" 헤스터는 속삭였다. "우리가 한 행동은 그 나름대로 신성한 것이었어요. 그렇게 느끼기도 했었고 둘이서 그렇게 얘기한 적도 있었잖아요. 벌써 잊으셨나요!"

"목소리가 커요. 헤스터!" 아서 딤즈데일은 땅바닥에서 일어났다. "아니, 잊을 리가 있나!"

그들은 다시 이끼 낀 나무등걸에 나란히 앉아 손과 손을 꼭 잡았다. 그들의 인생에 이토록 우울한 적은 없었다. 이 순간은 그들이 걸어온 길의 끝장이었으며 그들이 앞으로 나아갈 길은 점점 암담하기만 했다. 그래도 이 순간에는 두 사람이 자리를 뜨지 못하게 하거나 좀더 오래 계속되었으면 하는 매력이 담겨 있었다. 그들 주변의 숲은 어둠침침했고 불어오는 바람에 나뭇가지들이 삐걱거렸다. 큰 나뭇가지는 머리 위로 휘늘어졌고 오래된 노목(老木)이 서로 슬픈 듯이 삐걱거리는 소리는 그 밑에 앉아 있는 두 사람의 슬픈 얘기를 말하는 것 같기도 하고 또는 앞으로의 재난을 예언하는 것 같기도 했다.

그래도 그들은 그곳을 뜨지 못하고 있었다. 보스턴으로 돌아가는 길은 얼마나 쓸쓸해 보이는지 몰랐다! 헤스터 프린은 다시 치욕의 업고를 짊어져야 하고 목사는 명예라는 허무한 모조품이 기다리고 있었기 때문이다. 두 사람이 조금이라도 더 오래 있었으면 하고, 이곳을 떠나지 못했던 것은 바로 그 때문이었다. 금빛처럼 찬란한 햇빛도 이 음산한 숲속의 어두움보다는 소중하지 못했다. 여기서는 목사만이 쳐다보고 있었으므로 주홍글씨도 타락한 여인의 가슴에서 불탈 필요는 없었다! 헤스터만이 쳐다보고 있으므로 하나님과 인간을 배반한 아서 딤즈데일도 잠시나마 진실할 수 있었다.

목사는 갑자기 떠오른 생각에 깜짝 놀라 큰소리를 질렀다.

"헤스터, 큰일이오! 로저 칠링워드는 당신이 정체를 폭로하려는 의도를 알고 있소. 그렇다면 우리 비밀을 잠자코 숨겨 두겠소? 이번엔 어떤 형태로 복수를 해올까?"

"그 사람의 성격에는 이상하게 비밀을 좋아하는 데가 있어요." 헤스터는 생각하면서 대답했다. "그게 여태껏 숨어서 복수해 오는 동안에 더 심해졌습니다. 그 사람이 비밀을 폭로하는 일은 없을 거예요. 틀림없이 다른 방법으로 흉측한 격정을 만족시킬 것입니다!"

"그럼 나는…… 그 무서운 원수와 같은 공기를 마시고 있는 나는 어떻게 살아가면 된단 말이오?" 아서 딤즈데일은 몸을 움츠리면서 외치더니 어느 결에 버릇이 된 듯 격정스럽게 손을 가슴에 댔다. "생각 좀 해보오, 헤스터! 당신은 강한 여자요. 나 대신 결단을 내려 주오!"

"그 사람과 함께 살아서는 안 돼요." 헤스터는 천천히 힘주어 말했다. "당신의 마음을 더 이상 그 사악한 눈앞에 드러내 보여서는 안 됩니다!"

"그럴 바엔 죽는 게 더 낫겠소!" 목사는 대답했다. "그러나 그것을 어떻게 피하겠소? 어떤 길이 나에게 남아 있단 말이오? 그 사람의 정체를 알려 줬을 때 내가 몸을 던졌던 이 낙엽 위에 다시 한 번 쓰러지기라도 하란 말이오? 이곳에 쓰러진 채 죽어야만 한단 말이오?"

"슬프군요, 당신이 그렇게 약해지셨다니!" 헤스터의 눈에 눈물이 왈칵 솟았다. "약해졌다는 것만으로 그런 가치없는 죽음을 택하신단 말씀이신가요? 그 이외에는 원인이 없잖아요!"

"하나님의 심판이 내린 것이오." 양심의 가책을 받고 있는 목사의 대답이었다. "내가 대항하기에는 너무나 힘에 겨운 심판이오!"

"하나님께서는 자비심이 있습니다." 헤스터는 대답했다. "다만 당신에게 그것을 잡을 만한 힘이 있느냐 없느냐가 문제지요.”

“나를 위해 굳센 사람이 되어 주시오, 당신은! 어떻게 하면 좋을지 알려 주오!”

“세상이 그렇게 좁은가요?” 헤스터 프린은 목사의 눈을 물끄러미 쳐다보며 이렇게 외치더니 제대로 서 있지도 못할 정도로 초주검이 되어 축 늘어진 남자의 정신에 본능적으로 자력(磁力)의 역할을 하고 있었다. “이 세계는 저 마을 쪽에만 있는 것일까요? 저 거리 역시 불과 얼마 전까지만 해도 나뭇잎이 쌓인 황야였고 지금 우리를 둘러싸고 있는 숲과 마찬가지로 쓸쓸한 고장이 아니었습니까? 이 숲속의 오솔길은 어디로 계속될까요? 당신은 보스턴으로 돌아가는 길이라고 하시겠죠! 사실 그래요. 하지만 그 길은 더 계속되고 있어요. 황야 속으로 점점 깊숙이 들어가면 들어갈수록 인적이 없어집니다. 여기서 몇 마일만 가면 노란 낙엽 위엔 백인의 발자국이나 그림자도 없을 테니까요. 거기까지 가면 당신도 자유로운 몸이 됩니다. 잠깐 발을 내디디면, 그렇게도 비참했던 세계로부터 벗어날 수 있고 얼마든지 행복하게 살 수 있는 세계가 있어요. 이 넓은 세상에서 로저 칠링워드의 눈을 피하여 당신의 마음을 숨길 만한 나무 그늘이 없다는 말씀입니까?”

“있기야 있겠지, 헤스터. 하지만 그것은 낙엽 밑뿐이오.”

목사는 슬픈 목소리를 띠며 대답했다.

“그럼 바다라는 넓은 길도 열려 있습니다!” 헤스터는 계속해서 말했다. “당신은 바다를 건너서 이곳에 오셨습니다. 당신의 의향만 있으시다면 오신 길로 되돌아가실 수도 있습니다. 고향으로 돌아가 이름 모를 벽촌이나 대도시 런던에서, 물론 독일이나 프랑스나 혹은 즐거운 이탈리아에 가면 그 사람의 힘도 미치지 못하고 알아차리지도 못할 것입니다! 게다가 그렇게 무쇠처럼 냉혹한 보스턴 사람들의 의견이 무슨 상관이 있겠어요? 그 사람들 덕분에 당신의 훌륭한 성품은 이제 싫증이 날 정도로 속박되어 있습니다!"

　"그런 짓은 할 수 없는 일이오!" 마치 꿈을 실현시키라는 말이라도 들은 듯 귀를 기울이고 있던 목사가 대답했다. "나는 갈 힘이 없소. 죄를 지어 비참한 몸일지라도 하나님이 정해 주신 이곳에서 속세의 생활을 마칠 생각밖에는 아무 생각도 없소. 길을 잃고 방황하는 내 영혼이지만 다른 사람의 영혼을 위해 내가 할 수 있는 일을 더 하고 싶소! 나는 영혼의 보초(步哨)로서는 부당한 사람이지만, 그리고 이 어려운 영혼의 보초 근무가 끝날 때면 죽음과 불명예가 기다리고 있으리라는 것은 각오하고 있지만, 지금의 역할을 버릴 생각은 없소!"

　"당신은 칠 년간이나 비참한 짐에 눌려 기가 죽어 버린 거예요." 헤스터는 자기 정신력으로 상대방에게 용기를 넣어 주려고 강렬한 의욕을 갖고 대답했다. "하지만 당신은 그 무거운 짐을 내동댕이치고 가버려야 합니다! 숲속의 오솔길을 걸어갈 때 거추장스러우면 안 되니까요. 바다를 건널 생각이시면 그런 것으로 뱃길을 방해해서는 안 됩니다. 비참한 잔해는 그것이 생겨난 이 장소에다 버리고 가시면 됩니다. 더 이상 얽매일 필요는 없어요. 모든 것을 새롭게 시작하세요! 한 번 실패한 것 때문에 꿈을 잊었다는 말씀인가요? 천만의 말씀이에요! 미래에는 아직도 숱한 기회와 성공이 기다리고 있습니다. 행복을 맛볼 수도 있습니다. 선행(善行)을 더할 수도 있습니다. 이 위선적인 생활을 진실된 생활로 바꿔 보세요. 인디언의 스승이 되고 전도사가 되는 것도 좋겠죠. 당신의 마음이 그런 사명을 느끼신다면, 아니면 당신의 성격에 아주 잘 어울리는 일이라 생각하지만, 문명 사회에서 현자(賢者)라 불리거나 명사(名士)라 불리는 사람들 틈에 끼어 학자나 현인(賢人)이 되면 어떠실까요. 설교를 하세요! 글을 쓰세요! 행동을 하세요! 이곳에서 힘없이 죽어가는 일 이외에는 무엇이든지 하세요! 아서 딤즈데일의 이름을 버리고 다른 훌륭한 이름, 공포도, 치욕도 느끼지 않고 불릴 수 있는 이름을 붙이면 돼요. 당신의 목숨을 좀먹는 고통 속에서 왜 단 하루라도 더 머뭇거리고 있어야 합니까! 당신의 의지나 행동을 이렇게 무기력하게 하고 있잖아요! 회개하는 힘조차 없을 정도잖아요! 자, 용기를 내어 힘을 발휘하세요!"

"오오, 헤스터!" 아서 딤즈데일은 외쳤다. 그의 눈에서는 헤스터의 열성에 의한 약하디 약한 빛이 순간적으로 타오르는 듯했으나 이내 사라지고 말았다. "무릎도 제대로 가누지 못하는 사람에게 달음박질을 하라는 거요! 나는 여기서 죽을 수밖에 없소! 넓고 낯설고 험난한 세계로 돌진할 기력도 용기도 없소. 혼자서는 말이오!"

의기소침한 사람이 입에 담는 최후의 말이었다. 목사는 바로 눈앞에 보이는 행운조차 잡을 힘이 없었다.

목사는 또 같은 말을 되풀이했다.

"혼자선 말이오, 헤스터!"

"혼자서 하시라는 게 아닙니다!" 나직하게 속삭이는 듯한 대답이었다.

이리하여 모든 것을 다 얘기한 셈이었다.

제18장 빛의 홍수

　　아서 딤즈데일은 헤스터의 얼굴을 희망과 환희에 빛나는 눈으로 쳐다보았으나 불안한 빛은 감출 길이 없었다. 자기는 막연하게 말한 것을 결단성 있게 딱 잘라 말해 버린 헤스터의 대담성에 일종의 두려움을 느꼈기 때문이다.

　　그러나 헤스터 프린은 천성이 용기 있고 행동적인 정신을 지닌 데다 오랜 시일을 사회로부터 격리당했을 뿐 아니라 고립된 생활을 해온 관계로 목사로서는 상상도 할 수 없을 정도로 자유로운 생각에 익숙해져 있었다. 이 여인이 길잡이도 안내인도 없이 방황해온 정신의 황야는 지금 두 사람의 운명을 결정지으려는 이 울창하고 인적도 없는 숲속처럼 광대(廣大)하고 복잡하고 짙은 그림자가 드리워 있었다. 헤스터의 지성과 감성은 사막을 고향으로 삼으면서 마치 숲속의 인디언처럼 자유로이 방황하고 있었다. 오늘날까지 오랫동안 줄곧 소외당한 입장에서 인간 사회의 제도라든지 목사나 당국자들이 설정한 모든 것을 바라보고 살아 왔으며 목사의 늘어진 칼라·처형대·교수대·난롯가·교회 등에 대해서는 비판적이어서 인디언이 느낄 정도의 존경심밖에 갖고 있지 않았다. 이 세상에서의 운명의 흐름은 헤스터를 자유로운 방향으로 이끌어 갔다. 주홍글씨는 다른 여자들이 감히 발을 들여 놓지 못하는 영역에도 출입할 수 있는 통행증이나 다름없었다. 치욕·절망·고독 같은 것들이 스승 중에서도 엄하고 과격한 스승으로서 헤스터를 강한 인간으로 이끌어주긴 했으나 한편 그릇된 일도 꽤 많이 가르쳐 주었다.

이에 반해 목사는 일반적인 법칙 세계에서 어긋나는 인생 체험은 한 일이 없었다. 가장 신성한 법칙의 하나를 벌벌 떨면서 단 한 번 범한 일이 있을 뿐이었다. 그러나 그것은 정열로 인해 범한 죄였지 주의 주장에서 범한 죄는 아니었다. 그 불행한 시기 이래로 목사가 병적이라 할 만큼 세심한 열의를 갖고 지켜온 것은 행위가 아니라—행위라면 남의 눈을 속이기가 쉬웠다—모든 감정의 움직임이었고 온갖 생각이었다. 당시의 목사들이 그러했듯이 사회 조직의 정점에 위치하고 있었으므로 그 사회의 규범이나 주의나, 심지어는 편견에 의해서까지 자유를 빼앗겼다. 목사이기 때문에 그가 소속된 사회 질서를 벗어날 수는 없었다. 죄를 지은 뒤 아물지 않은 상처로 인해 양심의 가책을 받았고 처참하리만큼 신경이 예민한 인간이었으므로 죄를 짓지 않은 때보다 오히려 도덕심이 견고해 보였는지도 모른다.

따라서 헤스터 프린에 한해 7년 간의 고립된 생활과 치욕의 세월은 지금 이 순간을 위한 준비 기간에 불과했다고 생각할 수도 있을 것이다. 그러나 아서 딤즈데일은 어떠한가? 이런 사람이 또 한 번 죄를 범하게 된다면 그 죄의 정상 참작을 위해 어떤 구실을 주장할 수 있을 것인가? 구실이 있을 리는 없었다. 기껏해야 그가 오랜 고뇌로 녹초가 되어 마음 괴롭히는 가책 때문에 암담하게 혼란해진 일—스스로 죄인이란 것을 자인하고 도망치든지, 아니면 위선자로서 그대로 버틸 것인지로 양심이 갈팡질팡한 일—죽음이나 치욕의 위험을 피하고 적이 헤아릴 수 없는 책략을 모면하려는 것이 인지상정이라는 일—병들고 약한, 비참한 모습으로 쓸쓸한 사막과 같은 길을 방황하고 있는 불쌍한 순례자의 눈에 지금 치르고 있는 무거운 숙명 대신에 인간적인 애정과 동정, 새로운 생활, 참된 생활이 한순간 모습을 엿보였던 일 등을 어떻게 하면 도움이 될 수 있는 구실로 손꼽을 수가 있을까?

여기서 죄악이 인간의 영혼 속에 만들어 놓은 상처는 이 인간 세계에서는 절대로 회복될 수 없다는 엄격하고도 슬픈 진리를 우리는 알아야 한다. 그 상처는 파수꾼을 두어 지킬 수는 있다. 적은 영혼이란 성(成) 안으로 무리하게 쳐들어오는 일은 없을지도 모르고 또 다음에 쳐들어올 때는 전에 성공했던 길이 아닌 다른 길을 택해 올지도 모른다. 그러나 무너진 성벽은 아직도 남아 있고 잊을 수 없는 승리감을 다시 한 번 맛보려는 적이 살금살금 다가오고 있는 것이다.

이러한 갈등이 가령 있다 하더라도 여기서는 상세히 늘어놓을 필요는 없을 것이다. 목사가 도망갈 결심을 했다는 것, 더구나 혼자만의 일이 아니었다는 것만으로 충분할 것이다.

목사는 생각했다.

'지난 칠 년 동안 잠시라도 평화롭고 행복했던 일이 있었다면 천국의 구원이라는 그 보증을 믿고 더 참아나갈 수 있을지도 모른다. 그러나 이처럼 어쩔 수 없는 운명의 몸이라면, 처형 전의 사형수에게 허용되는 위안을 붙잡아도 될 게 아닌가? 혹은 헤스터가 설득하고 있는 것처럼 이 길보다 행복한 생활로 통하는 길이라면, 가령 이 길을 택했다 해서 더 훌륭한 장래를 버리는 것도 아닐 것이다! 어쨌든 이 여자 없이는 이제 살아나갈 수도 없다. 이렇게 힘 있게 나를 격려해 주고 이렇게 부드럽게 나를 위로해 주지 않는가! 오 하나님, 눈을 쳐들 용기조차 없는 나를 용서해 주십시오!'

"가시는 거죠?" 두 사람의 눈이 마주쳤을 때 헤스터는 태연하게 말했다.

일단 결심하고 나니 기묘한 기쁨의 빛이 목사의 괴로운 가슴에 환한 빛을 던져 주었다. 자기의 마음의 감옥으로부터 방금 도망쳐 나온 죄수가 아직 구원을 받지 못한, 기독교와는 관계없는 무법 지대에서 거칠다고 할 정도의 자유로운 공기를 들이마실 때와 같은 들뜬 기분이었다. 말하자면 정신이 껑충 뛰어 비참하게 땅 위로 기어 다닐 때보다 훨씬 가깝게 하늘을 올려다보는 듯한 기분이었다. 원래 종교심이 강한 기질이었으므로 목사의 반응에 뭔가 경건한 구석이 있었다 하더라도 할 수 없는 노릇이었다.

목사는 의아하게 생각하면서 큰소리로 외쳤다.

"다시 한 번 기쁨을 맛볼 수 있을까? 기쁨의 싹은 다 죽어 버렸는 줄 알았는데! 오! 헤스터, 당신은 나를 구해준 천사요! 나는 병들고, 죄에 더럽혀지고 슬픔에 잠긴 이 몸을 숲속의 낙엽 위에 내던졌는데 지금은 모든 것이 소생한 듯하며 자비로운 하나님의 영광을 찬미하는 새로운 힘이 가득 차 일어선 듯한 기분이오! 이것만으로도 벌써 행복한 생활이오! 왜 이런 것을 좀더 일찍 발견하지 못했을까?"

"과거는 돌아다보지 않기로 해요." 헤스터 프린은 대답했다. "과거는 가버린 거예요. 이제 와서 과거를 말해 봤자 무슨 소용이 있겠어요? 보세요! 이 가슴의 표시와 함께 나는 과거를 일체 버리고 지난 일은 없었던 것으로 하겠어요!"

이렇게 말하면서 헤스터는 주홍글씨를 가슴에서 떼어 멀리 낙엽 속으로 던져 버렸다. 그 신비스러운 표시는 이쪽 시냇가에 떨어졌다. 한 뼘만 더 멀리 날아갔더라면 물 속에 떨어져 시냇물이 아직도 속삭이고 있는 알 수 없는 사연 외에 또 하나의 슬픈 이야기를 하면서 흘러가게 되었을 것이다. 그러나 수놓은 주홍글씨는 시냇가에 떨어져 마치 잃어 버린 보석처럼 반짝이고 있었다. 누군가 재수 없는 사람이 지나가다 줍기라도 하면 불가사의한 죄악의 환영과 마음의 쇠약으로 결국은 까닭 모를 불행에 사로잡히게 될 것 같았다.

오욕(汚辱)의 낙인이 없어지자 헤스터는 긴 한숨을 쉬었다. 치욕과 고뇌의 무거운 짐이 정신으로부터 싹 사라져 버렸다. 아아! 이 얼마나 홀가분한 해방감이냐! 자유를 느끼니, 비로소 지금까지의 짐이 얼마나 무거웠다는 걸 새삼 느끼게 된다! 새로운 충동으로 헤스터는 머리를 감싸고 있던 거추장스러운 모자도 벗어 버렸다. 머리는 어깨를 덮었고 검고 윤기 있는 머리칼이 명암(明暗)을 던져주자 그 얼굴 모습에 부드러운 매력을 더해 주었다. 여자다운 마음에서만 솟아나올 듯한 밝고 부드러운 미소가 입가에 번졌으며 눈매에도 빛났다. 오랜 동안 창백하기만 했던 볼은 볼연지를 바른 듯이 부끄러움이 발그레하게 달아올랐다. 여자로서의 성(性)과 젊음에 넘친 모든 아름다움이, 소위 돌이킬 수 없는 과거로부터 되살아나 처녀 시절의 희망과 지금까지 맛보지 못한 행복과 함께 지금 이 순간이라는 마술의 굴레 속에서 어울리기 시작했다. 하늘과 땅의 어두움은 마치 이 두 사람의 마음속에서 흘러나오기라도 한 것처럼 슬픔과 함께 사라져 버렸다. 갑자기 하늘이 미소라도 터뜨린 것처럼 햇빛이 나타나 어둠컴컴하던 숲속으로 폭포수처럼 내리비쳤다. 그리하여 푸른 나뭇잎 하나하나까지 기쁘게 했고 누렇게 떨어진 낙엽을 황금빛으로 변하게 했으며 잿빛 고목 나무 줄기를 반짝이게 했다. 여태껏 그늘을 이루고 있던 것이 모두 환히 빛났다. 시냇물의 흐름은 밝은 광선으로 숲속 깊이까지 더듬어 올라갈 수 있었으며 그 신비로움도 이제는 기쁨에 넘친 신비로움으로 변했다.

이리하여 대자연은—인간의 법칙을 벗어난 일도 없고 보다 높은 진리의 광명을 받아본 일도 없는 방자하고 이교도적인 대자연은 두 영혼의 축복에 공명한 것이었다! 사랑이란 새로이 생겨난 것이든지 죽음 같은 잠에서 깨어난 것이든지간에 항상 햇빛같이 밝은 빛을 만들어내므로 마음속에 넘쳐흐를 뿐 아니라 외부 세계에도 넘쳐흐르게 된다. 가령 숲이 전과 다름없이 침침한 그늘을 이루고 있다 하더라도 헤스터의 눈에는 빛나 보였을 것이고 분명히 아서 딤즈데일의 눈에도 휘황하게 보였을 것이다.

헤스터는 새로운 기쁨에 몸을 떨며 상대방을 쳐다보았다.

"펄과 만나셔야죠! 우리들의 펄이에요! 전에 만나 보셨지요? 하지만 이젠 다른 눈으로 보셔야 해요. 그 애는 참으로 이상한 애예요! 나도 잘 모를 지경이에요. 그러나 나 못지않게 그 애를 귀여워해 주실 거죠? 그 애를 어떻게 길러야 하는지도 가르쳐 주셔야 해요."

"그 애가 나하고 알게 되는 것을 좋아할까?" 목사는 불안한 듯이 물었다. "나는 오래 전부터 아이들을 피해 왔소. 애들이 나를 못 믿어하는 눈치고 나와 친해지기를 꺼려하기 때문이오. 펄이 두렵기까지 하오."

"어머, 가엾게시리!" 헤스터는 대답했다. "하지만 그 애는 당신을 좋아하게 될 거예요. 당신도 사랑하게 될 거고요. 어딘가 가까운 곳에 있을 거예요. 불러 볼게요! 펄! 펄!"

"저기 있군." 목사는 말했다. "저기 시냇물 건너편 햇빛이 비치고 있는 곳에 서 있소. 그래 당신은 저 애가 나와 친해질 수 있다는 거요?"

헤스터는 생긋 웃더니 또 펄을 불렀다. 펄의 모습은 목사가 말한 대로 좀 떨어진 곳에 서 있었다. 아치 모양의 큰 가시 사이로 내리쬐는 햇빛을 받아 마치 빛의 옷을 걸친 환영처럼 보였다. 광선이 흔들리는 데 따라 펄의 모습도 때로는 흐리게, 때로는 또렷하게 보였다. 광선이 아롱거림에 따라 현실 세계에 있는 어린애로 보이기도 했고 또 어린애의 혼령같이 보이기도 했다. 어머니의 목소리가 들려 오자 펄은 천천히 숲속을 가로질러 다가왔다.

펄은 어머니와 목사가 얘기하고 있는 동안 심심치 않았었다. 크고 어두운 이 숲속은 속세의 죄악과 고통을 숲속으로 끌어들이는 사람에게는 엄숙하게 보였을지 모르나 이 외로운 아이에게는 가장 훌륭한 놀이 상대가 되어 주었다. 침울한 숲이기는 했지만 더 없이 친절한 표정으로 펄을 맞이해 주었다. 지난 가을에 열려서 새해 봄에야 무르익은 덩굴호자 딸기를 펄에게 주었는데 그 열매는 다 시든 잎 위에서 핏방울처럼 빨갛게 익어 있었다. 펄은 이것을 따서 먹으며 갓 딴 열매의 싱싱한 맛을 즐겼다. 작은 들짐승들도 펄을 위해 일부러 길을 피해 주지는 않았다. 열 마리 가량의 새끼를 거느린 뇌조(雷鳥)가 펄을 위협하듯 달려나왔다가 자기의 난폭한 행동을 뉘우치고 새끼들에게 무서워하지 않아도 된다는 듯 꾸꾸거렸다. 나지막한 나뭇가지에 앉아 있던 비둘기 한 마리는 펄이 가까이 가니 환영인지 경고인지 알 수 없는 목소리로 울었다. 둥우리를 틀고 있는 우거진 높은 나무에서 다람쥐가 성이 난 것인지 까불어 대고 있는 것인지 분간할 수 없는 울음 소리를 내고 있었다—다람쥐는 성을 잘 내고 장난기가 많은 짐승이므로 기분을 알아맞히기란 어려운 노릇이다—하여간 펄을 보고 울음소리를 내더니 나무 열매를 하나 머리 위에 내던졌다. 그것은 벌써 다람쥐가 날카로운 이빨로 갉아 먹은 지난해의 나무 열매였다. 낙엽 위를 걷는 가벼운 발자국 소리에 잠이 깬 여우 한 마리가 펄을 수상쩍은 듯이 바라보더니 어디로 도망갈 것인지, 그 자리에서 한잠을 더 잘 것인지를 망설이고 있는 것 같았다. 늑대도 한 마리 나타나서 펄의 옷을 냄새 맡기에 사나운 머리를 살짝 쓰다듬어 주었다는 말도 전해 오지만 얘기도 이쯤 되면 좀 의심스러운 일이다. 그러나 대자연의 숲과 그곳에서 자라고 있는 야생 동물들이 이 아이에게서 뭔가 공통된 야생미(野生味)를 발견했다는 것은 사실인 것 같다.

게다가 펄은 양쪽에 푸른 잔디가 있는 보스턴 거리나 어머니의 오두막집에 있을 때보다도 이 숲속에 있을 때가 더 얌전했다. 꽃은 그것을 알고 있는지 펄이 지나가자 "나를 꺾어서 당신을 치장해 주세요!" 하고 속삭였다. 펄도 꽃을 기쁘게 해주기 위해 제비꽃이니, 아네모네니, 미나리풀꽃이니, 고목에 돋아난 새파란 가지들을 꺾었다. 펄은 이것으로 머리와 허리를 장식하여 요정 같은 소녀라고 할까, 숲속의 어린 요정이라 할까, 하여간 태고 적 숲과 잘 어울리는 모습이 되었다. 펄이 이런 모습으로 몸치장을 하고 있을 때 어머니의 목소리가 들려 왔으므로 천천히 돌아온 것이다. 천천히 돌아온 것은 목사의 모습이 눈에 띄었기 때문이다.

제19장 시냇가의 어린 요정

"저 애가 정말 귀여워질 거예요." 헤스터 프린은 목사와 나란히 펄을 쳐다보며 되풀이했다. "예쁜 아이라고 생각지 않으세요? 이름도 없는 꽃으로 저렇게 멋지게 치장한 걸 보세요! 숲속에서 진주나 다이아몬드 루비를 모았다 해도 저렇게 어울리진 않을 거예요. 참 귀여운 아이죠! 그런데 저 아이의 이마가 누구를 닮았는지 나는 잘 알고 있어요!"

"그런데 말이오, 헤스터." 아서 딤즈데일은 불안한 듯한 미소를 띠며 말했다. "항상 당신 곁을 따라다니는 저 귀여운 아이가 얼마나 나를 놀라게 했는지 당신은 모를 거요. 아아 헤스터, 지금 생각하면 그것이 얼마나 나쁘고 가혹한 생각이었으며 그 일을 두려워했다니! 저 애가 나를 닮아 세상 사람들이 눈치 채지 않을까 하는 생각 말이오. 하지만 저 아이는 당신을 꼭 닮았소!"

"그렇지 않아요! 꼭 닮았다뇨!" 어머니는 부드러운 미소를 띠고 대답했다. "조그만 더 세월이 흘러 보세요. 저 아이가 누구 아이라는 것이 알려져도 두려워하실 필요가 없을 테니까요. 하여간 저 아이는 놀라우리만큼 아름다워요. 저렇게 머리에다 꽃을 꽂고! 마치 영국에 두고 온 요정이 곱게 치장하고 우리를 마중 나온 것 같아요."

두 사람은 지금까지 맛보지 못했던 기분으로 펄이 천천히 다가오는 것을 바라보고 있었다. 이 아이한테서 두 사람을 결합시키는 정리가 엿보였던 것이다. 지난 칠 년 동안 이 아이는 산 상형문자(象形文字)로 세상에 알려져 왔지만 그곳에는 그들이 그렇게도 숨기려고 애쓴 비밀이 노출되어 있었다. 화염(火焰)의 글씨를 해독할 능력이 있는 예언자나 마술사가 있었다면 모든 것을 확실히 알 수 있었고 뚜렷하게 나타냈을 것이다. 더구나 펄은 두 사람의 생명이 하나로 융합되어 있는 모습이기도 했다. 과거의 일이야 어찌 되었든지간에 둘이 만나는 것뿐만 아니라 영원 무궁토록 같이 살아갈 수 있는 육체적인 결합인 동시에 정신적인 표현이기도 한 펄을 눈앞에 두고 있는 현재, 지상에서의 두 생명과 내세에서의 운명이 완전히 결합되어 있는 사실을 어떻게 의심할 수 있겠는가? 이러한 생각은—아마 그들도 알아차리지 못했을 것이고 뭐라 꼬집어 말할 수 없는 다른 생각과 함께 어울려—이곳으로 다가오는 아이에게 일종의 숭고한 느낌마저 갖게 하고 있었다.

"저 아이에게 말할 때는 정열이나, 열성이나, 하여간 보통과 다른 태도를 보여서는 안 돼요." 헤스터는 속삭였다. "우리 펄은 가끔 작은 요정처럼 변덕스럽고 엉뚱한 짓을 잘하는 아이니까요. 특히 충분한 이유를 알기 전에는 남의 정을 받으려 하지 않아요. 하지만 저 아이는 강한 애정이 있어요! 나를 사랑하듯이 당신도 사랑하게 될 거예요!"

"당신도 짐작도 못 할 일이겠지만," 목사는 옆에 있는 헤스터 프린을 쳐다보면서 말했다. "나는 이렇게 만나기를 두려워하면서도 한편 얼마나 기다렸는지 모르오! 하지만 사실상 조금 전에도 말했듯이 아이들은 여간해서 날 잘 따르지 않소. 내 무릎에 기어오르거나 귀에 대고 조잘거리거나 하지도 않고 나의 미소에도 응답해 주지 않는단 말이오. 먼 발치에 서서 이상한 눈초리로 나를 쳐다볼 뿐이오. 심지어는 갓난아이들까지도 내가 안으면 꼬집는 것처럼 울어 댄단 말이오. 그러나 펄은 아직 어린데도 두 번씩이나 나에게 친절히 대해 주었소. 첫 번째 일은 당신도 잘 알고 있을 거요. 두 번째는 당신이 저 애를 데리고 그 엄격한 총독집에 왔을 때요.”

“그때는 당신이 저 애와 나를 위해 참으로 과단성 있는 변호를 해주셨지요!” 어머니는 대답했다. “저는 잊지 않고 있답니다. 아마 펄도 잊지 않을 거예요. 조금도 걱정할 필요는 없어요! 처음에는 저 아이도 서먹서먹해 하고 낯설어 하겠지만 곧 따르게 될 거예요!”

이때 펄은 건너편 시냇가에까지 와서 선 채로 이끼 낀 나무등걸에 앉아 펄을 기다리고 있는 헤스터와 목사를 말없이 쳐다보고 있었다. 펄이 서 있는 곳은 마침 시냇물이 깊은 웅덩이를 이룬 곳이라 잔잔한 수면에는 작은 아이의 모습이 그대로 비치고 있었다. 꽃과 풀을 엮어 치장한 아름다움은 그림처럼 빛나고 실물보다도 훨씬 세련된 그 모습은 이 세상 사람이 아닌 것같이 느껴졌다. 수면에 비친 모습은 실물과 똑같았으나 그 모습에 따라다니는 형체 없는 그림자와 같은 느낌을 아이 자신에게 전달하고 있는 것처럼 보였다. 펄 자신은 공감(共感)이라 할 수 있는 힘에 이끌린 햇빛 속에 환히 빛나고 있었다. 그 펄이 어둠컴컴한 숲속을 통하여 꼼짝도 않고 두 사람을 쳐다보고 있는 것은 어딘지 모르게 이상한 느낌이 들었다. 발치에 보이는 시냇물 속에는 또 한 아이가—아주 똑같은 또 한 아이가 황금빛에 둘러싸여 서 있었다. 헤스터는 뭔가 개운치 않은 초조한 듯한 기분이 들어 펄과 멀어져 감을 느꼈다. 숲속을 돌아다니던 아이가 모녀와 단둘이 살아 오던 세계로부터 멀리 떠났다가 다시 돌아오려고 애쓰고 있는 것처럼 보였다.

이 기분은 정당하기도 했고 잘못되기도 했다. 모녀간이 멀어진 것은 사실이지만 그것은 어머니 탓이지 펄의 탓은 아니었다. 펄이 어머니 곁을 떠나 산책을 하는 동안 어머니의 애정 속에 다른 사람을 맞이하게 되어 그 애정의 양상이 변했기 때문에 어정어정 돌아온 펄은 늘 있었던 제자리를 발견할 수 없게 되자 자신이 처한 입장에 어리둥절해져 있었던 것이다.

"이상한 망상인지는 모르지만," 예민한 목사는 말했다. "저 시냇물은 두 세계의 경계선으로 당신은 다시는 펄과 만날 수 없을 것 같은 기분이 드는군. 아니면 저 아이는 옛날 애기 속에서 나오는 요정 같아서 냇물을 건너지 못하도록 금지를 당한지도 모르겠어. 저 아이를 빨리 오라고 해요. 이렇게 시간을 끌게 되면 신경이 떨린단 말이오."

"착하지 어서 온!" 헤스터는 재촉하듯 말하며 두 팔을 벌렸다. "왜 이렇게 꾸물거리지! 그렇게 늑장을 부린 일은 없지 않니? 여기 계신 분은 엄마 친구야. 네게도 친구가 될 거야. 앞으로는 엄마 혼자일 때보다 두 배나 더 귀여워해 주실 거다! 어서 냇물을 뛰어넘어 와. 넌 어린 사슴처럼 뛰어넘을 수 있잖니!"

펄은 이런 달콤한 말에는 대답할 생각도 않고 냇물 건너편에 버티고 서 있었다. 맑고 초롱초롱한 눈으로 어머니와 목사를 번갈아 바라다보기도 하고 두 사람을 함께 쳐다보기도 하며 그들의 관계를 알아내어 자기 자신에게 납득시키려고 하는 것 같았다. 아서 딤즈데일은 아이의 시선을 느끼자 까닭도 없이 습관이 되다시피한 무의식적인 몸짓으로 손을 가슴 위에 얹었다. 마침내 펄은 기묘하고도 위엄 있는 태도로 손을 내밀더니 조그만 손가락으로 엄마의 가슴을 가리켰다. 발치에 있는 수면 위에서도 손가락질을 하는 펄의 모습이 꽃에 치장되어 햇빛을 받은 채 비치고 있었다.

"참 이상하구나. 왜 엄마한테 안 오니?"

헤스터는 외쳤다.

펄은 이마에 주름을 지으며 계속 가슴을 손가락질하고 있었다. 주름진 이마가 마치 갓난아기 같은 얼굴이었으므로 한층 인상적이었다. 손짓을 계속하는 어머니가 전에 없이 만면에 미소를 띠고 있었으므로 아이는 점점 화가 난 듯한 얼굴로 발을 동동 굴렸다. 냇물 속에도 주름잡힌 이마에 손가락질을 하고 화난 듯한 몸짓을 하고 있는 환상적인 아름다움에 넘친 모습이 비쳐 펄의 모습을 한층 돋보이게 했다.

"빨리 오지 못하니, 펄. 엄마가 화낼 테야!" 헤스터는 고함을 질렀다. 다른 때 같으면 이 아이의 이런 행동에는 익숙해져 있었지만 지금은 때가 때이니만큼 좀더 얌전해 줬으면 하고 생각했던 것이다. "냇물을 건너 이리 뛰어온! 참 속썩이는구나. 안 오면 엄마는 간다!"

그러나 펄은 아무리 엄마가 달래도 막무가내였고 아무리 위협해도 끄덕 안 하더니 갑자기 울화통을 터뜨린 듯 손발을 마구 휘저으며 몸부림 쳤다. 이 심한 발작과 함께 째지는 듯한 비명을 질렀으므로 숲 전체에 산울림이 울리어 이유도 없이 떼를 쓰고 몸부림을 치는 것은 펄 혼자였지만 어딘가에 숨어 있는 수많은 사람들이 이

아이에게 동정과 격려를 보내고 있는 것 같았다. 냇물 속에는 또 화관(花冠)을 쓰고 띠를 두른 펄이 발을 구르고 미친 듯 몸부림치는 모습이 비쳐 보였으나 그러는 동안에 작은 손가락은 여전히 헤스터의 가슴을 가리키고 있었다.

"저 애가 왜 저러는지 알겠어요." 헤스터는 목사에게 속삭였다. 곤혹을 감추려고 무척 애를 썼으나 얼굴은 새파랗게 질려 있었다.

"아이들이란 매일 눈앞에 익히 보아 오던 것이 조금 달라지기만 해도 가만히 있지 않는 법이에요. 펄은 내가 늘 달고 있던 것을 떼어 버렸다고 저러는 거예요!"

"여보, 부탁이오." 목사가 말했다. "저 애를 달래는 방법이 있으면 곧 달래 줘요. 히빈스 부인처럼 늙은 마녀가 성내는 거라면 또 몰라도." 애써 웃는 얼굴을 지으면서 덧붙였다. "아이들이 이렇게 성을 내는 것은 딱 질색이오. 펄처럼 귀여운 아이도 주름투성이의 마녀와 다름없는 초자연적인 힘이 있으니 말이오. 나를 사랑하는 마음으로 저 아이를 빨리 달래 줘요!"

헤스터는 볼을 빨갛게 붉히고 옆에 있는 목사를 흘끔 쳐다보더니 깊은 한숨을 쉬고 펄 쪽으로 얼굴을 돌렸다. 그러나 입을 열기도 전에 볼의 홍조는 시라지고 죽은 사람처럼 파리해졌다.

"펄!" 그녀는 슬프게 말했다. "네 발 밑을 좀 봐! 그래 거기야! 네 바로 앞 말이야! 냇물 이쪽 말이야!"

아이는 말하는 쪽으로 눈을 돌렸다. 주홍글씨는 까딱하면 물 속으로 빠질 듯한 아슬아슬한 곳에 떨어져 있었으므로 금빛 수가 물 속에 비치고 있었다.

"그걸 이리 가져온!" 헤스터는 말했다.

"엄마가 와서 가져가요!" 펄은 대답했다.

“무슨 애가 저렇죠!” 헤스터는 목사에게 말했다. “저 애에 대해서 말씀드리고 싶은 얘기가 한두 가지가 아니랍니다. 하지만 사실상 저 지겨운 표시에 대한 생각은 저 아이의 생각이 옳아요. 나는 앞으로 당분간 저 괴로움을 참아야만 해요. 며칠만 지나면 되겠죠. 이 고장을 버리고 꿈나라와 같은 회상의 나라로 갈 수 있을 때까지는! 넓은 바다라면 저 표시를 내 손에서 빼앗아 영원히 삼켜 버릴 수 있을 거예요!”

이렇게 말하면서 헤스터는 냇가로 걸어가서 주홍글씨를 집더니 다시 가슴에 달았다. 조금 전까지만 해도 헤스터는 주홍글씨를 깊은 바다 속에 버려야겠다고 희망에 찬 말을 하고 있었으나 운명의 손에서 이 치명적인 표시를 받아 든 현재로선 피할 수 없는 숙명감에 사로잡혀 있었다. 무한한 공간 속에 팽개쳐져 모처럼 자유로운 공기를 호흡했건만 이제 또 주홍글씨의 비참함이 본 자리에서 번쩍이고 있는 것이다! 하여간 나쁜 행위란 이렇게 뚜렷한 형태로 나타날 경우이든, 그렇지 않을 경우이든 숙명적인 성격을 띠게 마련인가 보다. 헤스터는 윤기 있는 머리를 틀어올려 모자 속으로 쑤셔 넣었다. 이 슬픈 글씨에는 힘을 시들게 하는 마술이라도 숨어 있는지 헤스터의 포근한 여성미는 스러져 가는 햇빛처럼 금방 사라져 버리고 회색 그림자가 내리덮였다.

이렇게 쓸쓸한 모습으로 변한 다음 헤스터는 펄 쪽으로 손을 내밀었다.

“자, 이제는 엄마를 알아보겠니, 펄?” 나무라는 듯한 투였으나 조용한 어조로 말했다. “냇물을 건너서 엄마라고 불러 주겠지, 이 수치의 표시를 달았으니! 엄마는 슬프단다.”

“응, 그렇게!” 아이는 대답을 하자 단숨에 냇물을 뛰어넘어 헤스터를 두 팔로 얼싸안았다. "우리 엄마야! 난 엄마의 펄이고!"

평상시에 볼 수 없는 상냥한 태도로 펄은 어머니의 얼굴을 끌어당기더니 이마와 양쪽 볼에 키스를 했다. 그러나 어쩌다 어머니를 기쁘게 해줄 때도 가슴 아프게 해주지 않고는 못 배긴다는 듯이 펄은 입을 내밀어 주홍글씨에도 키스를 했다.

"이상한 짓을 하는구나!" 헤스터는 말했다. "엄마를 좀 사랑해 주는가 했더니 이젠 조롱하고 있구나!"

"왜 목사님이 저기 앉아 있지?" 펄이 물었다.

"너를 만나려고 기다리고 계신 거야. 펄!" 어머니는 대답했다.

"자, 축도(祝禱)를 부탁하자! 목사님은 펄이 아주 좋으시대. 엄마도 좋고, 너도 목사님이 좋아질걸? 가자, 너하고 말이 하고 싶으시대!"

"목사님은 우리가 좋으시대?" 펄은 영리한 눈으로 어머니의 얼굴을 올려다보았다. "우리와 함께 손을 잡고 셋이서 마을로 돌아가는 거야?"

"지금은 안 돼, 펄." 헤스터는 대답했다.

"하지만 머지않아 우리와 함께 걷게 되실 거야. 우리 세 사람의 따뜻한 집이 생길 기다. 목사님의 무릎 위에 앉아도 되고 너에게 여러 가지를 가르쳐 주시면서 귀여워해 주실 거야. 너도 목사님이 좋아지겠지?"

"언제나 가슴에 손을 대고 계실 건가?" 펄이 물었다.

"바보 같으니라고, 그런 말이 어디 있니!" 어머니는 외쳤다.

"자, 어서 가서 축도를 해주시라고 해!"

그러나 귀여움을 받고 있는 애가 자기 입장을 위태롭게 하는 상대방이 나타나면 본능적으로 나타나게 마련인 질투심이 생겼는지,

아니면 변덕스러운 성격 탓인지 펄은 목사에게 매정한 태도를 보였다. 어머니는 억지로 펄을 목사가 있는 곳으로 데리고 갔는데 뒷걸음질치며 아주 싫다는 표정을 갖가지 찡그린 얼굴로 나타내고 있었다. 펄은 태어났을 때부터 여러 가지 찡그린 얼굴을 보여서 자기 마음대로 표정을 바꿀 수 있었으며 그 하나하나에는 장난기가 섞여 있었다. 목사는 어쩔 줄을 몰라 했으며 혹시 키스라도 해주면 어린애의 환심을 살 수 있지 않을까 하여 몸을 굽혀 펄의 이마에 키스를 했다. 그런데 펄은 어머니의 손을 뿌리치고 냇가로 달려가 쪼그리고 앉더니 기분 나쁜 키스가 물에 씻겨 내려가도록 이마를 물에 담그고 있었다. 그러더니 헤스터와 목사를 잠자코 쳐다보면서 그 자리에 우두커니 서 있었다. 두 사람은 사태의 변화로 필요하게 된 준비며 곧 이행해야 할 목적 등에 대하여 의논하고 있었다.

이리하여 두 사람의 운명적인 상봉은 끝을 맺게 되었다. 조그만 골짜기는 다시 침침한 고목들 틈에 쓸쓸한 장소로 남게 되었다. 그 고목들은 수많은 혀로 그곳에서 일어났던 일을 두고두고 속삭이게 되겠지만 아무도 아는 사람은 없을 것이다. 우울한 시냇물은 작은 가슴에 벅차게 안겨진 얘기 거리에다가 이 새로운 것을 하나 더 얻은 셈이 되었다. 그 수수께끼에 대한 얘기를 속삭이듯 흐르고 있는 시냇물의 흐름은 지난 오랜 세월에 비하여 조금도 명랑해지지 않았다.

제20장 미로에 선 목사

헤스터 프린과 펄보다 한발 앞서서 출발한 목사는 뒤를 돌아다보았다. 모녀의 흐릿해지는 얼굴 모습이나 윤곽이 서서히 어슴푸레한 숲속으로 사라져 가는 것만이 보이리라 생각했다. 그는 생활 속에 일어난 이토록 큰 인생의 변화를 한번에 현실로 받아들일 수 없었기 때문이다. 그러나 회색 옷을 입은 헤스터는 아직도 나무 줄기 옆에 서 있었다. 아주 옛날 돌풍에 쓰러져 오랜 이끼에 덮인 고목에 이 세상에서 가장 무거운 짐을 짊어진 숙명적인 두 사람이 걸터앉아 잠깐의 휴식과 위안을 발견할 수 있었던 것이다. 게다가 펄이—방해가 되던 제삼자가 없어졌으므로—시냇가에서 사뿐사뿐 춤을 추며 다가와서 여느 때처럼 어머니 옆에 서 있는 것이 보였다. 그러니 목사는 지금까지 잠이 들어 꿈을 꾼 셈은 아니었다!

이처럼 마음을 기묘한 불안으로 괴롭히는 그 흐릿하게 이중으로 번져 보이는 인상을 뿌리치기 위하여 목사는 헤스터와 함께 세운 출발 계획을 돌이켜 생각하며 다시 세밀히 검토해 보았다. 사람의 수가 많은데다 도시가 있는 구세계(舊世界)가 사람도 적고 도시도 아닌 인디언의 오두막들이나 유럽 인의 개척지가 해안을 따라

드문드문 산재해 있는 데 불과한 뉴잉글랜드나 미국 각지의 황야보다도 더 적절한 은신처가 될 것이라고 두 사람은 결정지었다. 목사의 건강이 숲속 생활의 괴로움을 견디어 나가는 데 적당치 않을뿐더러 그의 타고난 재능, 교양, 전체의 인격면으로 봐서도 문명과 진보 속에서만 정착지를 발견할 도리밖에 없었다. 더구나 그 문명과 진보 상태가 높으면 높을수록 이 사람은 미묘하게 어울릴 수 있었던 것이다. 이러한 결단을 격려하는 동기로서 때마침 배 한 척이 항구에 정박하고 있었다. 그 배는 그 당시 자주 볼 수 있던 수상쩍은 순항선(巡航船)으로 반드시 해적선이라고 할 수는 없으나 제멋대로 해상을 횡행하고 있었다. 이 배는 카리브 해(海) 연안 부근에서 최근에 입항했는데 사흘 후에는 브리스틀을 향해 출항하기로 되어 있었다. 헤스터 프린은 자칭 자선 부인회원이란 직업을 내세우고 선장이나 승무원들과 친했다. 그러므로 어른 둘과 아이 한 명의 배편을 헤스터 프린이 마련하기로 했는데 주위의 사정으로 봐서 비밀은 엄수해야만 했다.

배가 출항하는 정확한 시간을 헤스터에게 물었을 때 목사는 적잖이 흥미 있는 모습을 보이고 있었다. 나흘 후면 떠날 것이라는 대답을 듣고 목사는 '안성맞춤이군!' 하고 혼자 생각했다. 딤즈데일 목사가 안성맞춤이라고 생각한 이유는 밝히기를 꺼려하는 바이다. 그러나—독자에게 무엇 하나 숨기지 않기 위하여 말한다면—사흘 후에 목사는 총독 취임식에 축하 설교를 할 예정이었다. 이러한 기회는 뉴잉글랜드의 목사로서는 평생의 명예라고 할 수 있는 기회였기 때문에 성직을 떠나려는 이 마당에 이보다 더 적절한 방법과 시기를 만나는 일은 없었을 것이다. '목사로서의 의무를 이행치 않았다든지 적당히 해치웠다는 말은 안 하겠지!' 하는 것이 이 모범적인 목사의 생각이었다. 이 불쌍한 목사만큼 심오하고 예리한 자기 반성을 갖는 사람이 이처럼 비참하게 기만당해야 하니 참으로 슬픈 일이라 아니할 수 없다! 이 사람에 대하여는 지금까지 이것저것 심한 말을 해왔지만 앞으로도 더 말해야만 할 것이다. 그러나 이처럼 비참하고 데면데면한 일은 없었을 것이다. 오랜 전부터 그 성격의 근본이 미묘한 병균의 침식을 받아 왔다는 사실에 대하여 이처럼 사소하면서도 부정할 수 없는 증거가 나타난 일은 없을 것이다.

인간은 누구나 상당히 오랜 시일에 걸쳐 자기 자신에게 보이는 얼굴과 타인에게 보이는 얼굴을 분간해 보면 어느 얼굴이 진정한 자기 얼굴인지 혼돈을 일으킬 때가 언젠가는 반드시 오는 법이다.

헤스터와 헤어져 돌아오는 도중 딤즈데일 씨의 감정은 흥분하여 평상시엔 볼 수 없는 힘이 솟아나왔고 단정한 걸음으로 마을로 돌아가는 길을 걸을 수 있었다. 숲속의 길은 갈 때 보았던 것보다 훨씬 황량하고 울퉁불퉁한 자연의 방해물이 생소한데다 사람의 발자취도 덜한 것 같았다. 그러나 목사는 물웅덩이를 건너뛰고, 몸에 얽혀드는 덤불을 헤치고 언덕길을 올라가고, 움푹 패인 데로 뛰어내렸다. 결국 자기 자신도 늘릴 만큼 피로를 모르는 원기로 모든 난관을 극복했다. 불과 이틀 전만 해도 바로 이 길을 숨이 차서 몇 번이고 쉬어 가며 힘없이 걸어갔는지를 생각하지 않을 수 없었다. 보스턴 거리가 가까워지자 눈앞에 나타난 낯익은 갖가지 풍경들이 완전히 달라진 듯한 인상을 주었다. 이 풍경을 마지막으로 본 것이 하루 이틀 전의 일이 아니라 여러 날, 아니 여러 해 전의 일인 것 같았다. 확실히 낯익은 길거리의 모습도 그전대로였고 집집마다 특징 있는 처마의 모양도 그전대로였으며 아마 이쯤이었지 하고 생각나는 곳에 반드시 바람개비도 달려 있었다. 그럼에도 불구하고 모든 것이 변했다는 느낌이 집요하게 머리를 쳐들었다. 도중에서 만나는 아는 사람들이나 이 작은 거리에 낯익은 인간 생활의 여러 가지 모습에 대해서도 같은 느낌이었다. 사람들이 나이를 먹은 것도 아니고 젊어진 것도 아니었다. 노인의 턱수염이 더 희어진 것도 아니고 어제까지 기어다니던 갓난아이가 오늘은 걸어다니는 것도 아니었다. 바로 엊그제 작별의 인사를 나누었던 사람들이 어떻게 달라졌는지 설명할 수는 없었다. 그러나 목사의 뿌리 깊은 느낌은 사람들이 변했다는 것을 알려 주는 것 같았다. 자기 교회의 벽 옆을 지나갈 때도 같은 인상을 받게 되어 놀라고 말았다. 건물 그 자체가 낯설게 보이는 동시에 낯익어 보이기도 했으므로 딤즈데일 씨의 마음은 두 갈래 생각 사이에서 방황하고 있었다. 지금까지 보아온 건물이 꿈 속에서 본 것인지, 아니면 지금 꿈을 꾸고 있는 것인지!

이런 현상은 갖가지 형태로 나타나지만 외면적인 변화를 말하는 것이 아니라 낯익은 장면을 바라보는 인간 쪽에 중대한 변화가 갑자기 일어났기 때문에 그 사이의 하루가 마치 몇 년이나 된 것 같은 작용을 그 사람의 의식에 넣어 주는 것이다. 즉 목사의 의지와 헤스터의 의지, 그리고 그 두 의지 사이에 태어난 운명이 이와 같은 변화를 가져온 것이다.

전과 다름없는 거리였지만 숲에서 돌아온 목사는 딴 사람이 되어 있었다. 친구들을 만났으면 이렇게 말하였을지도 모른다. "나는 자네들이 생각하고 있는 것 같은 사람이 아닐세! 그 사람은 숲속 깊숙한 골짜기에 두고 왔다네! 이끼 낀 고목나무가 쓰러져 있는 음침한 냇가 옆일세. 자네들이 생각하고 있는 목사를 찾으러 가는 게 좋을 걸세. 그 녀석의 수척한 몸, 여윈 볼, 창백하고 우울한 고통으로 일그러진 이마 등이 마치 벗어 던진 옷처럼 그곳에 팽개쳐져 있을 걸세!" 물론 친구들은 "당신이 바로 그 사람이 아닌가!" 하고 말하겠지만 틀린 것은 그들이지 목사는 아니었다.

집에 도착하기까지 딤즈데일 목사의 정신은 사고와 감정의 영역에 변화가 일어났다는 여러 가지 증거를 제시하고 있었다. 사실 목사의 마음속 왕국에서 왕조(王朝)와 도덕률이 완전히 변해 버렸다는 일 이외에 불운함에 허둥거리고 있는 사람에게 전달되는 모든 충동을 적절히 설명해 주는 것은 없었다.

한 걸음 옮길 때마다 목사는 무엇인가 기기묘묘한 장난을 해보고 싶은 기분에 사로잡혔다. 그것은 또 발작적인 동시에 의도적이었고 자기는 생각지도 않은 일이면서 억제하려는 자아(自我)와는 다른, 좀더 깊은 곳에 자리 잡은 자아로부터 생겨난 것이라는 느낌이었다. 예를 들면 교회 장로로서의 특권을 갖고 목사에게 말을 걸었다. 나이로 보나 고결한 인격으로 보나 교회 내에서의 지위로 보나 그건 마땅한 일이었다. 그 태도에는 공사(公私) 양면에 걸친 목사의 자격에 대한 당연히 치러야 할 정중하고 존경어린 숭배심이 섞여 있었다. 사회적 지위나 재능이 뒤떨어진 사람이 보다 높은 사람을 대할 경우와 같이 이것은 노령(老齡)과 예지(叡知)가 지닌 위엄이 복종과 존경에 일치될 수 있다는 것을 나타내는 훌륭한 일례에 지나지 않았다. 그런데 딤즈데일 목사는 이 흰 수염이 난 장로와 몇 마디 말을 나누는 동안에 성찬(盛饌)에 대해 마음속에 떠오른 불경스러운 생각을 입 밖에 내고 싶어 견딜 수 없었지만 억지로 참았다. 자기도 모르는 사이에 혀가 혼자서 이런 무서운 말들을 지껄이지는 않을까? 본심으로는 동의할 수 없는 일을 혀가 멋대로 찬성한다고 지껄이지나 않을까 하고 이가 딱딱 마주칠 정도로 떨렸으며 얼굴은 잿빛으로 변해 있었다. 더구나 마음속으로는 이렇게 두려움에 떨면서도 눈앞에 있는 믿음이 깊은 장로인 체하는 풍체 좋은 노인이 목사의 불경하기 이를 데 없는 말을 듣고 얼마나 대경실색할까 하는 생각을 하면 웃음을 금할 수 없었다.

이 밖에도 또 하나 비슷한 사건이 있었다. 부지런히 걸어가고 있던 차에 딤즈데일 목사는 교회에서 가장 나이가 많은 여신도를 만났다. 참으로 신앙심이 깊고 모범적인 노파로 가난하고 외로운 생활을 하는 과부였다. 죽은 남편이나 아이들, 그리고 오래 전에 유명을 달리한 친구들에 대한 추억을 가슴에 품고 사는 모습은 비문을 새긴 비석이 잔뜩 들어선 묘지나 다름없었다. 이러한 사정은 다른 사람의 경우라면 어쩔 수 없는 슬픔이 되었겠지만 삼 년 이상 계속 마음의 양식으로 삼아온 종교적인 위안과 성경에 쓰인 진리의 덕으로 신앙심이 두터워진 노파에게는 엄숙한 기쁨이 되었다고 해도 무방할 것이다. 더구나 딤즈데일 씨가 뒤를 돌보게 되면서부터는 이 노파가 속세에서 받은 유일한 위안은—그것이 또한 천국에서의 위안이기도 하였기 때문에 참된 위안이 될 수 있었지만—목사를 우연히 만났다든지, 일부러 만나러 갔거나 하였을 때 완전히 들리지는 않지만 정신을 차리고 기울이고 있는 귀로 이 고마운 사람의 입술로부터 흘러나오는 따뜻하고 향기로운, 천국의 입김이 서려 있는 복음의 진리를 듣는 일이었다. 그러나 오늘 딤즈데일 목사는 노파의 귓가에 입술을 갖다 대는 순간까지도 성경의 구절은 하나도 생각나지 않고 인간의 영혼 불멸에 이의(異義)를 주장하는, 짧고도 강렬하고 반론의 여지조차 없다고 생각되는 말만이 생각났다. 이것은 영혼의 큰 적인 악마의 소행이었는지도 모른다. 이와 같은 말이 노파의 마음에 주입되었더라면 그녀는 맹독(猛毒)이 온

몸에 퍼지기라도 한 듯이 그 자리에서 숨이 끊어져 버렸을 것이다. 사실상 도대체 무슨 소리를 지껄였는지 목사는 그 후에도 생각해낼 수가 없었다. 다행히 목사의 말이 지리멸렬(支離滅裂)하여 선량한 미망인이 이해할 만한 확실한 사상을 표현할 수 없었는지, 하나님이 독특한 수법으로 설명을 가했는지 둘 중 어느 하나가 작용한 모양이다. 목사가 돌아보았을 때 주름투성이며 파리한 노파의 얼굴에는 하늘나라의 빛이라고 생각되는, 하나님에 대한 감사와 법열(法悅)의 표정이 보였다.

또 하나의 이야기가 있다. 나이 많은 교인과 헤어진 다음 목사는 이번에는 교회에서 가장 젊은 여신도를 만나게 되었다. 그 소녀는 그 철야기도가 있은 다음날인 안식일에 딤즈데일 목사의 설교를 듣고 입교한 여자였다. 설교의 내용은 '속세의 덧없는 쾌락을 버리라. 주위의 인생이 어두워짐에 따라 더욱 빛나는 실체를 나타내어 암흑을 최후의 심판일의 영광으로 비치는 천국의 희망을 마음속에 간직하라' 라는 것이었다. 소녀는 천국에 핀 백합꽃처럼 아름답고 청순했다. 목사는 이 소녀의 순결 무구한 가슴속에 깊이 모셔졌고 그 모습의 둘레에는 눈처럼 흰 커튼이 드리워져 있어서 종교에는 사랑의 따뜻함을, 사랑에는 종교의 순결성을 부여해 주고 있다는 것을 목사도 충분히 알고 있었다. 불쌍하게도 이 소녀가 그날 오후 어머니의 슬하를 떠나 비참하게 유혹을 받았다고 할까, 미혹(迷惑)되어 절망적이라 할 수 있는 목사가 지나가는 길목에 나타나게 된 것은 악마의 소행임에 틀림없다. 소녀가 가까이 가니 악마는 목사에게 이윽고 검은 꽃을 피게 하고 때가 되면 검은 열매를 맺을 악의 씨를 조그맣게 뭉쳐서 소녀의 부드러운 가슴에 내던지라고 속삭였다. 진심으로 믿고 있는 이 청순한 소녀의 영혼에 대하여 목사는 강대한 지배력을 지니고 있었으므로 악으로 흐려진 눈으로 한 번만 쏘아보면 무구(無垢)한 영혼을 말려 죽이고 단 한 마디로 사악한 영혼을 조장시킬 수 있을 것 같았다. 그래서 목사는 지금까지 볼 수 없었던 격렬한 싸움을 마음속에서 계속하면서 설교용의 긴 옷으로 얼굴을 가리고 상대방을 못 알아본 체하고 재빨리 지나갔으므로 그 나이 어린 교인은 목사의 무뚝뚝한 태도를 혼자서 힘껏 참아내야만 했다. 소녀는 양심을—포켓이나 바느질 주머니처럼 자질구레한, 깨끗한 물건이 잔뜩 들어 있는 양심의 주머니 속을 뒤적였다. 가엾게도 이것저것 자기가 저질렀을지도 모르는 잘못을 들춰내어 자신의 몸을 책하는 것이었다. 다음날 아침에는 퉁퉁 부은 눈으로 집안일을 돌보고 있었다.

이 마지막 유혹을 이겨낸 기쁨을 맛보기도 전에 목사는 또 다른 충동을 느끼게 되었는데 그것은 더 허황되고 무서운 것이었다. 그것은—여기서 말하기도 창피한 노릇이지만—길 복판에 서서 거기서 놀고 있는 겨우 말을 배우기 시작한 청교도 아이들을 붙잡고 굉장히 나쁜 말을 몇 마디 가르쳐 주고 싶은 충동이었다. 이와 같은 변덕은 성직에 합당치 않은 일이라고 억제하고 있는데 목사는 그 카리브 해 근처에서 온 술 취한 선원 한 사람을 만났다. 지금까지의 다른 나쁜 유혹은 모두 잘 참아 왔으므로 타르 투성이의 취한과 악수나 나누고 건달 같은 선원들이 너무도 잘 알고 있는 음란한 농담을 지껄이거나 노골적이고 위세 있고, 가슴이 후련해질 정도로 하나님도 무시하는 욕설을 연발하여 기분 전환을 해봤으면 하는 생각이 들었다. 이 위기도 무사히 극복할 수 있었던 이유는 훌륭한 도덕심 때문이 아니라 그의 타고난 취미가 고상하다는 것과 그 이상으로 모나고 부자유스러운 목사로서의 습관 때문이었다.

'이렇게 나를 따라다니며 유혹하고 있는 것은 무엇일까? 목사는 길거리에 멈춰 서서 손으로 이마를 치며 큰소리로 스스로에게 물었다. '내가 미친 것일까? 아니면 완전히 악마의 손에 넘어간 것일까? 숲속에서 악마와 계약하고 피로 서명을 했단 말인가? 악마의 비열한 상상력으로만 생각할 수 있는 사악한 일을 차례차례 수행시키려고 하는 것은 계약의 실행을 독촉받고 있기 때문일까?

딤즈데일 목사가 이처럼 이마를 치면서 심사숙고하고 있을 때, 그 유명한 마녀 히빈스 부인이 지나갔다는 말이 있다. 높은 머리 장식과 호화로운 비로드 옷차림에다 칼라에는 친구 앤 터너가 토머스 오버베리 살해 사건으로 교수형이 되기 전에 비결을 가르쳐 주었다는 유래가 있는 노란 풀을 먹였었다. 목사의 마음속까지 꿰뚫어보았는지는 모르나 이 마녀는 우뚝 멈춰서더니 상대방의 얼굴을 샅샅이 들여다보았다. 그리고 간교한 웃음을 띠며 평상시는 목사와 말을 나누는 일도 없던 그녀가 말을 걸어 왔다.

"목사님, 숲에 갔다 오셨군요." 마녀는 운두 높은 머리 장식을 끄덕여 보였다. "다음에는 미리 알려 주세요. 기꺼이 동반해 드릴 테니까요. 자랑은 아니지만 제가 말만 하면 아무리 처음 가는 분이라도 목사님이 잘 아시는 대왕님을 뵈올 수 있을 테니까요!"

"부인!" 목사는 대답했다. 그 진지하고 예의바른 태도는 부인의 신분에도 어울렸고 목사의 자란 과정으로 봐도 어쩔 수 없는 일이었다. "나의 양심과 인격을 걸고 고백합니다만 부인 말씀의 뜻을 전혀 모르겠습니다! 내가 숲속에 간 것은 대왕을 찾으러 간 게 아니며 앞으로도 그런 분의 융숭한 대우를 받기 위해 숲속을 찾는 일은 없을 것입니다. 나의 목적은 다름이 아니라 나의 친구인 엘리어트 전도사를 만나 그분이 이교도에서 기독교로 개종시킨 귀중한 여러 영혼을 함께 축복하고자 했을 따름입니다!"

"하하하!" 늙은 마녀는 운두 높은 머리 장식을 목사 쪽으로 까딱거리면서 깔깔 웃었다. "그렇겠지요. 대낮에는 그렇게 말할 수밖에 없겠지요! 솜씨가 보통이 아닌데! 그러나 한밤중 숲속에서는 다른 얘기를 하기로 합시다!"

부인은 노인 특유의 위엄을 지니고 지나갔지만 가끔 돌아다보며 비밀의 연고 관계를 알아내려는 듯 싱글벙글 웃고 있었다.

목사는 생각했다.

'결국 악마에게 내 몸을 팔아 버릴 셈인가? 소문에 따르면, 노란 풀을 먹이고 비로드 옷을 입은 저 노파는 악마를 왕으로 모시는 동시에 주인으로 모신다고 하지 않는가!

가엾은 목사여! 목사는 영혼을 팔아넘기는 것과 같은 거래를 한 것이다! 행복한 꿈에 눈이 어두워 몹시 나쁜 죄라는 것을 스스로 알고 있으면서 자진해서 몸을 맡긴 셈이었는데 이러한 일은 목사로서 처음 있는 경험이었다. 그리고 그 죄의 전염성 해독이 눈 깜짝할 사이에 정신의 전역에 퍼져나간 것이다. 이 독은 깨끗한 일체의 충동을 마비시키고 온갖 더럽혀진 충동을 생동하게끔 했다. 경멸이나 독설, 이유 없는 악의, 이유 없이 악을 구하는 충동, 선량하고 신성한 것에 대한 조소—이러한 것들이 모두 눈을 떴고 목사는 두려움에 떨면서도 유혹된 것이다. 히빈스 노부인과 만난 일이 만일 현실이었다면, 목사가 극악 무도한 인간이나 사도(邪道)에 빠진 영혼의 세계와 일맥 상통한 사이가 되었다는 것을 나타내는 데 불과했다.

이때 목사는 이미 묘지 근처에 있는 거처로 돌아가 있었다. 그는 계단을 올라가자 서재에 틀어박혔다. 집으로 오는 동안 쉴 새 없이 자기를 사로잡으려 했던 괴상하고 사악한 충동으로 인해 남 앞에서 정체를 폭로 당하는 일없이 무사히 집에까지 당도한 것을 그는 다행으로 생각했다. 낯익은 서재로 들어간 그는 책·창문·난로·무늬 있는 천으로 장식한 조화를 이룬 벽을 둘러보았으나 모든 것이 이상하게 보였다. 숲에서 거리를 통해 자기 집으로 돌아오는 도중 줄곧 따라다니던 감정을 역시 여기서도 느꼈던 것이다. 이 방에서 연구도 했고 글도 썼다. 금식이나 철야 기도로 초주검이 되었던 것도 이 방이었고 기도를 드리려고 애를 쓰면서 수천 수백의 고뇌를 견딘 것도 바로 이 방이었다! 의미 심장한 고대 헤브라이 어로 쓰인 성경에서는 모세와 예언자들이 말을 걸고 하나님의 음성이 울려 퍼지고 있었다! 테이블 위에는 잉크가 묻은 펜 옆에 쓰다만 설교문 원고가 있었다. 이틀 전에 그의 생각이 중도에서 막히자 문장이 중단된 채로 남아 있는 것이다. 여러 가지 일과 괴로움을 겪어 가며 총독 취임 축하 설교문을 여기까지 써온 것은 바로 여위고 볼이 창백한 목사 자신이었다는 것을 알고 있었다. 그러나 뭔가 한 발짝 물러선 위치에서 자기 자신을 연민과 부러워하는 듯한 호기심으로 바라보고 있는 듯싶었다. 과거의 자기는 사라져 버렸다! 숲에서 돌아온 자기는 딴 사람이었고 좀더 현명한 인간으로 변해 있었다. 단순하고 소박한 과거의 자기로서는 도저히 다다를 수 없는 미지의 세계에 관한 지식을 지닌 현명한 인간이었다. 그러나 그것은 얼마나 쓰디쓴 지식이었단 말인가!

　이런 생각에 잠겨 있을 때 문을 두드리는 소리가 들려왔다. 목사는 "들어오시오." 하고 대답했다. 그러나 악마를 만나는 게 아닌

가 하는 생각이 들기도 했다. 과연 그 예감은 들어맞았다! 들어온 사람은 바로 로저 칠링워드 노인이었기 때문이다. 목사는 한 손은 헤브라이 어 성경 위에 놓고, 한 손은 가슴 위에 얹은 채 파랗게 질려 있었다.

"다녀오셨군요!" 의사는 말했다. "그 훌륭하신 엘리어트 전도사는 안녕하시던가요? 그런데 목사님 안색이 좋지 않군요. 황야를 여행했던 것이 너무 고되었던 모양입니다. 축하 설교를 하려면 기운을 차려야 할 텐데, 도와 드릴까요?"

"아뇨, 문제없습니다." 딤즈데일 목사는 대답했다. "서재에 틀어박혀 있다가 여행을 하고, 또 그곳에서 성인 같은 전도사님을 만나 뵙고, 거기다 전에 없이 자유로운 공기를 쐬었더니 상당히 도움이 되었습니다. 이제 선생이 지어 주시는 약은 필요없을 것 같습니다. 좋은 약인 줄은 압니다만."

이러는 동안에 로저 칠링워드는 의사가 환자를 대하는 신중하고도 강렬한 시선으로 목사를 물끄러미 쳐다보고 있었다. 그러나 목사는 겉으로는 이렇게 아무렇지도 않은 체하면서도 헤스터 프린과 만난 일에 대하여 노인이 이미 알고 있든지 아니면 적어도 눈치를 챘으리라 확신했다. 의사 쪽에서도 또한 목사의 안중에는 의사가 이미 전처럼 신뢰하는 친구가 아니라 증오하는 원수로 보인다는 것을 눈치 채고 있을 것이다. 이 정도까지 알고 있다면 눈치 정도 나타나는 것은 당연하다고 생각할지도 모른다. 그러나 기묘한 일이기는 하지만 말이 사물을 구체적으로 표현하려면 훨씬 오랜 시간이 걸리는 법이며 어떤 문제를 회피하려 드는 두 사람은, 바로 그 앞까지 가까이 가면서도 전혀 그 문제를 건드리는 일 없이 안전 무사하게 물러서는 법이다. 따라서 목사는 로저 칠링워드가 자기들의 비밀에 대하여 확실한 말로 거론하리라는 걱정은 조금도 하지 않았다. 그러나 의사는 독특하고 음흉한 방법으로 비밀 가까이, 무서운 모습을 드러냈다.

"오늘밤만은 제 변변치 못한 의술을 이용하시는 게 좋지 않을까요? 축하 설교라는 큰일을 앞두고 목사님께서 건강하게 오래 사셔야 한다고 최선을 다하고 있으니까요. 이 고장 사람들도 목사님에게 큰 기대를 걸고 있답니다. 내년에는 목사님이 안 계실지도 모른다고 걱정하는 모양이니까요."

"그렇죠. 저 세상으로 가버리면." 목사는 경건한 체념조의 말투였다. "하나님이 좀더 좋은 세상으로 보내 주시면 좋으련만. 사실상 사시 사철 앞으로 일 년을 교회의 여러분과 함께 지낼 수 있을 것 같지 않습니다! 그러나 선생님의 치료는 현재 건강상태로는 필요없을 것 같습니다."

"그렇다면 다행입니다." 의사는 대답했다. "상당히 오랜 동안 아무 효험도 없던 제 약이 이제야 겨우 효험을 보이기 시작한 모양이지요? 목사님을 건강하게만 해드릴 수 있다면 나 역시 행복한 생각이 들 것이고, 뉴잉글랜드 전체의 감사를 받아 마땅할 것입니다."

"손색없는 친구인 선생께 진심으로 감사드립니다." 딤즈데일 목사의 미소는 엄격한 느낌이 들었다. "정말 감사합니다. 선생의 친절에는 기도로 보답할 도리밖에 없습니다."

"훌륭한 분의 기도는 황금과 같습니다!" 로저 칠링워드 노인은 방을 나가면서 말했다. "아니, 그것은 하나님의 조폐국 도장이 찍힌, 예루살렘에서도 통용되는 금화일 겁니다!"

혼자 남은 목사는 하숙집 심부름꾼을 불러 식사를 가져오라고

한 다음 왕성한 식욕으로 먹어치웠다. 그러고 난 다음 쓰다만 축하 설교 원고를 불 속에 집어던지고 곧 새 원고를 쓰기 시작했다. 무슨 영감(靈感)이라도 받은 듯이 사상과 감정이 충동적으로 흘러나왔다. 목사와 같은 더럽혀진 파이프 오르간의 음관(音管)을 통해 숭고하고 장엄한 신탁(信託)이라는 음악을 전달하는 것을 어찌 하나님이 묵인하는지 다만 놀라울 뿐이었다. 그러나 그 의문은 자연히 해결되도록 내버려 두거나 아니면 영원히 미해결로 놔두기로 하고 목사는 한눈도 팔지 않고 원고 쓰는 일에만 몰두했다.

이리하여 그날 밤은 날개 돋친 말처럼 달렸고 목사 자신도 그 말을 타고 질주하는 것 같았다. 아침이 되자 커튼 틈으로 아침 해가 황금색 빛을 서재 안에 뿌려넣으며 목사의 눈을 부시게 비쳤다. 펜을 든 채 앉아 있는 목사 뒤에는 헤아리기 힘들 정도의 원고가 수북이 쌓여 있었다.

제21장 뉴잉글랜드의 경축

신임 총독이 임명되는 날 아침, 헤스터 프린은 때를 맞추어 펄을 데리고 마을의 광장으로 갔다. 그곳에는 벌써 장인(匠人)들과 빈민들이 많이 나와 붐비고 있었다. 그 중에는 험악한 인상의 사람들도 많이 섞여 있었는데 그들이 걸친 사슴 가죽 옷은 식민지의 중심지인 보스턴을 둘러싸고 있는 숲속 개척지의 주민들임을 말해 주고 있었다.

과거 7년간 다른 행사 때에도 그러했지만 이런 경축일에도 헤스터는 거친 회색 천으로 만든 옷을 입고 있었다. 그 옷의 빛깔보다도 뭔가 형언할 수 없이 기묘한 옷 모양이 헤스터를 전적으로 남의 눈에 띄지 않는 희미한 존재로 보이게 했다. 하지만 주홍글씨를 달고 있었기 때문에 헤스터의 모습은 이 희미한 상태에서 되살아나 주홍글씨가 지니고 있는 도덕적 빛 속에 뚜렷이 돋보였다. 이 거리 사람들과 오랫동안 낯익어 온 헤스터의 얼굴은 여전히 대리석처럼 침착함을 보이고 있었다. 마치 가면과 같았다. 아니 차라리 죽은 여자의 얼굴에서 볼 수 있는 얼어붙은 듯한 싸늘한 표정이 떠 있었다. 이처럼 기분 나쁜 연상을 하게 되는 것은 헤스터가 남의 동정을 살 수 없다는 점에서 죽은 거나 다름없고 아직도 다른 사람들과 섞여 살고 있는 현실 세계에서도 실은 이미 혼자라는 사실 때문이었다.

　그러나 특히 이날만은 지금까지 볼 수 없었던 표정이 감돌고 있었다. 그렇다고 해서 아무의 눈에나 띌 정도로 뚜렷한 표정은 아니었다. 누군가 초자연적인 힘을 갖춘 관찰자가 우선 마음을 알고 난 다음에 그에 대응하는 모습을 얼굴 모습이나 태도에서 찾아본다면 모르거니와 그렇지 않으면 도저히 알아볼 수 없었다. 그러한 심안(心眼)으로 관찰하는 사람이라면 7년이란 비참한 세월을 군중의 시선을 종교적 의무로써, 회오(悔悟)로써, 또 참기 어려운 신앙으로써 인내에 인내를 거듭해온 헤스터가 마지막으로 지금 한 번 자유로이 자진해서 군중의 시선과 맞섰으며 오랫동안 고민하고 있던 것을 승리와 흡사한 것으로 바꾸려 하고 있다는 것을 알아차렸을 것이다. '주홍글씨와 주홍글씨를 단 여인을 마지막으로 보아 두어야 할 것입니다!' 사람들의 희생이기도 하고 종신 노예라고 생각되던 헤스터는 이렇게 말했을지도 모른다. 하지만 얼마 안 있으면 당신네들 손이 미치지 않는 곳으로 가버릴 것입니다! 앞으로 몇 시간 후면 깊고 신비스러운 바다가 당신네들 덕분에 내 가슴 위에서 불타고 있던 표시를 영원히 흔적도 없이 삼켜 버릴 것입니다!

　동시에 또 이처럼 생명에 깊이 뿌리박고 있던 고통으로부터 해방되는 순간에 있어 헤스터의 마음속에 서운해 하는 마음이 생겨났으리라고 상상한다 해도 인정상 생각할 수 있는 것이며 모순만은 아닐 것이다. 여인으로서 한창 젊은 나이에 맛보아야 했던 쓴 쑥이나 노회(老獪)의 잔을 숨도 쉬지 않고 단숨에 마셔 버리고 싶은 참을 수 없는 욕망이 있었던 게 아닐까? 앞으로 입술을 통해 들어갈 인생의 술은 조각한 황금의 큰 술잔에 담겨 있는 진하고 향기롭고 흐뭇한 술이 될 것이다. 혹은 또 지금까지는 쓰디쓴 술찌꺼기를 맛본 뒤니만큼 강렬한 효력이 있는 코디얼과 같은 도저히 피할 수 없는 나른한 권태감을 남기게 될 것이다.

펄은 화려하고 산뜻하게 차려입고 있었다. 이 태양처럼 밝은 환상의 소녀가 우중충한 회색 옷을 걸친 여인에게서 태어났다고는 도저히 믿을 수 없었으며 이 아이의 옷을 치장해 주는 데 필요했던 호화롭고 섬세한 공상력이 헤스터의 검소한 옷에 뚜렷한 특이성을 준다는, 한층 힘든 일을 해낸 공상력과 같다고는 도저히 믿을 수 없었다. 드레스는 펄에게 너무나 잘 어울렸으므로 이 아이의 성격의 필연적인 발달로 인해 밖으로 넘쳐 나왔다는 느낌을 주었다. 이를테면 나비의 날개에서 다채로운 광채를 가려 낼 수는 없고 고운 꽃잎으로부터 오색의 빛깔을 따로 떼어낼 수 없듯이 펄의 성격과 드레스는 잘 어울렸다. 나비나 꽃잎에다 비유할 수 있는 말이 그대로 이 아이에게도 통용될 정도로 복장과 성격이 서로 일치가 된 셈이다.

게다가 떠들썩한 경축일이라는 것만으로도 펄의 모습에는 기묘하게 침착성을 잃은 흥분이 엿보였으며 그것은 마치 가슴에 장식된 다이아몬드가 가슴의 고동에 따라 가지각색으로 빛나는 모습과 똑같았다. 아이들이란 언제나 관계되는 사람들의 동요에 공명하는 법이어서 특히 집안에 근심거리가 있었다든지 또는 큰일이 닥쳤다든지 할 때에는 어떤 종류의 일이든 반드시 느끼게 마련이다. 따라서 어머니의 불안한 가슴 위에 장식된 보석이라 할 수 있는 펄이었으므로 이 아이의 설레임 그 자체는 헤스터의 대리석 같은 이마에서 아무도 발견할 수 없는 동요를 무언중에 말해 주고 있는 것이었다.

　이러한 흥분 때문에 어머니 곁을 얌전히 따라갈 수만은 없었던 펄은 새처럼 그 주위를 이리저리 뛰고 있었다. 끊임없이 큰소리를 지르고 때로는 알아들을 수 없는 노래를 귀 아프게 불렀다. 그들이 광장에 도착하여 그 장소 일대가 와글거리고 활기에 넘쳐 있는 것을 보자 점점 침착성을 잃었다. 평상시 같으면 이 근처는 도시의 상업 중심지라기보다 마을의 교회당 앞의 쓸쓸한 풀밭이라고 부르는 게 어울리는 장소였기 때문이다.

　"엄마, 이게 웬일이지? 온 세상이 다 노는 날인가? 저것 봐, 대장장이가 있어요! 검정투성이 얼굴을 깨끗이 씻고 새 양복을 입었어요! 기뻐서 어쩔 줄 몰라 하는 얼굴이지만 누군가 친절한 사람이 홍겹게 이끌어줘야 할 것 같아. 그리고 간수 브래키트 할아버지도 계셨어. 나를 보고 끄덕이며 웃고 계셨어. 왜 그러지, 엄마?"

　"갓난아기 때의 너를 알고 있어서 그러는 거야." 헤스터는 대답했다.

　"하지만 저런 사람이 나를 보고 웃는 건 기분 나빠요. 불쾌하고 침울한 얼굴에 눈초리가 무서운 할아버지니까!" 펄은 말했다. "엄마는 회색 옷에 주홍글씨를 달고 있으니까 끄덕이면서 대꾸해도 될 거야. 그런데 엄마, 보세요. 낯선 사람의 얼굴이 굉장히 많아요. 인디언도 있고 뱃사람도 있어요! 이 광장에 뭣 하러 왔죠?"

　"행렬이 지나가는 것을 기다리고 있는 거야." 헤스터는 말했다. "총독님과 판사님들이 지나가시는 거야. 목사님이나, 높고 훌륭한 분들도 가시지. 악대와 군인들을 앞장세우고 행진하는 거란다."

　"그럼 그 목사님도 계시겠네?" 펄이 물었다. "엄마가 나를 시냇가에서 데리고 갔을 때처럼 목사님이 나한테 두 손을 내밀어 주실까?"

"그야 목사님도 계시지." 어머니는 대답했다. "하지만 오늘은 아는 체도 안 하실 거고 너도 인사를 하면 안 된다."

"참으로 이상하고 슬픈 목사님이시네!" 아이는 이렇게 혼잣말처럼 말했다. "어두운 밤에는 우리를 불러 엄마와 내 손을 잡아 주겠지! 요전에 처형대 위에 섰을 때처럼. 또 숲속에서 고목만이 귀를 기울이고 좁은 하늘만을 보고 있을 때는 엄마와 이끼더미 위에 앉아서 얘기를 하셨는데! 내 이마에도 키스를 해줬지만 시냇물로는 여간해서 씻어낼 수 없었어! 하지만 지금처럼 환한 대낮이거나 여러 사람 앞에서는 우리는 서로 모르는 체해야 하거든! 언제나 가슴에 손을 얹는, 이상하고 슬픈 목사님이야!"

"조용히 해요. 펄! 그런 일은 아직 너는 몰라도 돼요." 어머니는 말했다. "이젠 목사님 생각은 하지 말고 여기 있는 사람이나 보란 말이야. 오늘은 다들 얼굴이 얼마나 명랑해 보이니. 아이들은 학교가 끝났고 어른들은 일터나 밭에서 일을 끝내고 와서 즐겁게 지내는 거지. 오늘은 새로운 분이 총독님이 되시는 날이야. 그러니까 다들 명랑하게 즐기는 거야. 모든 사람이 모여서 나라가 이룩된 다음 사람들은 줄곧 이렇게 하는 것이 습관이 되어 버렸어. 가난하고 낡은 세계가 없어지고 살기 좋은 시대가 닥쳐 오기라도 하듯이 말이야!"

사람들의 얼굴을 밝게 하고 있는 진기한 명랑함에 대해서는 헤스터가 설명한 바 그대로였다. 이렇게 북적거리는 연중 행사에—옛날부터 그러했고, 2백 년 가까이나 계속되고 있는 것이지만—청교도들은 약한 인간성에 대해서 허용해 주어도 좋다고 인정되는 즐거움과 공적인 기쁨을 모두 한데 몰아서 압축시켜 버렸다. 이렇게 함으로써 평상시 쌓였던 우울한 구름을 완전히 몰아내려 했던 것이다. 단 하루의 경축일인 이날만큼은 그 까다로운 얼굴 표정도 누그러지는 법이지만 다른 많은 사회가 일반 대중의 어려움을 당했을 때 보일 정도의 심각한 표정은 역시 남아 있었던 것이다.

그러나 이렇게 쓰는 것은 가령 그것이 그 시대의 기풍이나 풍속의 특징이었다 하더라도 회색 내지 검은색의 음색(陰色)을 너무 지나치게 과장하여 생각하는 게 될 것이다. 지금 보스턴 광장에 있는 사람들은 날 때부터 청교도적인 침울성을 타고난 것은 아니었다. 이 사람들은 원래 영국인이었고 그들의 아버지 대는 엘리자베스 여왕의 밝고 풍족한 시대에 살았었다. 이 시대야말로 영국민의 생활을 전체적으로 개편할 때 지금까지 세계에 알려진 어느 시대보다 장려(壯麗)하고 웅대하고 기쁨에 넘친 시대였다. 이러한 전통적 취미를 좇았다면 뉴잉글랜드의 이주민들은 공적으로 중요한 행사가 열리는 날에는 불꽃놀이·연회·가장 행렬 등으로 장식했을 것이다. 장엄한 의식을 거행함에 있어서도 이러한 경축일의 장엄한 기분과 즐거운 오락을 결부시켜 국민이 몸에 걸치는 예복에다 괴상하리만큼 화려한 수를 놓는 것쯤 결코 불가능한 일이 아니었다. 식민지에서 정치상의 새해가 시작되는 날을 축하하는 자세에도 이런 종류의 시도가 다소나마 자취를 남기고 있었다. 총독의 임명이라는 연중 행사에 관련하여 뉴잉글랜드의 선조가 시작한 관습에는 화려한 수도 런던에서 대관식이라고 할 것까지는 못 되더라도 시장 취임 식전 때 보았던 화려했던 기억을 어설프게나마 반영하고 있었다. 비록 훨씬 동떨어진 경향은 있었지만 그대로 하나의 형태를 이루게 된 것이다. 이 공화국의 선조이고 창건자인 정치가나 목사나 군인들은 위풍당당한 외관을 갖추는 일을 의무로 생각하고 있었다. 이러한 외관은 옛 관습에 따라 정치적으로나 사회적으로 높은 지위에 합당한 옷차림으로 여겨져 왔기 때문이다. 이러한 사람들이 대중 앞에서 행진을 하고 구성된 지 얼마 안 되는 정부의 단순한 기구에 필요한 위엄을 부여하고 있었다.

그뿐만 아니라 평소에는 종교와 동일시되던 각종 노동에 대해서도 이날만은 그에 따르는 규정을 완화해 준다고까지는 말할 수 없으나 대체로 묵인하는 형편이었다. 물론 엘리자베스 여왕 시대나 제임스 왕 시대의 영국에서 흔히 볼 수 있었던 일반 대중을 위한 오락 시설 같은 것은 일체 찾아볼 수 없었다. 연극을 흉내 낸 저속한 흥행물도 없었고 하프를 타며 전설적인 가요를 노래하는 시인도 없고, 음악에 맞추어 춤추는 원숭이를 구경시키는 광대도 없었다. 마술을 흉내 내는 마술사도 없었으며 아마 몇백 년 전의 일이겠지만 웃음으로 일반 대중을 웃기는 점에 있어서는 아직도 다를 바 없는 재담을 늘어놓는 익살꾼도 없었다. 이렇게 사람들을 즐겁게 하는 여러 분야의 재주꾼들은 엄격한 법적 재재를 받을 뿐 아니라 법에 생명을 불어넣고 있는 일반 감정에 의해서도 엄격히 억제당하고 있었기 때문이다.

그러나 일반 대중은 그런 대로 웃고 있었다. 침울하긴 했지만 크게 웃고 있는 것은 사실이었다. 게다가 이주민들이 아주 옛날에 영국에 살았을 때 시골의 축제일이나 마을 잔디밭에서 구경을 하거나 직접 참가한 일이 있는 운동 경기 같은 것이 없는 것도 아니었다. 이런 것들을 필요 불가결의 용기나 담력을 위해서도 신천지에 보존하여야 한다고 생각한 것이다. 레슬링 시합은 온월 지방과 데본셔 지방의 방식이 각기 다르기는 했지만 광장의 여기저기서 볼 수 있었다. 한쪽 구석에서는 육청봉(六尺棒) 시합이 조용히 벌어지고 있었다. 특히 사람들의 흥미를 끈 것은 이미 앞에서 말한 바 있는 처형대 위에서 두 호신술 사범이 방패(왼손에 들음)와 칼을 들고 시작한 모범 시합이었다. 이 시합은 관리가 제지하여 중단되는 바람에 관중들은 크게 실망했다. 그 관리는 처형대와 같은 소중한 장소를 이렇게 모독당하여 법의 위엄이 손상되는 것을 묵인할 수 없었기 때문이다.

일반적으로 말해 당시의 대중들은 경축일을 즐긴다는 점에서는, 우리들처럼 시대적으로 훨씬 차이가 있는 후대 자손들과 비교해도 전혀 손색이 없었다고 단언해도 과언이 아니다.(당시 사람들은 즐거움이 없는 생활을 했다 할지라도 아직 초기 단계였으며, 젊었을 때는 명랑하게 살 줄 알았던 사람들의 아들 대였기 때문이다.) 이 사람들의 2세, 즉 초기 이주민들의 다음 세대에는 청교도주의가 가장 어두운 색채를 띠고 있었으며 국민의 안색을 완전히 어두워지게 했으므로 그 후 수십 년이 지나도 그 그림자를 완전히 제거할 수는 없었다. 현대 인간은 잊혀진 놀이의 방법을 다시 한 번 되배워야 할 것이다.

광장에서 볼 수 있는 인생은 대체로 영국에서 이민해온 이주민들이 지닌 슬픈 회색이나 갈색, 또는 흑색의 빛깔을 띠고 있었지만 그래도 가지각색의 빛깔로 붐비고 있었다. 좀 떨어진 곳에 서 있는 한 떼의 인디언들은 유별난 수를 놓은 사슴 가죽의 긴 옷에 조개껍질을 꿰어 만든 띠를 두르고 붉은색·노란색의 물감을 얼굴에 칠하고 깃털로 장식한 야만인 특유의 차림새에 활과 화살, 그리고 석창으로 무장하고 있었는데, 그 말할 수 없는 엄숙한 표정은 청교도들도 흉내를 낼 수 없을 정도의 것이었다. 이처럼 물감을 더덕더덕 칠

한 야만인은 세련되지는 못하였다 하더라도 이 광장 안에서 가장 거칠어 보인다고는 할 수 없었다. 가장 난폭해 보이는 모습은 총독 취임의 축제를 구경하기 위해 상륙한 선원들—카리브 해에서 온 일부 선원들이었다. 얼굴은 까맣게 타고 수염이 더부룩한 난폭자인 이들은 짧은 나팔바지의 허리를 허리띠로 졸라맸는데 세공을 하지 않은 금장식을 단 자도 있고 장검이나 단검을 매달고 있기도 했다. 야자나무 잎으로 만든 챙 넓은 모자 밑으로는 기분 좋게 장난치고 있을 때도 짐승처럼 잔인한 눈이 번쩍이고 있었다.

그들은 모든 사람을 묶어 놓고 있는 행동의 규범을 아무런 불안이나 걱정도 없이 마구 짓밟고 있었다. 관리들의 코앞에서 담배를 뻑뻑 피웠다. 이곳 주민이 그런 짓을 한다면 한 모금에 1실링의 벌금을 과하게 되어 있다. 또 그들은 호주머니에서 술병을 꺼내어 포도주나 화주(火酒)를 병째 들이켜고는, 기가 막혀 놀라고 있는 군중들에게도 호기롭게 병을 내밀어 권했다. 선원들이 육지에서 거드름을 피우는 일뿐만 아니라 본래의 영역이라 할 수 있는 해상에서 저지르는 불합리한 행위에 관해서도 자유가 허용되어 있다는 사실은 당시 도덕이 아무리 엄격했다고는 하나 역시 불완전했다는 비난을 모면할 수 없음을 말해 주고 있었다. 당시의 뱃사람들은 오늘날의 기준으로 보면 해적으로 처벌받을 존재였다. 이를테면 지금 화제로 삼고 있는 선원들은 당시의 뱃사람 치고는 별로 흉악한 표본이라고 할 수는 없지만 그들이 스페인의 무역선을 약탈한 죄를 범했다는 것은 의문의 여지가 없었으니만큼 현대 법정에 나갔다면 전원이 다 목이 달아났을 것이다.

그러나 아득한 옛날 그 당시의 바다는 제 마음대로 출렁거리며 파도치고 거품을 일게 했으며 미쳐 날뛰는 폭풍에 지배될 뿐이었으므로 인간의 법으로는 달랠 도리가 없었다. 바다의 무법자들도 직업을 버리고 일단 결심만 하면 당장에라도 육지로 올라와 성실하고 신심 있는 인간이 될 수 있었다. 아니 일생 동안 불합리한 일을 계속하고 있는 그들과 거래를 하거나 간간이 교제하는 일쯤은 그다지 불명예스러운 인간으로 간주되는 일도 없었다. 따라서 검은 망토에 풀을 먹인 칼라, 거기다 끝이 뾰족한 모자를 쓴 청교도의 장로들도 선원들의 떠들어 대는 무례한 꼴을 보아도 그저 너그럽게 웃어 넘기고 마는 것이었다. 의사인 로저 칠링워드 노인과 같은 점잖은 시민이 수상한 선장과 함께 다정하게 속삭이며 광장으로 들어오는 모습을 보았다 하더라도 특별히 놀라거나 비난을 하는 일은 없었다.

선장은 참으로 화려한 옷차림을 하고 있어서 군중들 틈에서도 유별나게 눈에 띄었다. 양복에는 수없이 리본을 달았으며 모자에는 금테를 둘렀을 뿐 아니라 둘레에 금사슬을 감았고 끝에는 깃털을 꽂고 있었다. 허리에는 칼을 찼고, 이마에는 칼자국이 나 있었는데 머리카락을 내려 이상한 상처를 가리려 하는 것이 아니라 오히려 자랑삼아 드러내 놓으려는 것 같았다. 육지에 사는 인간이 이런 화려한 옷차림으로 버젓이 얼굴을 내놓고 나왔다면 당장 재판관 앞에 불려나가 단단히 심문을 받거나 경우에 따라서는 벌금 또는 금고(禁錮), 혹은 수갑을 차고 갇히든지 아니면 군중 앞에 구경거리가 되는 사태가 일어났을 것이다. 그러나 이 선장의 경우는 마치 물고기에 번쩍이는 비늘이 달려 있듯이 모든 것이 선장의 신분에 합당한 물건으로 간주되었던 것이다.

의사와 헤어진 다음 브리스틀행 배의 선장은 광장을 어슬렁어

슬렁 돌아다니다가 이윽고 헤스터 프린이 서 있는 곳까지 오자 상대방을 알아본 듯 인사도 없이 서슴지 않고 말을 걸었다. 헤스터가 서 있을 때는 언제나 그러했지만 그녀의 둘레에는 마술의 원처럼 동그란 공간이 있었다. 조금 떨어진 곳에서는 군중이 밀리고 밀치고 하면서도 그곳에는 아무도 들어가려고 하지 않았고, 감히 그런 마음을 먹는 자도 없었다. 그것은 주홍글씨가 운명의 여인을 가두어 놓고 있는 강한 정신적인 고독 같은 것이 나타났기 때문이었다. 한편 이곳 사람들이 전처럼 불친절하지는 않다 하더라도 역시 본능적으로 헤스터를 멀리 하려는 경향이 있었기 때문이다. 여태까지는 그만두고라도 이번에 처음으로 이 공간을 이용할 수 있었다. 즉 헤스터와 선장은 남이 엿들을까봐 걱정할 필요 없이 말을 나눌 수 있었다. 헤스터 프린에 대한 세상의 평판이 일변하였기 때문에 이 거리에서 가장 정조 관념이 굳건한 부인이라도 선장과 이야기를 했다면 헤스터의 경우 이상으로 소문 거리가 되었을 것이다.

“그런데 부인!” 선장은 말했다. “부인이 부탁한 수보다도 침대를 하나 더 마련하도록 급사놈에게 일러 둬야겠어요! 이번 항해에서는 괴혈병(壞血病)이나 발진티푸스 같은 병이 발생할 염려는 절대로 없습니다! 선의(船醫) 외에 또 한 사람의 의사가 더 타게 되었으니까요. 무서운 것은 약뿐입니다. 우리 배에는 스페인 배와 거래할 약품이 잔뜩 쌓여 있으니까요.”

“뭐라고요?” 헤스터는 안색에 나타난 이상으로 놀랐다. “누가 또 탈 사람이 있단 말인가요?”

“아니, 모르고 계십니까?” 선생은 큰소리로 외쳤다. “이곳에 사는 의사로, 칠링워드라고 하던가요! 당신네들과 함께 우리 배의 식사를 하고 싶다더군요. 그런데 당신이 모를 리가 있나요? 당신네들과 동행이고 당신이 말씀하시던 그분하고도 친구가 된다고 하던대요. 그분은 고약한 이곳의 청교도 통치자들에게서 쫓겨나는 몸이라던대요!"

"물론 두 분은 친한 사이입니다." 헤스터는 태연한 태도로 대답했으나 몹시 당황하고 있었다. "오랫동안 함께 살아왔으니까요."

선장과 헤스터 프린은 더 이상 아무 말도 하지 않았다. 그러나 마침 그때 로저 칠링워드 노인이 광장 반대쪽 구석에 서서 웃고 있는 것이 보였다. 떠들썩한 광장을 지나 군중의 말소리나 웃음소리, 갖가지 기분이나 관심 거리를 통과해서 전달되는, 무서운 비밀의 뜻을 지닌 미소였다.

제22장 **행 렬**

헤스터 프린이 정신을 가다듬어 이 새롭고 놀라운 사태에 대하여 어떻게 대처해야 적절한지를 검토할 겨를도 없이 이웃 거리에서 군악 소리가 가까이 들려오기 시작했다. 관리들이나 시민들의 행렬이 공회당을 향하여 행진하고 있음을 알리는 음악이었다. 공회당에서는 관례에 따라 딤즈데일 목사가 총독 취임 축하의 설교를 하게 되어 있었다.

이윽고 행렬의 선두가 위풍 당당한 행진으로 모습을 나타냈고 길 모퉁이를 돌아서 광장을 건너오기 시작했다. 우선 군악대가 앞장서왔다. 악대는 여러 종류의 악기로 구성되어 있었는데 전체적으로 가락도 잘 맞지 않았으며 솜씨도 대단치 않았다. 그러나 드럼과 클라리온의 조화가 군중에게 호소하려는 큰 목적, 즉 눈앞에 전개되는 광경을 높고 보다 웅장하게 보이려는 목적을 충분히 달성하고 있었다. 펄은 처음에는 손뼉을 치며 좋아했으나 아침부터 줄곧 어찌할 바를 모르던 흥분이 잠시 가라앉았다. 눈을 크게 뜬 채 잠자코 파도 사이에 뜨는 해조(海鳥)처럼 여유 있게 울리는 음악의 억양에 몸을 맡기고 아득히 먼 곳으로 두둥실 떠오르는 것 같았다. 그러나 악대 뒤를 이어 행렬의 친위대(親衛隊) 구실을 하고 있는 보병 중대의 병기와 번쩍번쩍 빛나는 갑옷이 햇빛에 반사되자 다시 흥분된 기분으로 되돌아갔다. 이 군대는—아직도 해체되는 일없이 예부터 내려오는 명예를 지닌 채 현재에 이르렀지만—금전에 팔린 용병으로 구성된 것은 아니었다. 전원이 애국적인 정신을 북돋우고 성당 기사단(騎士團)을 본떠서 군사학을 배우고, 평상시의 훈련으로 가능한 한도 내에서 전략을 습득하는 것을 목적으로 하는 군사학교 같은 것을 설립하려고 했었다. 이 군대의 품격에 대한 높은 평가는 중대 각 개인의 당당한 태도에서도 볼 수 있었다. 사실 대원 중에는 북해 연안 지대를 비롯해 유럽 각지로 종군하여 용사의 이름과 명예를 받을 만한 자격을 훌륭하게 얻은 자도 있었다. 더구나 빛나는 강철로 몸을 단장하고 번쩍이는 투구 위에 깃털을 휘날리고 있는 정장한 모습은 현대인이 아무리 차려 입어도 따라갈 수 없을 정도로 휘황 찬란한 것이었다.

그럼에도 불구하고, 이 친위대 바로 뒤에 따라온 상급 문관(上級文官) 쪽이 안식(眼識)이 있는 사람들에게는 훨씬 가치가 있는 것처럼 보였다. 외모에 나타난 태도만 보더라도 군인들의 당당한 행진 모습은 우습기 짝이 없다고 할 것까지는 없어도 좀 저속함을 드러내는 위엄이 역력히 보였다. 이 당시는 소위 재능이라는 것을 현재만큼 중요시하지 않았고 착실하고 위엄 있는 성격을 갖추게 하는 육중한 요소를 훨씬 중요시하던 시대였다. 당시의 사람들이 선조의 유산으로 이어받은 이런 존경심을 자손들에게 전달하는 일이 있었다 하더라도 현대에 와서는 그 정도가 훨씬 미약해졌고 공직자를 선출하고 평가하는 데 있어서도 그 힘은 현저하게 약해졌다. 이런 변화는 일장 일단이 있겠지만 아마 서로 비슷한 정도로 맞먹을 것이다. 다시 미개지인 해안선에 이주한 영국인은—왕과 귀족을 비롯해 온갖 고관 대작들을 등지고 있지만 아직도 존경해야 한다는 생각만은 여전히 뿌리박혀 있었으므로—노인의 백발이나 위엄 있는 이마, 오랜 시련을 겪은 고결함, 충실한 지식이나 검소한 경험, 항구 불변이란 느낌을 주며 일반적으로 관록이란 정의에 속하는 무게 있고 침착한 성질에 대해서는 존경심을 아끼지 않았다. 따라서 초기의 정치가인 브래드스트릿, 엔디콧, 더들리, 벨링햄 등의 총독은 대중에게 선출되어 정권을 잡았다고는 하나 반드시 재능 있는 사람이라고는 할 수 없으며 왕성한 지성이 있다기보다는 중후하고 온건한 인물로 알려졌다고 볼 수 있다.

용기와 독립의 정신을 지닌 그들은 곤란과 위기에 처하면 노도를 막아내는 안벽(岸壁)처럼 단호히 국민의 복지를 위해 봉기했던 것이다. 이러한 특질은 새 식민지 관리들의 네모난 얼굴과 육중한 체격 등에 여실히 나타나 있었다. 이 타고난 위엄 있는 태도에 관한 이들 실제적 민주주의의 선구자들이 귀족원에 참가하게 되든지 국왕의 추밀(樞密) 고문관으로 임명되는 일이 있더라도 모국인 영국에서는 조금도 부끄럽게 생각할 필요가 없었다.

이 관리들의 뒤를 따라오는 사람이 바로 그 고명한 청년 목사였으며 이 사람을 통해 경축일을 축하하는 설교를 듣게 되어 있었다. 그 당시는 정치가라는 직업보다도 목사라는 직업이 훨씬 지적 능력을 발휘하고 있었다. 고매(高邁)한 동기는 고사하고라도 사회에서 숭배에 가까운 존경을 받고 있었기 때문에 격렬한 야심을 품은 사람도 끌어들일 만큼 이 목사라는 직업은 강한 매력을 지니고 있었다. 정치력까지도 그 인크리스 메이더의 경우처럼 훌륭하게 목사의 수중으로 들어갈 수 있었던 것이다.

이때 딤즈데일 씨의 모습을 본 사람들의 말을 빌리면 이 목사가 뉴잉글랜드의 해안에 발을 붙인 이래 이 행렬에 끼여 행진할 때처럼 힘찬 걸음걸이나 태도를 보인 적이 일찍이 없었다고 한다. 보통 때와 달리 힘없는 걸음걸이가 아니었고 자세도 구부러지지 않았으며 손을 힘없이 가슴 위에 올려놓는 일도 없었다. 그러나 이 목사를 공정한 눈으로 본다면 그 기운은 육체적인 것이 아니라 오히려 천사가 주는 정신적인 것이라 할 수 있었다. 오랜 시간에 걸쳐 몰두한 사고라는 용광로의 백열(白熱) 속에서만 증류될 수 있는 강력한 영혼의 술로 인한 흥분이었는지도 모른다. 어쩌면 목사의 민감한 기질이 하늘 높이 치솟아 올라가듯 울려 퍼지는 음악 소리에 자극되어 위로위로 올라가는 음파를 타고 있었는지도 모른다. 그러나 그 표정은 너무도 얼빠진 것 같았으므로 음악 소리가 딤즈데일 씨의 귀에 들렸는지조차 의심스러웠다. 확실히 육체는 여느 때와 다른 기세로 전진을 계속하고 있었다. 그러나 정신은 어디에 있었단 말인가? 정신은 그 영역의 깊숙한 곳에서 이윽고 그곳에서 출발하려는 당당한 사상의 흐름을 정리하기 위해 분주하게 움직이고 있었다. 그러기에 목사는 주변의 것이라고는 보이지도 들리지도 않았고 알 수도 없었다. 그러나 정신력이 허물어져 가는 육체에 힘을 주어 그 무거운 짐을 의식하지 못한 채 걷게 하여 그 자체보다 나은 정신으로 변화시키고 있었다. 비범한 지성을 가진 사람은 몸이 약해져도 이러한 커다란 노력의 힘을 간간이 몸에 지니게 되며 이 힘을 얻기 위해 며칠이고 생명을 투입한 나머지 결국 그 날짜만큼 생기를 잃게 되는 것이다.

목사를 물끄러미 바라보고 있자니 헤스터 프린은 뭔가 쓸쓸한 기분에 사로잡히게 되었는데 그 이유는 무엇이며 어디서 오는 것인지 알 수 없었다. 다만 목사가 이젠 자신의 세계로부터 완전히 멀어져간 사람 같았고 손이 닿을 수 없는 곳에 있는 것처럼 느껴졌다. 헤스터는 서로 상대방을 인정하는 시선을 나눌 수 있으리라 상상하고 있었던 것이다. 고독과 애정과 고뇌에 찬 작은 골짜기가 있는 어두운 숲속의 일을 회상했다. 손을 잡은 채 앉아서 슬프고 정열적인 얘기를 우울한 시냇물 소리에 실리던 일이며 이끼 긴 통나무를 생각했다. 그때는 서로가 얼마나 깊이 이해했던가! 그런데 이게 바로 그 사람이란 말인가? 지금은 마치 다른 사람 같기만 했다! 그는 지금 위엄 있고 덕망 있는 장로들의 행렬에 끼여 화려한 음악에 휩싸이기라도 한 것처럼 자랑스러운 모습으로 지나갔다. 사회적 지위로 보더라도 손이 미칠 수 없는 사람이며 자기와는 거리가 먼 것 같았다. 사상면에서는 더구나 그러했다! 모든 것이 환영이었나 보다. 그렇게 뚜렷하게 꾼 꿈이었는데도 목사와 자기 사이에는 진실한 인연이 없는 것이다. 이렇게 생각하니 헤스터의 마음은 무거워졌다. 아무리 여자다운 헤스터라 할지라도 특히 두 운명의 무거운 발길이 한발 한발 다가오는 이 판국에 목사가 이렇게 두 사람만의 세계로부터 완전히 빠져나가 버리는 것을 용서할 수는 없었다. 자기는 어둠 속에서 차가운 두 손을 내민 채 더듬어도 상대방을 잡을 수 없는 처지이고 보면 말이다.

펄은 어머니의 심적 동요를 알아차리고 그에 반응하는 것인지, 아니면 스스로 깨달은 것인지는 몰라도 목사에게 손이 미칠 수 없는 서먹서먹함이 감돌고 있다는 것을 눈치 챈 모양이었다. 행렬이 지나가는 동안 불안해서 금방이라도 날아갈 것 같은 참새처럼 여기저기 왔다갔다 하더니 행렬이 다 통과하자 헤스터의 얼굴을 올려다보며 말했다.

"엄마. 저분이 시냇가에서 나에게 키스해 주던 그 목사님이야?"

"펄, 제발 잠자코 있어요!" 어머니는 작은 소리로 말했다. "숲속에서 있었던 일은 광장에서 얘기하면 안 돼요."

"저분은 같은 목사님 같지 않은걸! 얼굴이 이상한걸 뭐." 아이는 계속 말했다. "그런 얼굴이 아니었으면 쫓아가서 모든 사람이 보는 앞에서 키스해 달라고 부탁해 보려고 했는데, 어두운 숲속에서 해주신 것처럼 말이야. 그럼 목사님은 뭐라고 하셨을까, 엄마? 가슴을 손으로 누르면서 나를 흘겨보고 저쪽으로 가셨을까?"

"뭐라고 하고 말고가 없잖니, 펄." 헤스터는 대답했다. "지금은 키스할 때가 아니야, 키스는 광장에서 하면 안 돼요, 하고 말씀하셨겠지. 바보 같으니라고, 네가 목사님께 말을 걸지 않기 천만다행이다!"

이 딤즈데일 목사에 대한 이와 비슷한 기분을 좀 느낌을 달리해서 표명한 사람은—색다르기보다도 광기로 그랬다고 하는 것이 옳을 것이다—여러 사람이 보는 앞에서 주홍글씨를 단 여인과 말을 나누는, 이 고장 사람들이 감히 하지 못하는 일을 해낸 사람이었다. 그것은 그 히빈스 노부인이었다. 3단 주름 깃에 수를 놓은 흉의(胸衣), 게다가 황금 손잡이가 달린 단장을 짚은 화려한 옷차림으로 행렬 구경을 나왔던 것이다. 이 노부인은 당시 빈번히 일어나던 마술 행위의 장본인이라는 평판이 있었으므로(이 때문에 나중에는 생명까지도 희생당하게 되었지만) 군중들은 길을 비켰다. 부인의 옷자락이 닿기만 해도 두려워하는 것은 그 호화로운 주름 속에 역병이라도 숨어 있는 것처럼 꺼렸기 때문이다.

더구나 헤스터 프린과 어깨를 나란히 하고 서 있는 것을 보자—

헤스터에 대한 일반 감정이 아무리 누그러졌다고는 하나—히빈스 노부인에 대한 공포감은 곱절로 늘었고 광장에 있던 사람들은 두 여자가 서 있는 곳에서 슬금슬금 물러나 버렸다.

"아무리 상상력이 풍부하더라도 보통 사람은 납득이 안 갈 거예요!" 노부인은 헤스터에게 작은 목소리로 말을 털어 놓기 시작했다. "저 목사 말이에요! 세상에서는 살아 있는 성인이라 떠받들고 있고 사실상 그런 얼굴을 하고 있기도 하군요! 하지만 저 사람이 행렬 속에 끼여 걸어가는 것을 본다면 바로 며칠 전에 서재를 빠져나와 숲속에서 쉬고 있었다고 누가 알겠어요! 아무리 입으로는 헤브라이 어의 성경 문구를 외고 있었다고 해도 말이에요. 하하하, 우리는 그 뜻을 알고 있지 않소. 헤스터 프린! 하지만 정말 저 사람이 같은 인간이라니 아무래도 믿을 수가 없어요. 지금 악대 뒤를 따라가고 있는 교회 사람들이 나와 함께 장단 맞춰 춤을 추는 것을 나는 얼마든지 보고 있으니까요! 어떤 사람이 바이올린을 켜고 있을 때 말이에요. 우리와 손을 잡고 춤을 추던 사람은 인디언의 기도사이거나 래플랜드의 마술사이거나 했어요. 세상 물정을 알고 있는 여자가 보면 그런 것은 아무것도 아니라오. 그러나 말이오, 저 목사는 어떻소! 당신과 숲속 오솔길에서 만난 사람이 같은 사람이라고 단언할 수 있겠어요, 헤스터?"

"부인, 부인의 말씀은 무슨 뜻인지 모르겠습니다." 헤스터 프린은 히빈스 노부인의 머리가 이상하다는 것을 생각하면서 대답했으나 수많은 인간(자기 자신을 포함해서)과 악마와의 개인적인 관계를 자신있게 단언하는 데는 놀라움을 감출 수 없어 무서운 생각까지 들었다.

"딤즈데일 목사님처럼 하나님의 길을 설교하시는 학식 있고 신앙심이 두터운 분을 저는 그렇게 함부로 말할 수 없습니다!"

"흥, 바보 같은 여자군!" 노부인은 헤스터의 코끝에서 삿대질을 해가며 말했다. "내가 몇 번이고 숲속을 드나드는데 누가 거길 갔는지 모른단 말이오? 춤출 때 머리에 썼던 화환의 잎이 하나도 남아 있지 않더라도 다 알아요! 헤스터, 당신 일도 알아요. 그 표시가 보이니까. 환한 곳에서야 물론이고, 어두운 곳에서도 불꽃처럼 불타고 있으니 말이오. 당신은 그것을 공공연히 달고 다니니까 전혀 문제가 안 되지만 저 목사는 말이오. 잠깐 귀를 빌립시다! 마왕님은 서명 날인한 자기 부하들 중에서 딤즈데일처럼 계약을 세상에 공포하기를 부끄러워하는 자가 있으면 그 표시를 대낮에 세상 사람들 앞에 폭로하도록 한단 말이오. 저 목사가 늘 가슴에 손을 얹고 감추려 하는 것이 뭐겠소? 헤스터 프린!"

"뭐죠 그게, 히빈스 아줌마?" 펄이 재촉하듯이 물었다.

"보셨어요?"

"아무것도 아네요, 아가씨!" 히빈스 노부인은 정중히 설을 하면서 말했다. "언젠가는 네 눈으로 확인할 수 있을 거야. 떠도는 말로는 너는 하늘의 제왕인 마왕님의 직계(直系)라는 말이 있던데! 언제든 날씨가 맑은 밤에 나와 함께 하늘로 날아가 아버지를 뵈러 가지 않겠니? 그러면 왜 목사님이 가슴에 손을 얹고 있는지 알게 될 거다!"

광장 안에 모든 사람이 들을 수 있을 정도로 높은 소리로 웃더니 그 기분 나쁜 노부인은 사라져 버렸다.

이럭저럭 하다 보니 교회당에서는 식이 시작되기 전의 기도도 끝나서 설교를 시작한 딤즈데일 목사의 목소리가 들려나왔다. 헤스터는 억제할 수 없는 기분으로 교회당 근처에 그대로 서 있었다.

신성한 건물 안은 초만원이 되어 입추의 여지도 없었으므로 처형대 바로 옆에 자리를 잡게 되었다. 확실치는 않으나 그 억양 있는 음성 때문에 중얼거리는 것 같은 투의 특징 있는 목사의 설교 전부가 들려올 정도로 가까운 위치였다.

목사의 음성은 그 자체가 천부적인 자질을 갖고 있었기에 그의 말은 하나도 이해할 수 없었더라도 그 어조와 억양만으로 듣는 사람의 마음을 흔들어 놓았을 것이다. 모든 음악과 마찬가지로 그 목소리는 학식 있는 자의 마음에 자연히 갖추어지게 마련인 정열과 비애 그리고 높고도 부드러운 감동의 언어로 속삭이고 있었다. 교회당을 가로막고 있는 벽 때문에 확실히 들을 수 없는 음성이기는 했지만 열심히 듣고 있는 헤스터 프린에겐 깊은 공감을 느낄 수 있었으므로 그 설교에는 듣기 힘든 말과는 전혀 관계없이 어떤 뜻이 내포되어 있었다. 좀더 똑똑히 들렸더라면 오히려 거친 매개체가 되어 정신적 의미를 방해했을지도 모른다. 바람이 차차 가라앉는 것 같은 저음이 들리는가 하면, 이윽고 부드러운 힘이 조금씩 강해짐에 따라 헤스터의 기분도 고조되어 그 음량(音量)의 영향으로 두렵고 엄숙하고 장엄한 분위기 속으로 휩싸여 들어갔다. 그러한 목사의 음성은 장중(莊重)하면서도 때로는 비애에 찬 기조음(基調音)이 언제나 그 밑바닥에 깔려 있었다. 높게 혹은 낮게 울리는 고뇌의 표현은 괴로움에 허덕이는 인류의 속삭임 같기도 하고 비명 같기도 하여 슬픔을 뒤흔들었다! 때로는 이 깊은 비애의 어조만이 황량한 침묵 속의 한숨 소리가 되어 들려왔고 그것조차 들리지 않을 때도 있었다. 그러한 목사의 소리가 높아져 낭랑하게 울려 퍼졌을 때도 억누를 수 없이 드높게 튀어 흩어져 나왔을 때도 한없는 폭과 강함에 차서 두꺼운 벽을 뚫고 밖으로 넘쳐 나와 외계(外

界)에 녹아들어가 버리지 않나 싶을 만큼 교회 가득히 퍼졌을 때도 그러려니 하고 열심히 귀를 기울인 사람들에게는 여전히 같은 고통의 절규로 들렸다. 도대체 그것은 무슨 소리였을까? 그것은 다름 아닌 슬픔에 못 이겨 죄를 범했을지도 모를 인간의 심적인 애원으로서 그 죄와 슬픔의 비밀을 인류의 위대한 마음에 호소함으로써 모든 순간에 온갖 말로 동정과 용서를 구하고 있었는데 그것은 결코 헛수고로 끝나는 하소연은 아니었다! 목사에게 독특한 힘을 주고 있는 것은 이 깊이 있고 계속되는 저음이었다.

설교를 듣는 동안 내내 헤스터는 처형대 밑에 동상처럼 서 있었다. 목사의 음성 때문에 그렇게 서 있는 것이 아니라 하더라도 역시 치욕의 장소인 이곳에는 피할 수 없는 흡인력이 있었는지도 모른다. 이전이나 이후의 생활이 모두 이 장소와 결부되어 있고 생활에 통일성을 준 거점이라는 느낌이 들었다. 정리된 생각이라고 하기에는 너무 막연하긴 했으나 역시 그녀의 마음을 무겁게 짓누르고 있었다.

한편 어머니 곁을 떠난 펄은 혼자서 제멋대로 광장을 쏘다니며 놀고 있었다. 그 환한 빛으로 침울한 군중의 기분을 자극하고 있는 모양은 깃털이 눈부신 새가 우거진 풀숲 사이를 여기저기 뛰어 돌아다니며 들락날락하는 바람에 침침하게 우거진 수목 전체가 밝게 보이는 것 같았다. 이 아이의 동작은 마치 파도가 굽이치듯 격렬하고 불규칙적인 데가 있었다. 이것은 그 아이의 기분이 늘 활발함을 말해 주고 있는 것이다. 특히 오늘은 어머니의 심적 동요에 힘입어 움직이고 있었으므로 발끝으로 서서 춤추고 돌아다녔는데도 평상시보다 피곤한 줄을 몰랐다. 언제라도 생기 있고 활발한 그녀는 호기심을 끄는 것이 보이면 펄은 그 자리로 뛰어갔고 탐나는 것이 있으면 사람이든 물건이든 자기 것인 양 차지해 버렸다. 그러나 자신의 동작은 조금도 억제당하려고 하지 않았다. 그 모습을 보고 있는 청교도들이 가령 미소를 지었다 하더라도, 그리고 빛나는 조그만 몸과 그 움직임과 함께 반짝이는 아름다움이나 귀여움에 말할 수 없는 매력을 느꼈다 하더라도 아이를 악마의 소생으로 보는 마음에 다소나마 변동이 생겼다는 것은 아니다. 펄이 인디언에게 달려가서 그 험상궂은 얼굴을 물끄러미 바라보고 있으면 인디언 역시 자기보다 훨씬 왁살스런 주인공이 눈앞에 있음을 알아차렸다. 그 다음에 펄은 독특한 조심성을 보이면서도 역시 타고난 대담성으로 선원들이 서 있는 한복판으로 뛰어들어갔다. 이 사람들 역시 육지의 인디언이나 매일반인 검푸른 바다의 야만인이었다. 그들은 펄의 모습을 보자 놀라기도 하고 감탄하기도 하면서, 이는 바다의 물거품이 소녀로 바뀌어 밤에 뱃머리 밑에서 번쩍이는 바닷물의 넋을 타고 나온 것이 아닌가 하는 얼굴이었다.

그들 선원 중 헤스터와 말을 했던 선장은 이 같은 펄의 모습에 완전히 매혹된 나머지 그녀에게 살짝 키스해 주려고 두 손으로 붙잡으려 했다. 그러나 펄을 잡는다는 것은 하늘을 나는 새를 잡는 거니 마찬가지임을 알자 그는 모자에 감았던 금사슬을 풀러 아이가 있는 쪽으로 던져 주었는데 그것을 금방 목으로부터 허리로 감는 펄의 솜씨가 어찌나 능숙했던지 한번 그 모습을 보고 나면 그것은 이미 신체의 일부가 되다시피 하여 사슬을 감고 있지 않은 펄은 상상조차 할 수 없을 정도였다.

"저기 주홍글씨를 단 여자가 네 엄마지?" 선장은 물었다. "네 엄마한테 가서 내 말 좀 전해 줄래?"

"그럼 이렇게 전해라. 얼굴이 검고 등이 굽은 의사와 다시 한 번

의논한 결과 너의 엄마도 잘 아시는 친구를 의사가 배까지 모시고 가게 되었다고 말이다. 그러니까 네 엄마는 너와 엄마 두 사람 준비만 하시면 된다고, 알겠지? 요 마녀 아가씨야.”

“우리 아빠는 하늘의 제왕인 마왕님이라고 히빈스 아줌마가 말해 주셨어요!” 펄은 못 들은 체하고 웃으면서 외쳤다. “나를 욕하면 아빠한테 일러 줄 거예요. 그렇게 되면 아저씨 배는 폭풍으로 혼날 거예요.”

광장을 지그재그 식으로 가로질러 펄은 어머니 있는 데로 돌아와 선장의 말을 전했다. 헤스터의 꿋꿋하고, 침착하고, 냉정한, 꾸준히 견뎌내는 정신도 눈앞에 닥치는 피할 수 없는 운명의 어둡고 냉혹함에 접하자 도저히 어쩔 도리가 없었다. 미궁과 같은 비참함에서 빠져나갈 수 있는 길이 딱 열리려는 순간에 운명이 잔혹한 조소를 띠며 두 사람의 앞길을 가로막고 나섰던 것이다.

그뿐만이 아니었다. 선장의 말을 전해 듣고 마음이 괴로워 어찌할 바를 모르고 있던 헤스터는 또 다른 시련을 겪어야만 했다. 광장에 모인 보스턴 근처에서 온 많은 사람들은 진작부터 주홍글씨에 관한 소문—밑도 끝도 없는 과장된 소문으로 여겼으나 역시 겁은 집어먹었다—은 듣고 있었으나 직접 눈으로 실물을 본 적은 없었다. 그러므로 다른 놀이에 싫증이 난 이들은 시골 사람 특유의 무례하고 뻔뻔스러운 태도로 헤스터 프린 주변으로 몰려들었다. 그러나 아무리 몰염치한 그 자들도 멀리 떨어져 둘러섰을 뿐, 그 이상 가까이 올 생각은 하지 않고 신비스러운 상징이 자아내는 혐오감의 원심력으로 그 자리에 묶여 있었다.

게다가 구경꾼이 모여드는 것을 보고 주홍글씨의 뜻을 알게 된 선원들도 햇볕에 탄 무법자다운 얼굴을 연달아 사람들 틈으로 들이밀었고 여세를 몰아 사람들 틈을 헤치고 들어와서는 뱀 같은 까만 눈으로 헤스터의 가슴을 뚫어지게 보았다. 찬란한 수를 놓은 표시를 단 이 여인을 백인 가운데에서도 고귀한 사람으로 여겼는지도 모른다. 그런데 이 거리의 주민들까지도(타인의 반응에 자극되어 완전히 싫증을 느꼈던 일에 다시 흥미를 느꼈기 때문에) 그 장소를 어슬렁거리면서 이젠 별로 이상스럽게 느껴지지도 않을 그 치욕의 표시를 냉담한 얼굴로 쳐다보았다. 이곳 주민들의 그러한 행위는 다른 고장 사람들의 그것보다 한층 더 헤스터 프린을 괴롭혔을 것이다. 7년 전에 감옥에서 나오는 것을 기다리고 있었던 여인들의 얼굴도 눈에 띄었다. 그러나 단 한 사람, 가장 동정심이 많던 여자만이 눈에 띄지 않았다. 헤스터가 그 여자의 수의를 만들어 준 일이 있었다. 타들어 가는 듯한 주홍글씨를 얼마 안 있으면 내던지게 될 마지막 고비에 그것을 가슴에 달던 날 이래 그 어느 때보다도 흥분과 주목의 대상이 되었고 그 때문에 그녀의 가슴을 한층 더 아프게 태우게 되었음은 얄궂은 운명이었다.

헤스터가 교활하고도 잔인한 선고 때문에 영원히 갇혀 있어야 했던 그 치욕에 찬 마술의 원 안에 서 있을 무렵, 훌륭한 설교사는 성단(聖壇)에서 청중을 내려다보고 있었다. 청중의 마음은 송두리째 목사의 뜻에 휘어잡혀 있었다. 교회에 서 있는 덕망 높은 목사! 광장에 서 있는 주홍글씨의 여인! 이 두 사람의 가슴에 똑같은 치욕의 낙인이 찍혀 있으리라는 무엄한 추측을 하는 사람은 아무도 없었을 것이다.

제23장 주홍글씨의 나타남

청중들의 영혼을 굽이치는 파도 위에 올려놓은 것처럼 높은 곳으로 끌어올려 가던 설교도 마침내 끝났다. 하나님의 계시가 있은 다음에 밀려오는 듯한 침묵이 한순간 흘렀다. 이어서 소곤거리는 소리와 웅성거리는 소리가 들렸다. 그때까지 다른 사람의 정신 세계로 이끌려 갔던 청중들이 강력한 주문에서 깨어나 두려움과 놀라움에 정신이 들어 자기 세계로 돌아온 듯싶었다. 그리고 군중들은 교회 입구로 쏟아져 나왔다. 모든 것이 끝나 버렸기에 다음엔 속세의 생활을 유지해 가는 데 알맞은 공기가 필요했던 것이다. 사실 교회 안의 공기는 설교자의 불꽃 같은 연설에 전화(轉化)되어 풍부한 사고의 향기가 가득했다.

밖으로 나오자 청중들의 감격은 말로 변했다. 거리에서도 광장에서도 목사에 대한 찬사가 사방에서 물 끓듯 일어났다. 다 알고 있으면서도 무어라 표현할 수 없는 내용을 사람들은 서로 토론하지 않고는 직성이 풀리지 않았던 것이다. 그들의 일치된 증언에 의하면 오늘 설교를 한 목사만큼 박학 고매(博學高邁)하고 신심 있는 정신으로 설교한 사람은 없었다는 것이다. 또 이 목사의 경우처럼 의심할 여지가 없는 영감(靈感)이 사람의 입술을 통해 밝혀진 일도 없었다고 했다. 그 영감의 지배력은 목사에게 내려와 눈앞에 있는 설교문 원고로부터 계속 높은 곳으로 그를 끌어올렸으며 청중뿐 아니라 본인 자신에게도 경탄할 만한 갖가지 감동을 충만하게 하는 것같이 보였다. 설교의 주제는 하나님과 인간 사회에 관계되는, 특히 황야에 건설되고 있는 뉴잉글랜드에 대해 언급하고 있었다. 설교가 끝날 무렵 예언자와 같은 정신이 목사에게 강림하여 이스라엘의 옛 예언자들의 경우처럼 강렬한 힘으로 그 정신 본래의 목적으로 몰아세워졌다. 유대의 예언자들이 모국에 가해질 심판과 멸망을 예고한 데 반하여 목사는 새로 모인 선민(選民)들을 위해 고원하고 영광에 넘친 운명을 예언한 점이 다를 뿐이었다.

그러나 그의 설교 전체를 통해 볼 때 그것은 마치 죽음을 앞둔 사람의 비탄이라고밖에 할 수 없는 어떤 침통한 비애감이 기조에 깔려 있었다. 그렇다! 청중 일동이 사랑하고 있는 목사, 또 그들을 사랑하고 있기 때문에 한숨 없이는 천당으로 갈 수 없는 목사는 자기의 요절(夭折)을 예감했다. 마침내 눈물을 흘리는 사람들을 뒤에 두고 떠나야 할 것이다. 지상에 오랫동안 머물 사람이 아니라는 이 생각이 설교자가 빚어낸 인상을 더한층 강조해 주었다. 그것은 마치 천사가 하늘로 날아가며 사람들 머리 위에서 아름다운 날개를 한순간 그림자인지 빛인지 알 수 없을 정도로 퍼덕여 황금의 진리를 우박처럼 쏟아 놓은 것 같았다.

이처럼 딤즈데일 목사의 생애에 있어 찬란하고도 승리에 넘친 전무후무(前無後無)의 시기가 찾아온 것이다. 각 분야에 종사하는 대부분의 사람들은 이 시기가 지나간 다음이 아니고서는 흔히 깨닫지 못하는 법이다. 이 순간 목사가 우월감에 넘쳐 서 있는 자랑스러운 최절정이야말로 목사라는 직업 자체가 하나의 높은 지위였던 초기의 뉴잉글랜드에 있어서도 지성과 풍부한 학식, 설득력 있는 천부의 웅변과 청렴 결백한 명성에 의해서만 비로소 얻을 수 있는 최고의 지위였다. 축하 설교가 끝나고 강단 위에 머리를 숙였을 때 목사가 차지한 지위는 그와 같은 것이었다. 그 동안도 헤스터 프린은 가슴에 주홍글씨를 단 채 처형대 옆에 서 있었다!

또다시 교회 입구에서 울려나오는 악대의 금속음과 친위대의 규칙적인 발자국 소리가 들려왔다. 행렬은 교회당에서 공회당으로 향하기로 되어 있었다. 공회당에서 엄숙한 연회가 있은 다음 이날의 의식은 끝날 예정이었다.

이리하여 또 덕망 있고 위엄 있는 장로들의 행렬이 군중 사이를 통과하는 것이 보였다. 총독과 관리들, 현명한 노인들과 훌륭한 목사, 신분이 높은 저명한 사람들의 행렬이 한가운데로 다가오면 군중은 좌우로 공손히 길을 비켰다. 광장에 다다르자 군중들의 환호성이 크게 터져나왔다. 이 환호성은—이 시대가 위정자에게 바치고 있던 순진한 충성심으로 인해 한층 힘차게 울렸다는 것을 부인하지는 않는다 하더라도—아직도 귀에 쟁쟁한 높은 어조의 웅변으로 인해 흥분된 청중의 열정이 저절로 폭발한 것이라고 할 수 있었다. 누구나가 다 그러한 충동을 느꼈으며 동시에 옆 사람에게서도 똑같은 충동을 느꼈었다.

교회 안에서는 간신히 참고 있었지만 푸른 하늘 밑에서는 하늘 꼭대기까지 울려퍼지라는 듯이 환호성을 울렸다. 돌풍이나 우뢰 소리나 바다의 포효 소리보다도 훨씬 인상적인 음향을 울릴 수 있을 만한 수효의 사람들이 있었으며 몹시 흥분은 하고 있었지만 조화가 잘 이루어진 감정도 지니고 있었다. 폭발하는 듯한 수많은 사람들의 목소리가 역시 여러 사람의 마음을 하나로 뭉치게 하는 간격 없는 충동으로 인해 하나의 큰 목소리를 이루고 있었다. 뉴잉글랜드 땅에서 일찍이 이런 환호성이 일어난 일은 없었을 것이다! 뉴잉글랜드 땅에 이 설교자만큼 동포들로부터 존경을 받던 인물이 나타난 일도 없었다!

그런데 이 사람의 모습은 어떠했나? 머리 둘레에 빛나는 후광이 비치지 않았단 말인가? 정신의 힘으로 영화(靈化)되었고 열렬한 숭배자들에 의해서는 성화(聖火)되었는데도 불구하고 행렬 속에 끼여 걸어가는 그의 발길이 정말 땅 위를 걷고 있었단 말인가?

군인들과 장로격인 문관(文官)의 대열이 지나가자 목사가 있는 쪽으로 모든 사람의 눈이 집중되었다. 목사의 모습이 확실히 나타나자 환호성은 속삭이는 소리로 변해 갔다. 온갖 승리를 누리고 있는 그가 어째서 저토록 창백해 보인단 말인가? 체력은……천국에서 내린 힘으로 하나님의 계시를 전달할 때까지 목사를 북돋워 주던 영감은 그 임무를 충실히 완수하고 나자 흔적도 없이 사라졌다. 조금 전까지 목사의 볼을 이글거리게 했던 홍조도 타나 남은 장작개비 속에서 쓰려져 가는 불길처럼 꺼져 버렸다. 이처럼 핏기 없는 안색으로 봐선 도저히 산 사람의 얼굴이리고 생각되지 않았다. 금방이라도 쓰러질 듯이 비틀거리며 걷는 모습은 도저히 생명력을 지닌 사람으로는 볼 수 없었다!

같은 목사인 한 사람이—존 윌슨 목사였지만—지성과 감성을 잃어 가는 딤즈데일 씨의 상태를 알아차리고 재빨리 다가와 부축하려 했다. 그러나 목사는 와들와들 떨면서도 단호히 이 노인의 팔을 뿌리쳤다. 그래도 여전히 걷고 있긴 했으나 그러한 동작을 걷고 있는 것이라고 묘사할 수 있다면 모르되 마치 엄마 앞에서 두 팔을 벌리고 뒤뚱뒤뚱 걸음마를 배우는 어린애의 모습과 흡사하다고 할 정도였다. 이렇게 비틀거리며 걸어온 곳이 그 잊을 수도 없는, 비바람에 낡아 버린 처형대 맞은편이었다. 괴로운 세월이 흐른 그 옛날, 헤스터 프린이 세상 사람들의 경멸의 시선을 받던 그 처형대였다. 지금 그곳에 헤스터가 펄의 손목을 잡고 서 있었다! 가슴에는 주홍 글씨가 붙어 있었다! 여기서 목사는 우뚝 멈춰 섰다. 악대는 아직도 장엄하고 즐거운 행진곡을 연주하며 목사를 축하연 장소로 재촉하고 있었는데도 목사는 그 자리에 발을 멈춰 버렸다.

벨링햄은 조금 전부터 근심스러운 듯이 목사를 지켜보고 있었다. 그때 딤즈데일 씨의 태도를 보자 그대로 두면 아무래도 쓰러질 것 같아 행렬을 빠져나와 그를 부축하려 했다. 그러나 목사의 표정에는 마음에서 마음으로 전달되는 것 같은 막연한 암시 따위에는 쉽게 넘어가지 않는, 총독까지도 감히 접근케 못하는 그 무엇인가가 있었다.

한편 군중들도 두려움과 놀라운 기색으로 줄곧 지켜보고 있었다. 이 사람들의 생각으로는 이렇게 지상에서 약해지는 것은 실은 하늘나라에서의 그 정신력이 그만큼 강해지는 데 불과한 것이라고 생각했다. 가령 목사가 승천(昇天)하여 차차 마침내 하늘나라의 빛 속으로 사라져 버린다 해도 이처럼 신성한 사람에게는 있음직한 기적이라고 생각했을 것이다.

목사는 처형대 쪽을 보더니 두 팔을 내밀며 말했다.

"헤스터, 이리 오구려! 펄, 너도 이리 오고!"

두 사람을 바라보고 있던 표정은 소름이 끼칠 것 같은 표정이었다. 그러나 어딘지 모르게 부드러워 보였고 이상하게 의기양양한 데가 있었다. 아이는 평상시와 다름없이 참새 같은 동작으로 목사에게 달려가더니 그의 무릎을 두 팔로 끌어안았다. 헤스터 프린 도—피할 수 없는 운명에 이끌리어 자신의 강한 의지에 거역이라도 하듯—천천히 다가갔으나 목사가 있는 곳까지 가기 전에 발을 멈췄다. 그 순간 목사의 의도를 방해하려는 듯이 로저 칠링워드 노인이 군중들을 헤치고 나타났기 때문이다. 그러한 그의 형상은 어둡고 침착성을 잃은데다 사악해 보였으므로 지옥에서 솟아났다고 하는 게 옳을 것 같았다. 그것은 여하간에 노인은 뛰어나오더니 목사의 팔을 잡았다.

"이 미친 사람아! 무슨 짓을 하려는 거야?" 노인은 조그만 소리로 말했다. "저 여자를 물리쳐요! 이 아이도 내버려 두고! 모든 것이 잘 되어 가니까! 명예를 더럽히고 불명예 속에 죽을 거야 없지 않소! 나는 아직도 당신을 구해줄 수 있으니까! 성직에 똥칠을 할 참이오?"

"이 악마 같은 사람! 이미 때는 늦었소!" 목사는 이렇게 대답하며 두려운 듯하면서도 단호한 시선으로 상대방을 노려보았다. "당신의 힘은 이미 옛날 얘기가 됐소. 하나님의 도움으로 나는 당신으로부터 도망쳐 나올 것이오!"

목사는 또 주홍글씨의 여인에게 손을 내밀었다.

"헤스터 프린." 찌르는 듯한 열렬한 목소리였다. "칠 년 전 나의 막중한 죄와 비참한 번민에 대해 내가 하지 못한 일들이 마지막 순간에 행하도록 하여 주시는 두렵고도 자비로운 하나님의 이름에 의하여 어서 이리 와주오! 당신 힘으로 나를 감싸 주오! 당신 힘으로 말이오, 헤스터. 그러나 그 힘은 하나님이 나에게 허락해 주신 의지대로 따르게 해주오! 이 비참하게 배신당한 노인은 온 힘을 다하여 자기의 힘과 악마의 힘으로 반대하려고 하오. 자 헤스터, 이리 오시

오! 저 처형대까지 따라와 주오!"

　군중들은 야단법석이었다. 목사 주변에 있었던 고관들은 너무나 놀란 나머지 눈앞에 벌어지고 있는 사태의 영문을 몰라─뻔히 나타나 있는 설명은 그대로 받아들일 수 없고 그렇다고 다른 설명은 상상할 수도 없어서─하나님이 행하려는 듯한 심판을 그저 말없이 꼼짝도 않고 지켜볼 뿐이었다. 목사가 헤스터의 어깨에 기대서 허리 뒤로 돌린 그녀의 팔에 의지하여 처형대로 다가가 계단을 올라가는 것이 보였다. 불의의 자식의 작은 손은 목사의 손에 꽉 잡혀 있었다. 로저 칠링워드 노인이 뒤를 따랐다. 그것은 마치 이 세 사람이 주연으로 되어 있는 죄악과 슬픔의 연극에 밀접한 관계가 있으며 마지막 장면에 등장할 자격이 있다는 것 같았다.

　노인은 험악한 눈초리로 목사를 보면서 말했다.

　"세상 어느 구석을 찾아보나 당신이 내 손아귀에서 빠져나갈 비밀 장소는 없을 거다. 하늘과 땅 어딜 뒤져 보나 이 처형대밖엔 없을 거다!"

　"이곳으로 인도해 주신 하나님께 감사할 뿐이오!" 목사는 대답했다.

　그러나 목사는 떨고 있었디. 입가에 약간의 미소를 띠면서 헤스터 쪽을 돌아다보았으나 그래도 눈에는 의혹과 불안한 표정이 역력히 보였다.

　"이러는 편이 차라리 낫지 않소, 헤스터?" 목사는 속삭였다. "우리가 숲속에서 꿈꾸던 일보다는."

　"모르겠어요! 전 모르겠어요!" 헤스터는 떨리는 목소리로 대답했다. "더 낫다고요? 글쎄요, 이대로 우리도 죽고, 펄도 우리와 함께 죽을 거예요."

"당신과 펄은 하나님이 명하시는 대로 따라야 하오." 목사는 말했다. "하나님은 자비로우시니까! 그러나 나에겐 지금 내 눈앞에 하나님이 뚜렷이 보여 주고 계신 의지를 실행하도록 해주오. 헤스터, 나는 얼마 살지 못할 사람이오. 그러니까 내가 빨리 치욕을 받을 수 있도록 당신은 말리지 말아 주오."

헤스터 프린에게 의지하고 펄의 손목을 잡은 채 딤즈데일 목사는 위풍 당당한 관리들과 동직자인 목사들과 군중들이 있는 쪽으로 돌아섰다. 군중들은 깜짝 놀랐지만 눈물겨운 동정심이 넘쳐흘렀다. 뭔가 중대한 인생의 일대 사건이, 죄악에 차 있다 하더라도 고뇌와 후회에 넘친 일대 사건이 지금 눈앞에 전개되리라는 것을 알고 있는 것 같았다. 정오를 약간 넘어선 태양은 목사를 내리쬐어 정의의 여신의 법정에서 유죄를 아뢰기 위해 대지에 버티고 있는 목사의 모습을 뚜렷이 돋보이게 하고 있었다.

"뉴잉글랜드의 여러분!" 목사는 큰소리로 외쳤다. 사람들의 머리 위로 울려 퍼진 목소리는 높고 엄숙하고 위엄이 있었으나 한없이 떨렸으며 양심의 가책과 고뇌의 심연에서 우러나오는 듯 절규에 가까운 쉰 목소리였다. "나를 사랑해 주셨던 여러분! 나를 깨끗한 인간이라고 생각해 주셨던 여러분! 나를 이 세상의 큰 죄인으로 봐주십시오. 나는 겨우! 이제야 겨우! 칠 년 전에 섰어야 할 이 자리에 섰습니다. 여기 함께 서 있는 여인의 팔은 여기까치 내가 간신히 기어온 힘보다 훨씬 강한 힘으로 이 무서운 순간에도 그대로 쓰러져 버리려는 나를 부축해 주고 있습니다. 헤스터가 달고 있는 주홍글씨를 보십시오! 여러분은 누구나가 다 이것을 보고 몸을 떨었습니다! 이 사람이 어디 있든지, 비참한 업고(業苦)를 짊어진 이 사람이 어디에다 안식처를 구하고 하든지 이 글씨는 그 주변에 공포와 소름 끼치는 혐오를 자아내는 기분 나쁜 빛을 던져 주었던 것입니다. 그러나 여러분은 여러분 사이에 서 있던 한 남자의 죄인과 치욕의 낙인에는 몸을 떠는 일이 없었습니다!"

여기서 목사의 비밀은 모든 것을 고백하지 못한 채 끝나 버리는 게 아닌가 싶었다. 그러나 그를 넘어뜨리려는 육신의 쇠약, 특히 정신의 쇠약을 목사는 극복했다. 부축했던 손을 뿌리치더니 그는 두 모녀보다도 할 발 앞으로 나섰다.

"낙인은 그 사나이에게도 찍혀 있었습니다!" 모든 것을 다 말해 버리려고 결심한 듯이 거칠어 보이는 말투였다. "하나님께선 그것을 보셨습니다! 천사들은 쉴 새 없이 손가락질을 했습니다! 악마도 모든 것을 다 알고 불타는 손가락으로 만짐으로써 계속 괴롭혔습니다! 그러나 그는 교묘하게도 사람들 눈을 속이고 죄 많은 속세에서 자기는 순결하니까 슬프고, 천국에 있는 동료를 만나지 못하여 외롭다는 듯한 태도로 여러분 사이를 걸어다녔던 것입니다! 이제 죽음을 앞두고 그 남자는 여러분 앞에 서 있습니다. 다시 한 번 헤스터의 주홍글씨를 봐주십시오! 들어 보십시오, 불가사의하고 무서운 주홍글씨도 그 남자의 가슴에 달고 있는 표적에 비하면 한낱 그림자에 불과하여 그 남자 자신의 빨간 낙인도 남자의 가슴속을 태우는 상징에 불과하다는 것을! 죄인에 대한 하나님의 심판을 의심하는 분은 이곳에 서 보시겠습니까? 보십시오! 그 심판의 무서운 증거를 보십시오!"

목사는 발작적인 태도로 가슴에서 성직자가 다는 늘어진 밴드를 잡아 뜯었다. 표적은 마침내 나타나고 말았다! 그러나 그 폭로된 모습을 설명하는 것은 불경스러운 일일 것이다. 한순간 공포에 질린 군중의 시선은 이 무서운 기적 위에 집중되었다. 목사는 격심한

고통에 찬 위급한 고비에 있으면서도 승리를 거둔 사람처럼 자랑스러운 듯 얼굴에 홍조를 띤 채 서 있었다. 그러더니 처형대 위에 털썩 쓰러져 버렸다! 헤스터는 그의 몸을 안아 일으켜 그의 머리를 자기 가슴에 기대게 했다. 로저 칠링워드 노인은 생기 없이 무표정한 얼굴로 그의 옆에 무릎을 꿇고 있었다.

"내게서 도망쳤구나!" 노인은 같은 말을 몇 번이고 되풀이했다. "기어코 내게서 도망쳤구나!"

"하나님이 당신을 용서하기를 바라오!" 목사는 말했다. "당신도 많은 죄를 저지른 셈이니까!"

목사는 죽음이 깃든 눈을 노인으로부터 헤스터와 펄 쪽으로 돌려 물끄러미 쳐다보았다.

"펄!" 힘없는 목소리였다. 영혼이 깊은 잠으로 빠져들어 가는 것처럼 목사의 얼굴에는 부드럽고 평화스러운 미소가 떠올랐다. 아니, 무거운 업고를 벗어나서 이제 어린애와 함께 장난을 하고 있다고 해도 좋을 정도였다. "착하지, 펄, 이제 내게 키스해 주겠니? 숲속에서는 싫다고 그랬지! 이젠 해주겠지?"

펄은 목사의 입술에 키스했다. 주문은 풀려 버렸다. 이 야성적인 아이도 크나큰 비극의 장면을 봄으로 해서 인간적인 동정심이 움트게 된 것이다. 그녀가 아버지의 볼에 흘린 눈물은 인간 세상의 기쁨과 슬픔 속에 성장하여 언제나 세상과 싸우는 일없이 훌륭한 여성으로 자라겠다는 약속이기도 했다. 어머니에 대해서도 고뇌의 사자(使者)로서의 역할을 완전히 끝낸 것이다.

"잘 있어요, 헤스터!" 목사는 말했다.

"이젠 영영 못 뵙는 거예요?" 이렇게 속삭이며 헤스터 프린은 얼굴을 목사 얼굴 가까이 갖다 댔다. "함께 영원한 생활을 보낼 수는 없을까요? 우리가 이렇게 슬픔으로 서로의 죄값을 치른 것은 절대로 확실한 일이에요. 당신은 그 밝은 임종의 눈으로 저세상을 보고 계십니다! 무엇이 보이는지 말씀해 주세요."

"조용히 해요. 헤스터, 조용히!" 목사는 떨면서도 엄숙히 말했다. "우리가 깨뜨린 율법! 지금 이렇게 무참하게 폭로된 죄악! 이것만은 당신도 항상 염두에 둬주오! 나는 모르겠소만 이런 것인지도 모르오. 우리가 하나님을 잊어 버렸을 때 서로의 영혼에 대한 존경을 깨뜨려 버린 그때부터 우리는 이미 영원히 순결하게 결합되어 저 세상에서 다시 만난다는 희망은 이루어질 수 없는 것으로 되어 있는지도 모르오. 하나님은 모든 것을 알고 계시고 자비로운 마음을 지니고 계시오! 특히 내가 고뇌에 허덕이고 있을 때 그 자비심을 보여 주셨소. 나의 가슴에 이 타들어 가는 듯한 책고(責苦)를 주신 것도 그러하오! 여기 있는 음흉하고 무서운 노인을 시켜 그 책고를 언제나 빨갛게 타오르게 하신 것도 그러하오! 나를 이곳에 오게 하여 여러분 앞에서 승리와 치욕을 짊이지고 죽게 한 것도 그러하오. 이런 고통 중에서 어느 하나라도 부족했다면 나는 영원히 파멸해 버렸을 것이오! 하나님의 이름을 찬미할지어다! 하나님의 뜻이 이루어지이다! 잘 있소!"

이 마지막 말은 목사가 숨을 거둘 임시에 들려왔다. 그때까지 조용했던 군중은 두려움과 놀라움이 담긴 이상할 정도로 나직한 소리를 터뜨렸다. 그 기분은 사자(死者)의 영혼을 뒤따라 무겁게 흐르고 있는 이 웅성거림으로 겨우 표현될 뿐이었다.

 # 뒷이야기

며칠이 지난 뒤 지금 이야기한 광경에 대하여 의견을 정리하기에 충분한 시간적 여유가 생기자 처형대에서 목격한 일에 대하여 구구한 설이 나돌았다. 관중의 대부분은 불행한 목사의 가슴에 주홍글씨가, 헤스터 프린이 달고 있던 것과 조금도 다름없는 주홍글씨가 새겨져 있는 것을 보았다고 증언했다. 그 유래에 대해서는 여러 가지가 이야기되었지만 모두가 상상의 영역을 벗어나지 못한 것임은 말할 나위도 없었다. 헤스터 프린이 처음으로 치욕의 표시를 달던 그날, 딤즈데일 목사도 자기 몸에 심한 책고를 가하기 위해 고행을 시작하였으며 그 뒤 온갖 방법으로 그 고행을 부질없이 실행해 왔다고 단언하는 자도 있었다. 아니, 그 목사의 낙인은 훨씬 뒤에 나타난 것이라고도 했다. 즉 생각과 힘이 풍부한 마술사인 로저 칠링워드 노인의 마술과 독약의 힘이 작용하여 비로소 나타난 것이라고 주장하는 자도 있었다. 그런가 하면 목사의 그 특별하게 예민한 감수성과 정신이 육체에 미치는 놀라운 작용을 정말 잘 알고 있던 사람들은 그 무서운 상징은 한시도 쉴 새 없이 움직이고 있는 양심의 가책이라서 이빨이 마음속으로부터 밖으로 뚫고 나와 결국 주홍글씨의 형태를 빌려 하나님의 무서운 심판을 나타낸 것이라고 수군거렸다. 이러한 여러 가지 의견 중에서 어느 하나를 택하든 그것은 독자의 마음이다. 작자로서는 이 기적의 글씨에 대하여 입수할 수 있는 모든 설명을 다 했고 그 글씨도 역할도 맡은 바 임무를 완수했으니 이제 우리 뇌리 속에서 흔적도 없이 지워 버리고 싶은 심정이다. 너무 오랜 동안 생각한 탓인지 그것이 불쾌할 정도로 뇌리에 박혀 있으니 말이다.

그럼에도 불구하고 처음부터 끝까지 목격했고 잠시도 딤즈데일 목사로부터 눈을 뗀 일이 없다고 말하는 사람들이, 목사의 가슴에는 갓난아기의 가슴처럼 아무 표적이 없었다고 주장하는 것은 기묘한 얘기이다. 이 사람들의 말에 의하면 목사는 임종시에 헤스터 프린이 오랫동안 주홍글씨를 가슴에 달게 된 그 죄악과 목사와의 사이에 어떠한 관련이 있었다는 것을 인정하지도 않았거니와 막연하게나마 암시하지도 않았다는 것이다. 아주 훌륭한 목격자들에 의하면 목사는, 목숨이 얼마 남지 않았다는 것을 알고 게다가 군중들의 존경으로 이미 성자나 천사의 영역에 달하고 있다는 것을 알고 있었으므로 그 타락한 여인의 팔에 안겨 숨을 거둠으로써 인간의 미덕 등 제아무리 훌륭하다는 사람도 전혀 무가치하다는 것을 세상 사람에게 나타내려 했다는 것이다. 인류의 정신적인 행복을 위하여 노력을 다한 다음 생애를 마친 목사는, 영원히 더러움을 모르는 하나님의 눈으로 본다면 어떤 인간이라도 모두 죄인이라는 슬프고도 위대한 교훈을 숭배자들의 가슴에 명기(銘記) 시키기 위해 자신의 죽음을 하나의 우화로 만들었다는 것이다. 아무리 덕망 있는 인간이라 할지라도 지상을 내려다보고 계신 하나님의 자비를 좀더 확실히 인식하는 데 불과하고 하늘 위를 동경하고 있는 인간의 선행이란 환영(幻影)을 동배(同輩)들보다 좀더 철저히 거부할 수 있을 정도로 우수한 데 불과하다는 것을 가르쳐 주기 위해서였다. 이만큼 중대한 진리에 대하여 왈가왈부하지는 않는다 하더라도 딤즈데일 목사의 사건에 대한 이러한 해석은 다름 아닌 죽은 동료를 감싸 주려는 우정에 불과하다고 보고 싶은데 그렇지 않다면 용서해 주기 바란다. 친구, 특히 목사의 친구는 주홍글씨를 환히 밝혀준 한낮의 햇빛만큼이나 뚜렷한 증거가 있어 목사가 허위와 죄악으로 더럽혀진 흙으로 돌아갈 인간이란 것을 입증하고 있는 경우에도 끝까지 그의 성품을 옹호하려 드는 일이 흔히 있는 법이다.

지금까지 주로 의지해온 근거는—헤스터 프린을 알고 있다든지 살아남은 목격자로부터 얘기를 들은 일이 있다는 사람들의 증언을 듣고 작성된 고문서(古文書)에 의한 것인데—지금까지 작자가 취급해온 견해를 확실히 확인해 주고 있다. 여기서 불쌍한 목사의 비참한 경험이 남기는 수많은 교훈 가운데서 한 가지만 적어 두기로 하자.

"진실하라! 진실하라! 진실하라! 최악의 모습은 아닐지라도 최악의 모습을 알게 될 농기가 되는 성질을 숨기지 말고 세상에 제시하라!"

딤즈데일 씨가 죽은 직후에 로저 칠링워드라는 이름으로 알려진 노인의 모습에 나타난 변화만큼 놀라운 것은 없었다. 온몸의 힘이—생명력이거나 지력(知力)이 다 한꺼번에 빠져 버린 것 같았다. 마치 뿌리를 뽑힌 잡초가 뙤약볕에 시들 듯이 말라버려 거의 사람 눈에 띄지 않을 정도가 되었다. 이 불행한 사나이는 인생의 보람을 복수의 추구와 빈틈없는 실천에 두었으며 그 완전한 승리와 목적

달성이 끝나고 사악한 지침을 지탱할 재료가 없어져 버리자—즉 이 지상에서 행할 악마적인 작업이 없어지게 되자, 이 인간성을 잃은 사나이가 할 수 있는 일은 주인인 악마가 일거리를 장만해 주고 응분의 보수를 지불해 주는 곳으로 옮아 가는 일밖에 없었다. 그러나 지금까지 오랫동안 친근하게 접촉해온 이들 관계 인물에 대해서는—로저 칠링워드나 그의 친구들도 다름없이—정을 베풀어 주고 싶다. 사랑과 미움이 근본에 있어서는 동일한 것이 아니냐 하는 문제는 재미있는 관찰과 연구의 대상이 될 것이다. 어느 경우에나 극한에 이르면 고도의 친밀함과 마음의 상통(相通)이 필요하게 된다. 양자의 경우가 다 두 사람의 인간의 애정과 정신 생활의 양식을 상대방에게서 구하게끔 되어 있다. 게다가 그 대상이 없어져 버리면 열렬히 사랑하던 사람이나 또는 이에 못지않게 열렬히 증오하던 사람도 다 함께 고독한 지옥으로 빠져들게 된다. 따라서 철학적으로 생각하면 애증(愛憎)이란 두 가지 격정(激情)은 본질적으로 동일한 것이며 사랑이 때때로 천국의 광명 속에 나타나는 것에 비해 증오는 어둡고 침침한 빛 속에 나타난다는 점만이 다를 뿐이다. 영혼의 세계로 들어가면 서로 상대방의 희생자였던 노의사도 목사도 지상에서 품어 오던 증오나 반감이 의외에도 만족스런 애정으로 변했음을 알게 될 것이다.

　이렇게 논의는 그렇다 치고라도 독자에게 전해야 할 한 가지 사실이 남아 있다. 로저 칠링워드 노인이 죽었을 때(그 해 안에 일어난 일이지만) 벨링햄 총독과 윌슨 목사가 집행인이 되었던 유언장에서 노인은 영국과 미국에 있는 막대한 재산을 헤스터 프린의 딸인 펄에게 유산으로 물려 준 것이 판명되었다.

　이리하여 요정이라고 할뿐더러 그때까지도 악마의 소생이라고 말하는 사람도 있었던 펄은 신세계에서 당대 제일의 유산 상속자가 되었다. 경우에 따라서는 이 사실이 세상 사람들의 판단에 큰 변화를 가져오게 하였을지도 모른다. 그리고 이 모녀가 뉴잉글랜드에 머물러 있었다면 결혼 적령기가 된 펄은 그 자유 분방한 피를, 특히 열렬한 청교도의 혈통을 지닌 사나이와 섞게 되었을지도 모른다. 그러나 의사가 죽은 지 얼마 안 되어 주홍글씨의 여인은 펄과 함께 자취를 감춰 버렸다. 그 뒤 여러 해 동안 성명의 머릿글자가 새겨진 볼품없는 나무 토막이 표류하여 해변에 와서 닿듯이 가끔 막연한 뜬소문이 바다를 건너 전해지기는 했지만 두 사람에 대하여 믿을 만한 소식은 전혀 없었다.

주홍글씨의 전말(顚末)은 옛 얘기가 되어 버렸다. 그러나 그 마력은 여전히 남아 있어 불쌍한 목사가 숨진 처형대나 헤스터 프린이 살던 해변의 오두막 등은 무서운 장소로 알려지고 있다. 어느 날 오후, 이 오두막 근처에서 놀고 있던 아이들은 회색 옷을 걸친 키 큰 여인이 오두막 입구로 다가오는 것을 보았다. 요 몇 년 동안 한 번도 열린 일이 없는 문이었는데 여인이 자물쇠를 열었는지, 또는 썩은 나무와 쇠붙이가 잡기만 해도 부숴졌는지, 아니면 그 여인이 그림자처럼 그러한 방해물을 뚫고 들어갔는지 하여간 여인은 오두막 속으로 들어갔다.

문지방이 있는 곳에서 여인은 멈춰 서더니 잠깐 뒤를 돌아보았다. 전에 그처럼 격렬한 생활을 보냈던 집안으로 혼자서, 더구나 옛날과는 완전히 변한 모습으로 들어갔다는 일이 못 견디게 쓸쓸하고 비참하게 여겨졌는지도 모른다. 그러나 그 망설임은 불과 한 순간이었지만 가슴에 주홍글씨를 다는 일은 그 한순간으로 족했던 것이다.

　이리하여 헤스터 프린은 본래의 옛집으로 돌아와 오랫동안 저버렸던 치욕의 표시를 몸에 달게 되었다. 그러나 펄은 어디 있을까? 살아 있다면 탐스럽게 피어날 한창 나이가 되었을 것이다. 그 요정과 같았던 아이가 요절(夭折)하여 숫처녀로 묻혔는지, 야성적인 성질이 온순해져 여자다운 조용한 행복을 누릴 수 있는 여인으로 성장했는지는 아무도 아는 사람이 없었으며 확실한 소식을 들은 자도 없었다. 다만 헤스터는 여행을 마칠 때까지 주홍글씨를 달아야 할 몸이면서 어딘가 타국에 살고 있는 사람의 애정과 관심의 대상이 되었다는 흔적이 남아 있었다. 가문(家紋)의 봉신이 찍힌 편지가 가끔 왔었는데 영국의 계보 기록에는 기재되어 있지 않은 문장이었다. 오두막 속에 있는 오락품이나 사치품 종류는 헤스터가 쓸 것 같지도 않은 것들이었으며 비싼 값을 치러야 살 수 있는, 일부러 고안해낸 애정이 담긴 물건들이었다. 그리고 작은 장식품이나 언제까지나 잊을 수 없는 아름다운 물건 등 자질구레한 물건들이 있었는데 사랑하는 마음으로 섬세한 손가락이 손수 만들어낸 물건임에 틀림없었다. 언젠가 한 번은 헤스터가 아기 옷에 수를 놓고 있는 것을 볼 수 있었는데 그 옷을 입은 아이가 뉴잉글랜드의 근엄한 사회에 나타나는 일이 있다면 세상 사람들이 큰 소란을 피울 정도로 매우 호화찬란한 것이었다.

　결국 펄은 살아 있을 뿐 아니라 행복한 결혼 생활을 하고 어머니에게 효도를 하여 이 슬픈 어머니를 자기 집 난롯가에서 위로해 주고 싶었을 것이라고 당시의 수다쟁이들은 생각하고 있었다. 그 후 백 년쯤 지나서 여러 가지를 조사한 세관 검사관 퓨우 씨도 그렇게 믿고 있었고 게다가 최근에 부임한 퓨우 씨의 후임자도 역시 그렇게 믿고 있다.

그러나 헤스터 프린에게는 펄이 가정을 이루고 있는 미지의 나라보다도 이 뉴잉글랜드에 진정한 생활이 있었다. 이곳에서는 범한 죄와 슬픔이 있었다. 참회도 아직 남아 있었다. 그러므로 헤스터는 되돌아온 것이며 누구의 권유에도 접한 일도 없이—그 무쇠처럼 냉혹한 시대의 귀신과 같았던 관리들도 그와 같은 일을 강요하지는 못했다—지금까지 말해온 암담한 이야기의 상징을 다시 가슴에 단 것이다. 그것은 다시는 가슴에서 떠나는 일이 없었다. 그러나 괴롭고, 사색에 몰두하는, 헌신적인 만년의 세월이 흐르는 동안 주홍글씨는 세상 사람들의 모욕과 비난을 자아내는 낙인이 아니라 뭔가 눈물겨운 두려움과 존경어린 눈으로 쳐다보이는 상징으로 변했다. 게다가 헤스터 프린은 이기적인 목적이 없었고 사리사욕을 위해 생활하는 일도 전혀 없었으므로 사람들은 슬픈 일이나 난처한 일들을 의논해 왔으며 스스로 난관을 돌파한 일이 있는 경험자로서의 조언을 원했다. 특히 여자들은 사랑에 상처를 입었을 때 헛된 사랑으로 끝났을 때, 상대가 매정하게 돌아섰거나 상대방을 잘못 봤을 때, 아무도 찾아 주는 사람이 없어서 마음을 의지할 데가 없거나 외롭고 답답해서 견딜 수 없을 때 헤스터의 오두막을 찾아와서는 자기들이 불행해진 이유를 말해 달라고 하거나 어떻게 했으면 좋겠으냐고 물어보곤 했다! 헤스터는 힘이 자라는 데까지 위로도 하고 충고도 해줬다. 또 언젠가는 좀더 밝은 시대가 되어 기운(機運)이 무르익어 하나님의 뜻대로 살 수 있는 시절이 오면 남녀관계는 서로의 행복이라는 새로운 진리로, 지금까지보다 확고한 기반 위에 구축되리라는 굳은 신념에 대해서도 확실히 말해 주었다.

젊은 시절 한때는 헤스터도 자기야말로 예언자로 태어난 사람이라고 어리석은 상상을 한 일도 있었지만 신성하고 신비로운 진리의 사명이 죄악을 저지른 여인, 치욕으로 머리를 못 드는 여인, 일생을 슬픔으로 지내야만 할 여인에게 맡겨질 리 없다는 것을 깨달은 지는 이미 오래였다. 장차 계시를 지니고 올 천사나 사도가될 사람이 반드시 여자라는 것은 확실하나 그러기 위해서는 고상하고 순결하고 아름다운 여자라야 할 것이다. 그것도 어두운 슬픔이 아닌 천사와 같은 기쁨을 경험하여 현명해진 여자, 순결한 사랑이 인간을 행복하게 한다는 것을 제시하기 위해 그와 같은 목적이달성된 인생을 참되게 시도하고 있는 여자라야만 한다!

헤스터 프린은 이렇게 말을 맺자 슬픔에 찬 눈으로 주홍글씨를 내려다보았다. 그 후 오랜 세월이 지난 뒤 새로운 무덤이 낡고 움푹 팬 무덤 옆에 생겼다. 이곳은 뒤에 킹즈채플이 그 옆에 생긴 공동 묘지이다. 헐고 움푹 팬 무덤 옆이기는 했지만 무덤과 무덤 사이에는 약간의 간격이 있어서 그곳에 잠들고 있는 두 유해는 교제할 권리도 없는 것 같았다. 그러나 한 개의 비석이 세워져 두 무덤에 겸용되고 있었다. 그 주위 일대에는 가문(家紋)을 새긴 비석들이많이 서 있었으나 간소한 판석 하나로 되어 있는 이 비석에는 방패모양의 가문 같은 것이 새겨져 있어 지금도 호기심 많은 사람들의 눈에 띄면 그 뜻을 몰라 어리둥절케 하고 있다. 그 가문의 도안을 문장 용어로 표현하면 이게 끝난 이야기의 제명(題名)을 간단히 설명할 수 있을 것이다. 그것은 참으로 음침하여 그림자보다도 더 어둡게 불타는 한 점의 빛으로 겨우 분간할 수 있을 정도였다.

'검은 가문 바탕에 주홍글씨 A'

미국이 낳은 최초의 세계적 작가

나사니엘 호손(Nathaniel Hawthorne, 1804~1864)은 불모지 같던 19세기 미국 문단에 찬란한 예술의 꽃을 피운 천재적인 작가이다. 그는 이른바, 미국 문예부흥 문학의 선두 주자로서, 뛰어난 상상력과 특유의 문학적 기법으로 침체해 있던 미국의 문단에 신선한 충격을 주었으며, 미국 문학을 세계 문학의 경지로 끌어올린 천재적인 작가이다.

18세기 이전까지만 해도 미국의 문학과 예술은, 영국과 유럽의 낭만주의 사조를 받아들인 것으로 그 영향권에서 크게 벗어나지 못했었으나 19세기로 접어들자 차츰 정치적, 경제적 독립으로 독자적인 미국 문화가 형성되기 시작하였으며, 미국의 젊은 작가들은 미국을 배경으로 한 사상에 관심을 갖게 되었다.

이와 함께 미국의 낭만주의도 확실한 틀을 갖추게 되었고, 1830년부터 1860년에 걸쳐 절정기에 도달하게 되었다. 호손의 《주홍글씨》(1850), 멜빌의 《모비 딕》(1851), 헨리 데이비드 소로의 《월든》(1854) 등이 이 시기에 발표되었으며, 이러한 문학에서의 르네상스로 말미암아 신대륙의 역사와 문호가 세계적으로 주목을 끌게 되었다. 이들 중에서도 가장 미국적인 색채를 지녔던 호손은 멜빌과 더불어 미국이 낳은 최초의 세계적인 작가였다.

뉴잉글랜드의 전통적인 청교도 가문에서 태어난 호손은 어려서부터 자기에게 깊이 스며들어 있던 뉴잉글랜드의 전통을 회의적인 사색으로 투시하고, 청교도적 죄의식을 분석 추구하여, 그 죄악이 인간의 영혼과 성격에 미치는 영향을 날카로운 통찰력과 섬세한 필치로 탐색했다. 신의 계시라는 미명 아래 인명을 경시하고 양심을 저버린 조상들의 어두운 과거와 청교도주의의 정신적 유산 속에서 죄책감으로 평생을 고통스럽게 보내야 했던 호손은 그러한 죄의식으로부터 벗어나려 했으며, 자기의 문학을 통해 그것을 실현할 수 있었다. 따라서 그의 문학적 테마는 뉴잉글랜드의 엄격한 청교도주의와 조상들의 음울한 과거와 깊은 연관을 가지고 있다. 호손은 청교도 사회에서 종교와 인간의 참모습을 예리하게 통찰했으며, 그것을 낭만주의적 색채 속에 상징적 수법으로 표출시켰다. 그의 작품은 장·단점을 막론하고 대부분 뉴잉글랜드의 과거를 배경으로 삼고 있으며, 초자연적인 신비로운 분위기 속에서 인간의 본성과 죄악의 본질을 다루고 있다. 호손은 자칭 '심리 소설(Psychological Romance)' 작가로서 인간의 원초적인 심성과 주제에 정통했으며, 특히 연약한 인간의 마음속에 자리잡고 있는 죄악상을 심리주의적 수법으로 묘사해냈다.

호손의 가장 뛰어난 문화적 소산이자, 세계적 고전 중의 하나인 《주홍글씨》는 바로 인간 심리에 대한 깊고 날카로운 통찰력과 탁월한 상징적 수법이 유감없이 발휘된 미국 상징주의의 극치(極致)이며, 걸작이다. 청교도 사회의 비정함과 형식에 치우친 신앙의 타락, 그로 인한 인간 사회의 비극, 죄의식으로 얼룩 진 인간 영혼의 어두운 심연이 매우 음울하게 그려져 있는 이 작품은 호손의 인생과 문학의 총결산이라 보아야 할 것이다.

독서를 좋아하던 시절

　나사니엘 호손은 1804년 7월 뉴잉글랜드 지방의 매사추세츠 주 세일렘의 전통적인 청교도의 가문에서 선장인, 같은 이름의 아버지 나사니엘 호손과 엘리자베스 메닝 사이에서 태어났다.

　그의 출생과 가정 환경은 겉으로 보기에는 매우 행복해 보였으나, 내면에는 어두운 과거의 그림자가 항상 그를 따라다니고 있었다.

　호손이 태어난 세일렘은 그 당시 평범한 항구 도시로, 과거 그의 조상들과 관련된 무서운 내력을 지니고 있었다. 즉, 영국의 소지주 계급이었던 호손 가문이 미국으로 건너와서 뿌리를 내린 곳이 바로 세일렘이었으며, 그의 미국 땅의 첫 조상인 윌리엄 호손은 주 의회 하원의 대변인을 지냈고, 또한 세일렘 시 시민군(市民軍)의 대장까지 지낸 인물이었다. 윌리엄 호손은 미국 초기의 도덕적 혼란을 단적으로 보여주는 마녀 사냥(Wich Hunting)과 퀘이커 교도의 박해에 큰 몫을 했던 사람이었다. 특히 고조부인 존은 1692년 세일렘에서 있었던, 마녀 사냥 때 흉포하고 엄격한 재판관 중의 한 사람이었다. 하나님을 경배하고 악마를 쳐부순다는 대의 명분 아래 무고한 사람들을 박해하고 인간의 양심과 존엄성을 저버린 조상들의 반이성적 행위는 호손의 마음에 깊은 상처를 주었고, 이것은 평생 그의 마음을 지배했다. 호손은 조상들의 죄가 그 자손들에게 저주를 불러온다는 주제로 후에 《일곱 박공의 집 The House of Seven Gables》(1851)이라는 장편 소설을 쓰기도 했으며, 가문의 이름을 'Hathome' 에서 'Hawthorne' 으로 고칠 정도로 조상들의 죄악에 대해서 심한 반발심을 느꼈다. 호손은 음산하고 죄로 얼룩진 조상들의 과거와 그에 따른 속죄의 강박 관념으로 인해 고독하고 자폐적인 일생을 보내야 했으며, 그 소외감과 고립감은 이미 어린 시절부터 호손의 마음에 침울한 운명의 그늘을 드리우게 했다.

4세 되던 해에 외항선의 선장이었던 아버지가 네덜란드의 식민지였던 기아나의 수리남에서 황열병(黃熱病)으로 객사하게 되었고, 아버지의 죽음으로 호손은 메닝 가문 출신의 귀부인인 어머니 엘리자베스와 함께 외숙부 로버트 메닝의 집으로 옮겨가서 네 명의 아주머니와 아저씨들 사이에서 살게 되었다. 호손의 작품 중에는 민간 전승의 이야기를 소설화시킨 것들이 있으며, 또한 초기 청교도 시대의 분위기나 대중들의 생활 풍습에 상당히 정통한 부분들이 있는데, 그것은 유년 시절에 많은 아주머니와 아저씨들 속에서 내성적인 소년으로 자라면서 그들로부터 많은 이야기를 들었기 때문이었다.

호손은 어린 시절 내성적이고 병약한 소년이었는데, 특히 9세 때에는 공놀이를 하다 다리를 다쳐 3년 동안 꼼짝 못 하고 누워 있게 되는 사고를 당하기도 했다. 그러나 이 시기에 호손은 스펜서(Edmund Spenser)와 밀턴(John Milton) 등의 작품과 무수한 고전들을 탐독함으로써 육체적인 불행을 이겨낼 수 있었다. 도서관에 있는 책을 모조리 다 읽으려고 결심했던 토마스 울프 못지 않게 대단한 그의 독서 습관은 바로 이때 생겨난 것이었다.

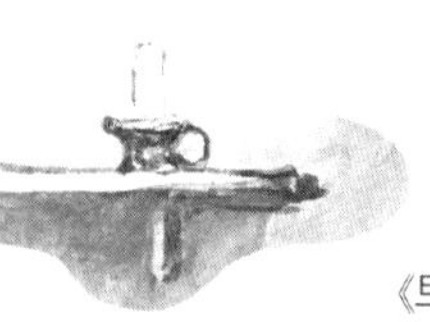

우울한 소년 시설을 보낸 호손은 1821년에 17세 때, 보든 대학에 입학했다. 그러나 그는 대학에서도 고독하고 비사교적이었으며, 고전어에 능통했을 뿐, 성적은 별로 뛰어나지 못했다. 그의 내성적인 성격은 성장 환경에서 유래된 것이었으며 은둔적 생활을 하고 있을 때나, 친구들과 자연스럽게 어울리고 있을 때나 언제나 고독이 그를 따라다녔다. 학업에서는 뛰어나지 못했으나 그는 벌써 영국 문학에 비길 만한 미국 문학 창조의 야망에 불타서 열심히 글을 쓰기 시작했다. 그는 대학에 재학 중 평생의 지기(知己)가 된 롱펠로(Henry W. Longfellow)와 브리지(Horatio Biridge), 그리고 뒤에 대통령이 된 피어스(Franklin Pierce) 등과 사귀기도 했다.

대학을 졸업한 후, 호손은 고향인 세일렘으로 돌아가 무려 12년 동안이나 세상을 등지고 고독에 찬 은둔 생활을 했다. 이 시기에 그는 방에 틀어박혀 광범위한 독서와 명상, 창작에 몰두했으며, 작가가 되기 위한 길고 외로운 준비 기간을 보냈다.

이 무렵, 그는 세일렘과 청교도의 역사, 선조들의 행적을 탐구하는 일에 열중했다. 그는 뉴잉글랜드 지방의 청교도적 배경과 그 정신적 기질을 탐구하고 자기 자신의 청교도 정신에 대한 비판 정신을 키웠다. 그는 선조들의 행적에 대해 매우 비판적이고 회의적이었으며, 그 행적은 그의 마음속에 하나의 죄의식으로 자리잡게 되었다. 또한 그는 인간의 죄를 은폐하려는 사회의 위선과 편협을 증오했고, 인간적인 만족과 쾌락을 거부하는 금욕적인 사고 방식에 반발했다. 그는, 인간 누구나가 저지를 수 있는 죄를 저지르게 된 인간이 위선적인 종교와 사회로부터 냉혹한 비판을 받게 되는 데 분개하고, 스스로 그들의 죄를 나누어 지고자 했다. 이제 선조들의 문제는 그의 문제였고, 그의 문제는 그들의 문제였다. 선조들에게 있어서 무서운 죄는 지나가 버린 과거였지만, 호손에게는 속죄해야 할 고통스러운 현실이었다. 그는 선조들로 인한 이 원죄 의식을 문학적 주제로 삼았고, 해결해야 할 평생의 과제로 삼았다.

이렇듯 청교도적 윤리 · 도덕 의식과 비판론에 젖어서 회의적인 사색과 고독한 생활을 했던 호손은, 이미 대학 시절부터 단편에 손을 대기 시작했는데, 졸업 후《내 고향의 일곱 가지 이야기 Seven Tales of My Native Land》라는 일련의 단편을 탈고하여 몇몇 출판사에 교섭했으나 뜻을 이루지 못하자, 원고의 일부를 불태워 버렸다. 그의 첫 번째 출판은 보든 대학 시절을 소재로 한 로맨틱 멜로드라마인 《팬쇼우 Fanshawe》라는 소설로써, 1828년에 익명으로 자비(自費) 출판했으나, 문학적, 상업적인 실패로 모두 회수하여 없애 버리고 말았다. 이 작품은 비록 미흡한 습작에 지나지 않았으나 인생을 어떻게 살 것이며, 자기 자신을 어떻게 사회에 순응시킬 것인가 고심하는 한 학자의 반자화상을 솔직하게 그려내고 있다. 이 작품의 내용처럼 호손의 일생은 그 자신의 정신적 성실을 유지하면서 생활에 적응하려는 부단한 투쟁이었다.

호손은 실망과 좌절 속에서도 자기가 생각한 바를 《아메리칸 노트북》에 기입해 가며 습작을 게을리하지 않았다. 또한, 그는 뉴잉글랜드와 뉴욕 일대를 여행하면서 이 지방의 풍물이며 생활 방식에 대한 지식의 폭을 넓히기도 하면서 그곳에서 받은 인상을 내면화하며 뒷날 뉴잉글랜드의 생활 양식에 대한 문화적 권위자가 될 준비를 갖추었다.

한동안 그는 단편에만 손을 대어 1838년까지 적어도 44편의 단편 및 소품들을 발표했다. 1830년에 문예지 《더 토큰》에 세 편의 단편을 발표한 후, 다시 1837년 《더 토큰》에 개재했던 작품과 그밖의 여러 잡지에 발표했던 단편 중 18편을 추려 친구 호라티오 브리지의 주선으로 《트와이스 톨드 테일즈 Twice Told Tales》라는 단편집을 출판하게 되었고, 시인인 친구 롱펠로는 이 단편집의 서문에서 우정어린 격찬을 했다. 그러나 이 단편집은 본명으로 처음 출판했음에도 불구하고 당시는 별로 관심을 끌지 못했다. 아직도 세상은 그에게 더 많은 고독을 요구하는 듯했다. 그러나 이 단편집을 통해 호손은 정식으로 문단에 알려지게 되었으며, 고독과 명상의 천재는 서서히 세계 문학의 천재로 부상하기 시작했다.

현실의 세계와 이상의 세계

호손은 1839년부터 1841년까지 보스턴 세관의 계량관으로 근무하게 되었는데, 이 곳에서 아내가 될 소피아 피버디(Sophia Peabody)의 언니인 엘리자베스 피버디(Elizabeth Peabody)를 만났고, 또 그녀를 통해 당대의 유명한 철학자들인 초월주의자들과도 교제하게 되었다.

1841년 호손은 새로운 세계의 이상을 꿈꾸며 일단의 초월주의자들과 함께 '브룩 팜(Brook Farm)'이라는 이상적인 농장 건설에 참여했다. 그러나 그는 이곳에서의 생활을 통해 자신이 생각하고 있는 이상 세계와 현실 사이의 차이를 통감하고, 몇 달 만에 투자했던 1,000불만 손해보고 농장 생활을 그만두고 말았다. 청교도적 죄의식과 비관론에 사로잡혀 있던 그는 초월주의가 주장하는 이상적인 낙관론을 쉽게 받아들일 수 없었던 것이다. 그는 에머슨 등의 초월주의자들로부터 쏟아지는 비난에도 불구하고 다시 자신의 침묵과 우울의 세계로 돌아갔다. 이렇듯 호손은 당시의 시대 조류인 자유주의와 초월주의를 받아들이면서도 그것에 무작정 휩쓸리지 않고, 다만 이것을 자신의 문학 세계의 폭을 넓히는 계기로 삼았다. 그리고 그러한 생생한 현실 참여와 체험을 통해서 값진 예술의 꽃을 피울 수 있었다.

이상향(理想鄕)의 꿈에서 깨어난 호손은 현실의 세계로 돌아왔다. 그는 1842년 7월 10일, 3년간이나 끌어왔던 소피아 피버디와의 결혼을 뒤늦게 하게 됐다. 그때 호손은 38세, 소피아는 32세였다. 그는 결혼과 더불어 정신적 안정을 되찾게 되었으며, 소피아의 애징 속에서 고독감에서 벗어나 어둠에 잠겨 있던 영혼의 빛을 되찾게 되었다. 그들은 콩코드에 있는 에머슨의 낡은 목사관(牧師館)에서 가난하지만 행복한 신혼 생활을 보냈다. 소피아는 생계조차 어려운 처지에서도 호손에게 격려와 비판을 베푼 훌륭한 내조자였다.

　1845년 7월 호손 부부는 콩코드를 떠나 세일렘의 어머니에게로 돌아갔다. 아내가 임신한데다 몹시 궁색하여 이듬해 친구 브리지와 피어스의 주선으로 연봉 1,200달러의 세일렘 세관에 근무하게 되었고 생활의 어려움도 다소 풀리게 되었다. 그 해에 《낡은 목사관의 이끼 Mosses from an Old Manse》(1848)라는 단편집을 출판했다. 세관의 검사관으로 근무하면서 경제적으로도 안정되고 글을 쓸 수 있는 시간 여유도 있었지만 창작에 전념할 수는 없었다. 호손은 그 세관의 버려진 위층 방에서 금실로 A자 모양의 수를 놓은 주홍색 천 한 조각을 발견하게 되는데, 이것은 그의 최대 걸작 《주홍글씨》를 쓰는 실마리가 되었다.

　1849년 6월 공화당 행정부가 들어서자 민주당에 입당했던 호손은 검사관 자리를 잃게 되어 그에게는 이만저만한 타격이 아니었다. 가족들을 부양하는 문제도 있었지만 어머니의 죽음은 그에게 커다란 불행을 맛보게 했다. 이 실직이 중대한 전기(轉機)가 되어 생활의 어려움에 쫓기면서도 그는 아내의 격려 속에 집필에 몰두하게 되었고, 이렇게 하여 완성된 작품이 바로 호손 최대의 걸작 《주홍글씨》이다. 1849년 9월 27일에 집필을 시작하여 다음해 2월 3일에 탈고, 같은 해 3월 16일에 출판된 이 소설은 퓨리터니즘의 인습적인 강압이 극심했던 17세기 식민지 뉴잉글랜드를 배경으로 하여, 노의사 로저 칠링워드와 애정없는 결혼을 한 여주인공 헤스터 프린이, 청교도인 목사 아서 딤즈테일과 불의의 사랑을 맺는 삼각 관계로 청교도 사회의 비정한 제도를 에워싸고 벌어지는 회한과 비애를 그린 작품이다. 오래 진통(거의 25년간) 끝에 완성한 이 작품은 숙명적인 비극의 줄거리를 냉정하게 이끌어 나가는 희곡적인 구성, 작은 인물에 대한 날카로운 심리 분석이 청교도적 시대 배경과 절묘하게 어우러져 만들어진 작품이다.

《주홍글씨》는 발표된 즉시, 비평가와 독자들로부터 대단한 인기를 불러 초판 2,000부가 10일 새에 매진되었고, 2년 동안에 6,000부가 팔렸다. 이로써 호손은 당당히 미국 문단의 촉망받는 작가로 인정받기 시작했으며, 그토록 갈망해 오던 작가로서의 꿈을 이루게 되었다.

1850년 《주홍글씨》를 발표하고 호손은 매사추세츠의 레녹스로 이사했다.

그 무렵 호손의 창작 활동은 더욱 활발해져서 1851년에는 단편집 《스노우 이미지 Snow Image》와 장편 《일곱 박공의 집》을 발표했다. 조상이 저지른 죄 때문에 후손들이 잇따라 죽음을 당한 어느 청교도 집안의 이야기를 다룬 이 소설은 호손의 가족사와 고향 세일렘의 과거를 재현하였다. 이 장편 소설은 암담한 분위기가 일색이던 《주홍글씨》와는 달리 유머가 넘치고 있어서 이듬해 5월까지 6,000부가 나갔고, 영국에서 《제인 에어》 이후 처음 보는 돌풍을 일으켰다. 이제 그는 젊은 작가들에게도 존경하는 인물이 되었다.

호손은 1852년 5월 콩코드의 교외인 웨이사이드로 이사하여 결혼 후 처음으로 아늑함을 누렸다. 그리고 7월 브룩 농장에서의 경험을 소재로 한 이상 사회와 자선 사업에 대한 풍자와 삼각 연애

를 그린 《블라이드데일 로맨스 The Blithedale Romance》를 출판했
다. 유토피아를 건설하려는 한 무리의 사람들이 서로를 해치며 갈
등하는 모습을 그린 이 소설은, 작자의 자화상적인 주인공이 환멸
을 느껴 그 집단에서 떨어져 나간다는 이야기이다.

이 해에 친구인 피어스가 대통령에 출마하자, 그를 위해 《피어
스 전》을 썼는데, 피어스가 대통령에 당선된 후 그는 영국 리버풀
의 영사직을 맡게 되어 7월 6일 가족과 함께 보스턴을 떠나 영국으
로 건너가 1857년까지 4년여 동안 공직 생활을 하였다.

쇄도하는 방문객에 시달리며 연회 석상에 나가 마지못해 연설도
하고, 미술관을 순방하여 그림 공부도 하고 세익스피어의 고향을
찾기도 하면서 영사로서의 어렵고 따분한 직책을 수행해냈다. 그
동안 30만 단어에 달하는 기록으로 영국 생활을 생생하게 묘사하
면서 영 · 미 두 나라 사이의 문화를 비교한 《잉글리시 노트북》을
출판하기도 했다. 또 이때의 경험을 바탕으로 1863년에는 수필집
《우리의 옛 고향 Our Old Home》을 썼다.

1857년 8월 영사직을 사임한 그는 이탈리아를 비롯하여 유럽 각지를 여행하면서 새로운 작품의 창작에 심혈을 기울였다. 죄와 응보는 현세에서 고백함으로써 구제된다는 주제를 다룬 호손의 마지막 걸작인 《대리석의 목양신 The Marble Faun》(1860)은 바로 2년간의 이탈리아 여행에서 얻어진 성과였다. 1860년, 유럽에서 돌아온 호손은 건강의 쇠퇴로 별로 작품을 쓰지 못했다. 1864년 5월 보양차 친구 피어스와 함께 뉴햄프셔 힐로 여행을 하던 중 플리머스의 한 여관에서 60세를 일기로 객사하고 말았다. 그의 유해는 그가 가장 행복한 시절을 보냈던 콩코드에 묻혔다.

  청교도적 열망과 구원을 다룬 《주홍글씨》는 죄와 슬픔이 가장 공포스럽고 저주스러운 형태로 재현된 작품이다. 작가는 이 작품에 '하나의 로맨스' 라는 부제를 달아놓기는 했지만, 영국의 작가 D. H. 로렌스가 말했듯이 《주홍글씨》는 전통적인 의미에서 낭만적이고 아름다운 로맨스는 아니다. 그것은 죄와 구원의 의미를 그려 낸 인간의 연약함과 슬픔에 관한 이야기이다. 《주홍글씨》는 인간의 본성 중의 하나인 죄악이 이 작품의 주요 등장 인물인 헤스터, 딤즈데일, 칠링워드, 펄 등 네 사람의 삶을 어떻게 구원과 파멸로 이끄는가 하는 것을 냉혹한 필치로 묘사해 내고 있다.

  《주홍글씨》는 충동적이며 정열적인 여인 헤스터 프린이 간통죄로 고발되는 장면부터 시작된다. 가장 신성하고 순수해야 할 신세계에서 죄를 범했다 하여 헤스터는 청교도 사회의 율법에 따라 죄의 상징인 주홍글씨 'A' 를 가슴에 달고 장터의 형틀 위에 서 있다. 그 마법의 글자는 불완전의 상징, 죄악의 표적으로 헤스터를

어두운 고립의 세계로 영원히 격리, 추방하는 위력을 가지고 있었
다. 그럼에도 불구하고 헤스터는 죄악의 씨앗인 갓난아기를 품에
안고 자신의 타락과 죄악이 햇빛 아래 폭로되는 것을 당당하게 감
수하면서 가슴에 단 주홍글씨를 떳떳하게 드러내놓고 서 있는 것
이다. 그녀는 주홍글씨에 의해 일상적인 평안의 세계, 현실적인 선
(善)의 세계로부터 영원히 추방되어 고립되었지만, 오히려 자신의
행위를 용기 있게 인정하고 자신으로 인해 야기된 모든 비극을 꿋
꿋이 감수해 갔다.

　한편 숨은 죄인인 딤즈데일은 청교도 사회의 성스러운 목사요,
정신적 지도자로서 존경을 받지만, 내적으로는 자신의 죄를 고백
하지 못하고 깊은 죄의식에 사로잡혀 하루하루를 처절한 고통 속
에서 보내고 있는 인물이다. 그는 헤스터와 펄과 자신과의 지극히
당연한 유대 관계를 부정하고 목사로서의 임무 수행을 신이 자신
에게 부여한 소명이라고 생각하는 위선에 빠져 있었다. 그러면서
도 은밀한 죄책감과 양심의 가책으로 자신을 점점 어둠의 골짜기

로 몰아넣는 것이다. 딤즈데일이 자신의 죄를 고백하지 못하고 그 고통으로 신음하는 것은 그가 칠링워드나 다른 청교도 시민들처럼 대서양을 건너와 청교도 공동체의 이상을 실현하고자 한 이상주의자였기 때문이다. 그 때문에 그는 있는 그대로의 자연스런 인간이 되지 못하고 죄인과 성인(聖人) 사이에서 번민했다. 그리고 그의 어두운 내면은 육체적인 병을 유발하게 된다.

이 작품의 또 다른 죄인인 칠링워드는 아내인 헤스터의 부정에 대해 무서운 복수를 결심한다. 늙고 기형적인 모습을 한 그는, 자기의 신분을 감추고 냉혹하다는 뜻인 '칠링워드'라는 이름으로 사악한 정열에 사로잡혀 불모(不毛)의 고립 속으로 빠져든다. 최면술사이며, 과학자이고, 유능한 의사였던 그는 펄의 아버지가 누구라는 것이 발견되지 않는 한, 지상의 부정은 제거되지 않는다는 그릇된 신념을 가짐으로써 고통받으며 성격마저 비뚤어지게 된다. 무서운 악마로 변신한 칠링워드는 목사 딤즈데일에게 접근하고 마침내 그가 바로 자신이 찾던 펄의 아버지이며, 복수의 대상임을 알아낸다.

그리고 딤즈데일이 독에 감염되어 죽을 때까지 집요하고 치밀하게 딤즈데일의 영혼의 비밀을 백일하에 드러내어 복수의 쾌재를 부르고자 애쓴다.

작자는 칠링워드에게 일말의 동정도 보이지 않는다. 왜냐하면 그는 지적 교만에 의해 인간성을 상실하고, 인간의 신성한 심성을 파괴한 용서받을 수 없는 죄인이기 때문이다. 그러나 육욕과 위선의 죄를 지은 딤즈데일에게는 인간으로서의 연민과 구원의 가능성을 열어 주었다. 헤스터로부터 칠링워드에 대해서 듣고, 딤즈데일은 새로운 자유를 찾아 보스턴을 탈출할 것을 약속하지만, 결국 그는 광장의 설교대에서 마지막 설교를 하던 중 죽고 만다. 칠링워드는 반인간적 심성으로 딤즈데일의 영혼을 분해하다가 풀잎처럼 시들게 되지만, 딤즈데일은 불길 같은 설교를 성공적으로 마치고, 죄의 고백과 함께 치욕적이지만 떳떳한 죽음을 맞이함으로써 칠링워드로부터 그의 영혼을 구한 것이다.

딤즈데일의 구원은 오랜 고행과 참된 고백으로 이루어진 것이지만, 그것은 살아 있는 주홍글씨라고 할 수 있는 죄의 산물인 펄 없이는 불가능했다. 딤즈데일이 헤스터와 펄을 껴안은 행위야말로 자신의 비밀을 고백한 행위이며, 속죄와 구원을 동시에 얻는 행위 였기 때문이다. 펄은 죄의 실체이지만 죄, 형벌, 사랑과 구원의 상 징으로서 역할을 완수함으로써 헤스터와 딤즈데일을 구원에 이르 게 하는 소임을 다하고, 마침내 그녀의 눈물로써 죄의 상징에서 벗 어난 펄은 기쁨과 슬픔 속을 걸어갈 수 있는 인간으로 재탄생하게 된다.

이처럼 주홍글씨 'A'를 중심으로 상상과 현실 사이를 넘나들면 서 펼쳐진 인물들의 극적인 심리적 갈등과 고뇌는 인간과 삶에 대 한 작자의 문학적 깊이가 얼마나 깊었던가를 보여 준다. 작자는 A 자 하나로 딤즈데일을 깊은 고뇌와 뉘우침으로 어둠 속을 헤매게 하고, 칠링워드를 복수의 화신으로 변신케 했으며, 헤스터를 치욕 과 고립의 세계에서 방황케 했고, 펄을 죄악과 구원의 이중적인 불 꽃으로 형상화했던 것이다.

《주홍글씨》는 1640년대의 보스턴 식민지 사회에서 일어나는 일들을 소재로 하여 청교도가 지배하는 식민지 사회에서 억압받는 인간의 모습을 19세기의 시대 정신으로 비판하고 있다. 따라서 《주홍글씨》는 청교도의 엄격한 종교 아래서 완벽해야 할 신세계가 초기부터 죄를 범하고 있음을 나타내면서 죄의 과정은 서술하지 않고 죄의 대가만으로 소설을 이끌어 간다. 작자는 이상적인 신세계를 건설하려는 청교도들의 불완전성을 파헤치고 문화가 신앙을 경직시켜 인간의 본성을 상실케 했음을 묘사했다. 작자는 칠링워드의 타락과 죽음의 파멸을 통해 에덴 동산과 같은 완전함을 기대하는 이상주의의 꿈이 얼마나 위험하고 실현 불가능한 것인가를 보여 주었다. 이에 반해 헤스터와 딤즈데일은 처음부터 죄를 범한 불완전한 인간으로 묘사하면서, 이들을 통해서는 죄를 범한 인간, 즉 불완전한 인간이 바로 참된 미국인의 상(像)이라는 것을 암시하였으며, 동시에 기계 문명 속에서 '정원과 신화'를 꿈꾸고 있는 작자와 같은 시대의 미국인들을 통렬히 비판했던 것이다.

헤스터 프린이 항상 가슴에 달아야 했던 주홍글씨는 그녀가 불완전한 죄인이라는 것을 상징하지만 그녀가 인간적인 생활을 누릴 수 있었던 것은 오히려 그녀가 죄를 범했기 때문이다. 다시 말해서 불완전했으므로 인간적일 수 있었던 것이다. 이야기의 결말에 가서 유럽에서 돌아온 헤스터가 가슴에 A자를 달고 여생을 보냈다는 것은, 죄를 짓는다는 것은 가장 인간적인 일이라는 작자의 테마를 재확인한 것이다. 따라서 주홍글씨를 다는 것이 바로 참다운 미국인이 되는 증명이라면 헤스터가 달아야 했던 A자는 다름아닌 '아메리카'의 머리 글자라고 해도 좋을 것이다.

1804년 7월 4일, 미국 매사추세츠 주 세일렘 시 유니온 스트리트 27번지에서 태어남. 누나 엘리자베스와 누이동생 루이자가 있다. 아버지 나사니엘은 외항선의 선장을 지냈으며 어머니 엘리자베스는 세일렘 시의 유서 깊은 마닝 가문 출신의 귀부인이었음. 나사니엘 가문은 영국에서는 부유한 소지주 계급이었으나 1630년경 미국으로 이민 와서 처음엔 도체스터에 살다가 나중에 세일렘에 정착했음. 호손 가문의 미국의 첫 조상인 윌리엄 호손은 주 의회 하원의 대변인이었고 세일렘 시의 시민군의 대장으로 활약하여 마녀 사냥과 퀘이커 교도 박해에 적극 가담했음. 가문의 이름이 'Hathorne' 이었던 것을 후에 호손이 'Hawthorne' 로 w자를 하나 더 넣어 고쳤음.

1808년 아버지가 황열병에 걸려 남미에 있는 네덜란드 령 식민지 수리남에서 객사.

1809년 아버지의 객사로 인해 집안을 정리하여 외숙부인 로버트 마닝의 집인 세일렘 시 허버트 스트리트의 집으로 이사하여 네 명의 아주머니와 아저씨들과 살게 됨.

1813년 11월, 학교에서 공던지기 놀이를 하다 다리에 부상을 입어 3년 동안이나 외출을 못하고 누워서 지내게 됨. 이때부터 독서에 열중하게 됨.

1815년 이 무렵부터 셰익스피어(William Shakespeare), 밀턴(John Milton), 톰슨(James Thomson), 번연(John Bunyan), 스펜서(Edmund Spenser) 등을 읽기 시작함.

1819년 7월에 세일렘의 학교로 다시 돌아옴. 가족들은 캔버랜드에 살고 있었고, 그는 스콧(Walter Scott), 고드윈(William Godwin), 《아라비안 나이트 Arabian Nights》등을 읽고 있었다.

1820년 대학 입학을 위해 라틴어를 공부함. 8월에 누이 루이자의 도움을 받아 《스펙테이터 Spectator》라는, 펜으로 직접 쓴 장시를 발행하여 친척과 친구들에게 돌림.

1821년 10월 보든 대학에 입학하여 남의 눈에 띄지 않는 평범한 학창생활을 보냄. 이때부터 작가를 지망하다. 같은 대학에 롱펠로 (Henry Wadsworth Longfellow)와 피어스 (Franklin Pierce)가 다니고 있어서 교우가 싹틈.

1825년 보든 대학 졸업. 38명 중에서 18등으로 졸업한 뒤 어머니에게 돌아감.

1828년 세일렘으로 돌아가 작가가 되기로 결심하고 어머니의 집에 은둔하며 습작 기간을 가짐. 익명으로 《하나의 이야기 팬쇼우 A Tale Fanshawe》를 자비 출판했으나 완전 실패하여 모든 책을 다시 거두어들이게 되다. 그러나 이것을 계기로 구드리히 (Sanuel G. Goodrich)와 관계를 맺게 됨.

1832년 가을에 몬트리올 호수와 나이아가라 폭포를 여행. 《더 토큰 The Token》지에 〈얌전한 소년 The Gentle Boy〉과 다른 세 작품을 익명으로 발표.

1834년 《뉴잉글랜드 매거진 The Now England Magazine》에도 익명으로 소설을 발표.

1836년 보스턴의 《아메리칸 매거진 American Magazine》의 편집자가 되어 편집과 문학적인 매문(賣文)에 손을 대어 보았으나 곧 사임. 이 무렵 《아메리칸 매거진》의 구드리히로부터 부탁을 받고 《피터팔레이의 미국사》를 누님 엘리자베스의 도움을 받아 집필.

1837년 3월, 9년 동안 썼던 단편들을 모아 H. 브리지의 도움으로 《트와이스 톨드 테이즈 Twice Told Tales》를 간행. 〈즐거운 산의 오월제의 기둥 The May Pole of Merry Mount〉, 〈목사님의 검은 베일 The Minister' s Black Veil〉, 〈엔디코드의 붉은 신자가 Endicott and the Red Cross〉 등이 이에 수록됨. 롱펠로가 극찬하는 시평을 쓰다. 치과 의사의 딸이며 재주 있는 여성인 엘리자베스 피버디와 알게 되었으며 그녀를 통해 동생 소피아를 알게 되어 교제를 시작하다. 1년 정도의 교제 끝에 비밀 약혼을 함. 《데모크래틱 리뷰 Democratic Review》지에 작품을 기고하기 시작.

1839년 보스턴 세관의 계량관을 40년까지 근무했으나 곧 사임. 연봉 1천 2백 달러.

1840년 정치 문제로 세관에서 퇴직, 결혼 준비를 위해 브룩 팜 커뮤니티(Book Farm

Connunity)에 가입, 1천 달러를 투자하여 농사일과 창작 생활을 조화시키고자 노력
했으나, 농부이자 철학자들인 사람들에게 환멸을 느끼고 탈퇴.

1842년 피버디 가의 자매들 중 가장 진보적인 소피아 피버디와 7월 9일 결혼. 에머슨
(Ralph Waldo Emerson)이 살았고 거기에서 《자연론 Nature》를 썼다는, 매사추세
츠의 콩코드에 있는 낡은 목사관에다 신혼 살림을 차림. 당대의 철학자들인 에머슨
과 소로(Henry David Thoreau)와 가까운 교분을 갖기 시작함. 《트와이스 톨드 테일
즈》의 중 보판을 출간함.

1844년 큰딸 유나가 탄생. 경제적으로 매우 고통을 받음.

1845년 10월, 세임렘의 어머니에게 돌아감.

1846년 4월 다시 세일렘 세관의 검사관으로 취직 《주홍글씨 The Scarlet Letter》의 서장 〈
세관〉을 씀. 6월에 단편집 《낡은 목사관의 이끼 Mosses from an Old Manse》 간
행. 이 속엔 〈영 굿맨 브라운 Young Goodman Brown〉, 〈라파치니의 딸 The
Rappacini's Daughter〉, 〈진홍빛 반점 The Birthmark〉 등 호손의 문학적 재질을
단적으로 나타내 주는 걸작 23편이 수록되어 있음. 6월, 아들 줄리안이 출생. 세일
렘 시 체스너트 가로 이사.

1847년 모올 스트리트로 이사.

1849년 반대당이 집권하자 다시 파면당하게 됨. 문학에 정진하기로 결심함. 7월, 어머니가
사망함. 《주홍글씨》 집필에 몰두.

1850년 3월 《주홍글씨》 출간. 처음 1개월 동안 5천 부를 찍고 다음해까지 총 6천 부를 찍어
인세를 4백 50달러를 받음. 매사추세츠 주로 이사. 멜빌(Herman Melville)과 교제.

1851년 《일곱 박공의 집 The House of Seven Gables》출간, 5월에 둘째딸 로즈 출생. 11월
《원더 북 Wonder Book》, 《스노우 이미지 Snow Image》 출간.

1852년 《블라이드데일 로맨스 The Blithedale Fomance》 간행. 이 작품은 브룩 팜 커뮤니
티에 가입했을 때의 경험을 토대로 쓴 로맨스, 보든 대학의 동창생인 피어스가 대

통령 후보가 되자 그의 선거를 돕기 위해 켐페인 책자로 《프랭클린 피어스 전기》를 써서 출판.

1853년 피어스가 대통령으로 당선되자 그의 호의로 영국의 리버풀 영사로 임명됨. 연봉 2만 5천 달러. 7월에 보스턴 호를 타고 영국으로 건너가 셰익스피어의 고향, 존슨의 출생지, 웨일즈, 스코틀랜드, 호주 지방 등을 여행함.

1857년 피어스가 대통령직에서 물러나게 되자 영사직을 그만둠.

1858년 1월에 온 가족이 영국을 떠나, 유나, 줄리안, 로즈 등 세 아이들과 함께 파리를 거쳐 마르세유, 제네바, 레그혼을 구경한 뒤 로마에 도착. 피렌체에서 시인인 브라우닝(Robert Browning) 부부와 교류하면서 교외의 고성(古城)에서 사치스러운 예술적 생활을 즐김. 큰딸 유나와 부인, 호손이 차례로 병에 걸려 고생함.

1859년 로마를 출발하여 제네바에 체류하다 런던에 도착.

1860년 이탈리아에서 얻은 예술적 경험과 미적 충격을 토대로 하여 이탈리아를 무대로 쓴 《대리석의 목양신 The Marble Faun》을 출간. 영국에서 콩코드로 돌아와 웨이사이드에 집을 정함.

1861년 4월에 남북 전쟁이 터짐. 이에 정신적으로 큰 충격을 받음. 〈셉티시어스 펠튼〉과 〈크림쇼 박사의 비밀〉을 쓰기 시작했으나 모두 완성하지 못하고 창작 생활에 큰 발전을 보지 못함.

1863년 《우리의 옛 고향 Our Old Home》을 펴냈으나 이 책에 피어스에 대한 헌사기 들어 있어 말썽을 일으킴. 호손 사후에 다시 출판됨. 건강의 악화와 창조열의 쇠퇴로 거의 집플을 하지 못함.

1864년 5월 19일, 건강 회복을 위해 피어스와 여행하던 도중 뉴햄프셔 주 플리머스의 한 여관에서 사망. 콩코드의 묘지 슬리피 할로우에 묻힘.

일신 베스트북스 16
주홍글씨

저　자 : 나사니엘 호손
발행인 : 남 용
발행처 : 일신서적출판사
주　소 : 서울시 마포구 신수동 177-3
전　화 : 703-3001~5
팩　스 : 703-3009
등　록 : 1969년 9월12일 제 10-70호

ISBN 978-89-366-0376-2
　　　 978-89-366-0360-1(세트)

ⓒILSIN PUBLISHING Co. 1990.

잘못 만들어진 책은 교환해 드립니다.